그럼, 이만……
다자이 오사무였습니다.

다자이 오사무 지음
박현석 옮김

玄人

그럼, 이만……
다자이 오사무였습니다.

다자이 오사무

옮긴이 박현석

대학 졸업 후 일본으로 건너가 유학 및 직장 생활을 하다 지금은 전문번역가로 활동 중이며 우리나라에 아직 소개되지 않은 유명 작가들의 작품을 소개하기 위해서 출판을 시작했다. 번역서로는 『판도라의 상자』,『다자이 오사무 자서전』,『태풍』,『갱부』,『나 쓰메 소세키 단편소설 전집』,『사형수와 그 재판장』,『불령선인 / 너희들의 등 뒤에서』,『붉은 흙에 싹트는 것』,『운명의 승리자 박열』,『붉은 수염 진료담』외 다수가 있다.

그럼, 이만…… 다자이 오사무였습니다.

1판 1쇄 발행 2019년 2월 28일
1판 2쇄 발행 2021년 5월 10일

지은이 다자이 오사무
옮긴이 박현석
펴낸이 박현석
펴낸곳 현 인

등 록 제 2010-12호
주 소 서울시 도봉구 덕릉로 62길 13, 103-608호
전 화 010-2012-3751
팩 스 0505-977-3750
이메일 gensang@naver.com

ISBN 979-11-88152-73-5

목   차

1. 추억 __ 7

2. 도쿄 팔경 __ 63

3. 15년간 __ 102

4. 고뇌의 연감 __ 135

5. 인간실격 __ 154

6. 나의 반생을 말하다 __ 289

7. 유서 __ 299

8. 다자이 오사무 연보 – 305

추 억(思い出)

1장

황혼 무렵 나는 숙모[1]와 나란히 문가에 서 있었다. 숙모는 누군가를 업고 있었던 듯, 포대기를 두르고 있었다. 당시 어둑어둑했던 가로(街路)의 고요함을 나는 잊지 않고 있다. 숙모는 천자(天子)님[2]이 돌아가신 거야, 라고 내게 가르쳐주고 살아 있는 신, 이라고 덧붙였다. 살아 있는 신, 이라고 나도 흥미롭게 중얼거린 듯한 느낌이 든다. 그런 다음 나는 어떤 불경한 말을 한 듯하다. 숙모는, 그런 말 해서는 안 된다, 돌아가셨다고 해야 한다, 고 나를 나무랐다. 어디로 돌아가신 걸까, 라고 나는 알고 있으면서도 일부러 이렇게 물어 숙모를 웃게 만들었던 일이 떠오른다.

나는 1909년 여름에 태어났으니 이 대제(大帝)가 붕어하셨을 때[3]는 네 살[4]이 조금 넘은 나이였다. 아마도 그 무렵의 일이었을 것이라 여겨지는데 나는 숙모와 둘이 우리 마을에서 2리[5] 정도 떨어

---

1) 어머니의 동생.
2) 메이지(明治) 천황을 말한다.
3) 1912년 7월 30일.
4) 다자이 오사무는 1909년 6월 19일 생.

9

진 어떤 마을의 친척집에 갔고, 거기서 본 폭포를 잊지 못한다. 폭포는 마을에서 가까운 산속에 있었다. 새파랗게 이끼가 낀 절벽에서 폭이 넓은 폭포가 하얗게 떨어지고 있었다. 낯선 남자의 목마를 타고 나는 그것을 바라보았다. 어떤 신을 모신 신사가 그 옆에 있었는데 그 남자가 내게 그곳의 여러 가지 에마6)를 보여주었으나 나는 점점 서글퍼져서 가챠(がちゃ), 가챠, 하며 울었다. 당시 나는 숙모를 가챠라고 불렀다. 숙모는 멀리 떨어진 낮은 지대에 양탄자를 깔아놓고 친척들과 술을 마시며 떠들어대고 있었는데 내 울음소리를 듣고 급히 자리에서 일어났다. 그때 양탄자가 발에 걸린 듯, 인사라도 하는 것처럼 몸이 앞으로 쏠리며 비틀거렸다. 다른 사람들이 그것을 보고 취했다, 취했다며 숙모를 놀렸다. 나는 멀리 떨어져서 그 모습을 내려다보았는데 분하고 분해서 더욱 커다란 소리로 울부짖었다. 또 어느 날 밤, 숙모가 나를 버리고 집을 나가는 꿈을 꾸었다. 숙모의 가슴이 현관의 쪽문에 가득 차 있었다. 그 빨갛게 부풀어 오른 커다란 가슴에서 뚝뚝 땀이 떨어지고 있었다. 숙모는 네가 미워졌다, 고 무섭게 중얼거렸다. 나는 숙모의 그 젖가슴에 뺨을 대고 그러지 마, 라고 애원하며 자꾸만 눈물을 흘렸다. 숙모가 나를 흔들어 깨웠을 때 나는 이불 속에서 숙모의 가슴에 얼굴을 파묻은 채 울고 있었다. 눈을 뜬 뒤에도 나는 여전히 슬퍼서 오래도록 훌쩍였다. 그러나 그 꿈에

---

5) 일본의 1리는 우리의 10리에 해당한다.
6) 絵馬. 소원을 빌 때나 소원이 이루어졌을 때 절이나 신사에 바치는 액자나 판화. 살아 있는 말을 바치는 대신으로 쓰는 것이기에 말 그림이 가장 많다.

관한 이야기는 숙모에게도, 그 누구에게도 하지 않았다.

숙모에 대한 추억은 여러 가지를 가지고 있지만 공교롭게도 그 무렵의 부모님에 대한 추억은 거의 가지고 있지 않다. 증조할머니, 할머니, 아버지, 어머니, 형 셋, 누나 넷, 동생 하나, 거기에 숙모와 숙모의 딸 넷으로 이루어진 대가족이었는데 숙모를 제외한 다른 사람들에 대해서는 나도 대여섯 살이 될 때까지는 거의 몰랐다고 해도 좋다. 예전에는 널따란 뒤뜰에 커다란 사과나무가 대여섯 그루 있었던 듯, 잔뜩 흐린 날 그들 나무에 여자아이들이 여럿 올라간 모습이나, 그 같은 뜰의 한쪽 구석에 국화 밭이 있어서 비가 내리던 때 나는 역시 여러 여자아이들과 함께 우산을 쓰고 국화꽃이 피어 있는 것을 바라본 일 등을 어렴풋이 기억하고 있는데 그 여자아이들이 우리 누나나 사촌누이들이었을지도 모르겠다.

여섯 살, 일곱 살이 되면 기억도 또렷해진다. 내가 다케(たけ)라고 부르던 하녀로부터 책 읽는 법을 배웠고 둘이서 여러 가지 책을 읽었다. 다케는 내 교육에 열심이었다. 나는 몸이 약했기 때문에 누운 채로 많은 책을 읽었다. 읽을 책이 떨어지면 다케는 마을의 일요학교 등에서 어린이용 책을 척척 빌려와서는 내게 읽혔다. 나는 묵독하는 법을 익혔기 때문에 책을 아무리 읽어도 피곤하지 않았다. 그리고 다케는 내게 도덕을 가르쳤다. 절에 자주 데려가서 지옥과 극락이 그려진 족자를 보여주며 설명했다. 불을 낸 사람은 뻘건 불이 활활 타오르는 바구니를 짊어지고 있었으며, 첩을 둔 사람은 머리가 두 개 달린 파란 뱀에게 몸을 감겨 괴로워하고 있었다. 피의 연못, 바늘

산, 무간나락이라는 하얀 연기가 자욱한 깊이를 알 수 없는 구멍, 곳곳에서 창백하고 야윈 사람들이 입을 조그맣게 벌린 채 울부짖고 있었다. 거짓말을 하면 지옥으로 가서 이렇게 도깨비들에게 혀를 뽑힌다는 말을 들었을 때는 무서워서 울음을 터뜨렸다.

그 절의 뒤편은 야트막한 묘지를 이루고 있었는데 황매화나무인지 뭔지로 만든 산울타리를 따라서 수많은 솔도파7)가 숲처럼 서 있었다. 솔도파 중에는 보름달처럼 커다랗고 수레바퀴처럼 검은 철제 바퀴가 달린 것이 있었는데, 그 바퀴를 달그락달그락 돌려서 곧 그대로 멈춰 선 채 가만히 움직이지 않으면 그 돌린 사람은 극락에 가고, 일단 멈추는 듯했다가 다시 휙 하고 반대로 돌면 지옥에 떨어진다고 다케가 말했다. 다케가 돌리면 경쾌한 소리를 내며 한바탕 돌다가 언제나 가만히 멈췄지만, 내가 돌리면 반대로 도는 경우가 종종 있었다. 가을 무렵이었던 것으로 기억하는데, 내가 혼자 절에 가서 그 쇠바퀴의 어느 것을 돌려보아도 미리 입을 맞춰두기라도 한 듯 전부 빙글빙글 반대로 돈 날이 있었다. 나는 치밀어 오르는 울화통을 억눌러가면서 몇 십 번이고 집요하게 돌렸다. 해가 저물기 시작했기에 나는 절망한 채 그 묘지를 떠났다.

그 무렵 부모님은 도쿄(東京)에서 살고 계셨던 듯, 나는 숙모를 따라서 상경했다. 나는 꽤 오래 도쿄에 머물렀다고 하는데 기억에는 그다지 남아 있지 않다. 그 도쿄의 집에 가끔 찾아오던 할멈만을

---

7) 率堵婆. 스투파의 음역어. 공양을 위하여 무덤 뒤에 위(位)를 탑 모양으로 꾸민 좁고 긴 판자.

기억하고 있을 뿐이다. 나는 그 할멈이 싫었기에 할멈이 올 때마다 울었다. 할멈이 내게 빨간 우편자동차 장난감을 하나 주었으나 조금도 재미있지 않았던 것이다.

마침내 나는 고향의 소학교에 들어갔는데 추억도 그와 함께 일변한다. 다케는 언제부터인가 집에 없었다. 한 어촌으로 시집을 간 것인데 내가 그 뒤를 따라나설까 걱정이 되었던 때문인지 내게는 아무런 말도 하지 않고 갑자기 사라져버렸다. 그 이듬해인가의 우란분회[8] 때 다케가 우리 집에 놀러 왔었는데 어딘가 서먹서먹했다. 내게 학교의 성적을 물었다. 나는 대답하지 않았다. 다른 누군가가 대신 대답을 한 듯하다. 다케는 방심보다 더 큰 적은 없어요, 라고만 말했을 뿐 특별히 칭찬은 하지 않았다.

그 무렵, 숙모와도 떨어지지 않으면 안 될 사정이 생겼다. 그 사이에 숙모의 둘째 딸은 시집을 갔고, 셋째 딸은 세상을 떠났으며 첫째 딸은 데릴사위로 들인 치과의사와 결혼했다. 숙모는 그 첫째 딸 부부와 막내딸을 데리고 멀리 떨어진 마을로 분가를 한 것이었다. 나도 따라갔다. 그것은 겨울의 일이었는데 내가 숙모와 함께 썰매의 한쪽 구석에 웅크려 앉아 있자니 썰매가 움직이기 직전에 내 바로 위의 형이 데릴사위, 데릴사위 하고 약 올리며 썰매의 덮개 밖에서 내 엉덩이를 자꾸만 찔렀다. 나는 이를 악물고 이 굴욕을 참았다. 나는

---

8) 음력 7월 보름을 앞뒤로 한 사흘 동안 여러 음식을 장만하여 조상이나 부처에게 공양한다. 일본에서는 주로 오본(お盆)이라고 줄여서 말한다. 지금은 일반적으로 양력 8월 13일부터 15일에 행해지는데 여름휴가로도 이용되고 있다.

숙모의 양자가 된 것이라고 생각했는데 학교에 들어갈 때가 되니 다시 고향으로 돌아오게 되었다.

학교에 들어간 이후의 나는 더 이상 어린애가 아니었다. 집 뒤 부지 내의 공터에는 여러 가지 잡초가 무성하게 자라고 있었는데, 어느 맑은 여름날 나는 그 초원 위에서 동생을 돌봐주는 아이로부터 숨 막히는 일을 배웠다. 내가 여덟 살 정도였고 동생을 돌봐주는 아이도 그 당시는 열네다섯 살을 넘지 않았을 것이라 여겨진다. 클로버를 우리 고향에서는 '보쿠사(ぼくさ)'라고 부르는데 그 아이는 나와 세 살 차이 나는 동생에게 네잎 보쿠사를 찾아오라고 해서 쫓아낸 뒤, 나를 안고 뒹굴뒹굴 나뒹굴었다. 그 뒤에도 우리는 헛간 속이나 벽장 속 같은데 숨어서 놀았다. 동생은 커다란 방해가 되었다. 벽장 밖에 혼자 남겨진 동생이 훌쩍훌쩍 울었기에 바로 위의 형에게 들켜버린 적도 있었다. 형이 동생에게서 얘기를 듣고 그 벽장의 문을 연 것이었다. 동생을 돌봐주는 아이는 벽장 속에 동전을 떨어뜨렸다고 아무렇지도 않게 말했다.

거짓말은 나도 늘 하고 다녔다. 소학교 2학년인가 3학년 때의 히나마쓰리[9] 때, 학교 선생님에게 오늘은 인형을 장식해야 하니 집에서 일찍 오라고 했다며 거짓말을 해서 수업을 1시간도 받지 않고 집으로 돌아왔고, 집에다가는 오늘은 삼월 삼짇날이기 때문에 학교는 쉰다고 말해 인형을 상자에서 꺼내는 것에 필요하지도 않은 도움

---

9) 雛祭り. 3월 3일에 여자아이의 행복을 비는 행사.

을 준 적이 있었다. 또 나는 새의 알을 사랑했다. 참새 알은 헛간 지붕의 기와를 들추면 언제라도 여러 개 손에 넣을 수 있었지만, 찌르레기의 알이나 까마귀 알은 우리 집 지붕에 굴러다니지 않았다. 그 불타오르는 듯한 초록색 알이나 우스운 반점이 있는 알을 나는 학교의 학생들에게서 얻었다. 그 대신 나는 그 학생들에게 내 장서를 5권, 10권씩 한꺼번에 주었다. 모은 알은 솜으로 싸서 책상 서랍 가득 넣어두었다. 바로 위의 형이 나의 그 비밀 거래를 눈치 챈 듯, 어느 날 밤 내게 서양 동화집과 다른 한 권의 무슨 책인지는 잊어버렸지만, 그 2권을 빌려달라고 말했다. 나는 형의 심통을 증오했다. 나는 그 2권의 책 모두를 알에 투자해버렸던 것이다. 형은 내가 없다고 하면 그 책의 행방을 추궁할 생각이었던 것이다. 나는 분명히 있을 테니 찾아보겠다고 대답했다. 나는 내 방은 물론 집 안 전체를 램프를 들고 돌아다녔다. 형은 나를 따라다니며 없는 거 아니야 하고 웃곤 했다. 나는 있다고 완강하게 고집을 피웠다. 부엌의 찬장에까지 기어 올라가 찾았다. 형은 결국 됐다고 말했다.

학교에서 글짓기 시간에 쓴 내 글도 전부 엉터리였다고 해도 좋을 것이다. 나는 나 자신을 얌전하고 착한 아이로 만들어 글을 쓰기에 노력했다. 그렇게 하면 언제나 모든 사람들로부터 갈채를 받았다. 표절까지도 했다. 당시 걸작이라며 선생님들이 떠들어댔던 「동생의 그림자놀이(弟の影絵)」는 어떤 소년잡지의 일등 당선작이었던 것을 내가 그대로 훔친 것이었다. 선생님은 내게 그것을 붓으로 깨끗하게 쓰게 해서 전람회에 출품시켰다. 나중에 책을 좋아하는 학생에게 그 사실이 발각되어, 나는 그 학생이 죽기를 바랐다. 역시 그 무렵 「가을 밤(秋の夜)」이라는 것도 모든 선생님들로부터 칭찬을 받았는데 그건 내가 공부를 하다가 머리가 아파왔기에 툇마루로 나가서 정원을 둘러보았다, 달이 좋은 밤으로 연못에는 잉어와 금붕어가 여럿 노닐고 있었다, 나는 그 정원의 고요한 풍경을 정신없이 바라보고 있었는데 옆방에서 어머니 들의 웃음소리가 떠들썩하게 일었기에 퍼뜩 정신을 차리고 보니 두통이 나았다는 소품이었다. 그 가운데 진실은 하나도 없었다. 정원에 대한 묘사는 틀림없이 누나의 작문장에서 일부분을 가져온 것이었으며, 무엇보다 나는 머리가 아플 정도로 공부한 기억이 전혀 없었다. 나는 학교가 싫었으며 따라서 학교의 책을 공부한 적은 한 번도 없었다. 흥미 위주의 책만 읽었다. 우리 집 사람들은 내가 책을 읽고만 있으면 그것을 공부라고 생각했다.

하지만 내가 글짓기에 진실을 쓰면 반드시 좋지 않은 결과가 일어났다. 부모님이 나를 사랑하고 있지 않다는 불평을 썼을 때는 교무실로 불려가 담임선생님에게 야단을 맞았다. 「만약 전쟁이 일어난다면 (もし戦争が起ったなら)」이라는 주제를 받았을 때는 지옥, 번개, 화재, 아버지, 그 이상으로 무서운 전쟁이 일어난다면 우선 산 속으로라도 도망을 치자, 도망을 칠 때는 선생님도 모시고 가자, 선생님도 인간, 나도 인간, 전쟁이 무섭기는 마찬가지일 것이다, 라고 썼다. 이때는 교장선생님과 교감선생님, 둘이서 나를 조사했다. 어떤 마음으로 이것을 쓴 것이냐고 묻기에 나는 그저 재미삼아 쓴 것이라고 적당히 둘러댔다. 교감선생님은 수첩에 '호기심'이라고 썼다. 그런

다음 나와 교감선생님은 약간의 논쟁을 시작했다. 선생님도 인간, 나도 인간이라고 했는데 인간은 모두 같은 것이냐고 그가 물었다. 그렇게 생각한다고 나는 머뭇머뭇하며 대답했다. 나는 대체로 입이 무거운 편이었다. 그렇다면 자신과 여기에 계신 교장선생님은 같은 인간인데 왜 월급이 다르냐고 그가 물었기에 나는 한동안 생각에 잠겼다. 그리고 그건 일이 다르기 때문이 아닐까, 라고 대답했다. 가느다란 얼굴에 금속 테로 된 안경을 낀 교감선생님은 나의 그 말을 바로 수첩에 적었다. 나는 예전부터 이 선생님에게 호의를 품고 있었다. 그런 다음 그는 내게 이런 질문을 했다. 네 아버지와 우리는 같은 인간인가? 나는 곤혹스러워서 아무런 대답도 하지 못했다.

아버지는 매우 바쁜 사람으로 집에 계신 적이 거의 없었다. 집에 계실 때도 아이들과 함께 있지는 않았다. 나는 그런 아버지를 무서워했다. 아버지의 만년필이 갖고 싶었으면서도 차마 말을 꺼내지 못해 혼자 여러 가지로 고민을 한 끝에 어느 날 밤, 잠자리 속에서 눈을 감은 채 잠꼬대를 하는 척하며 만년필, 만년필, 하고 옆방에서 손님과 이야기를 나누고 있는 아버지에게 낮은 목소리로 말한 적이 있었으나, 그것은 물론 아버지의 귀에도 마음에도 들어가지 않은 듯했다. 나와 동생이 쌀가마니가 가득 들어찬 널따란 쌀 창고에 들어가서 재미있게 놀고 있는데 아버지가 입구에 떡하니 버티고 서서 꼬맹이, 나와라, 나와, 하며 야단을 치셨다. 등으로 빛을 받고 있었기에 아버지의 커다란 모습이 새카맣게 보였다. 나는 그때의 공포를 생각하면 지금도 섬뜩한 느낌이 든다.

어머니에 대해서도 나는 친밀함을 느끼지 못했다. 유모의 젖으로 자랐고 숙모의 품에서 성장한 나는 소학교 2, 3학년 때까지 어머니를 몰랐던 것이다. 하인 둘이서 내게 그것을 가르쳐주었는데 어느 날 밤, 옆에 누워 있던 어머니가 내 이불이 움직이는 것을 이상히 여겨 뭘 하는 거냐고 내게 물었다. 나는 너무 당황했기에 허리가 아파서 안마를 하는 것이라고 대답했다. 어머니는 그럼 문지르는 게 좋다, 두드리기만 해봐야 소용없다며 졸린 듯 말했다. 나는 말없이 한동안 허리를 문질렀다. 어머니에 대한 추억은 쓸쓸한 것이 많다. 헛간에서 형의 양복을 꺼내 그것을 입고 뒤뜰의 화단 사이를 천천히 걷다가 내가 즉흥적으로 작곡한, 애조가 담긴 노래를 흥얼거리며 눈물을 글썽이고 있었다. 나는 그 차림으로 회계를 담당하고 있던 서생과 놀고 싶어졌기에 하녀에게 불러오라고 했지만 서생은 좀처럼 오지 않았다. 나는 뒤뜰의 대나무 울타리를 구두 끝으로 슥슥 문지르며 그를 기다렸으나 결국 더는 기다리지 못하고 바지 주머니에 두 손을 찔러 넣은 채 울음을 터뜨렸다. 내가 울고 있는 것을 발견한 어머니는 어떤 이유에서인지 그 양복을 벗기고 내 엉덩이를 찰싹찰싹 때렸다. 나는 몸이 끊어지는 것 같은 치욕을 느꼈다.

나는 어렸을 때부터 복장에 관심을 가지고 있었던 것이다. 셔츠 소매에 단추가 달려 있지 않은 것은 용납할 수가 없었다. 하얀 플란넬 셔츠를 좋아했다. 주반10)의 목깃도 하얀색이 아니면 안 되었다. 목

---

10) 襦袢. 일본옷의 속옷.

언저리에서 그 하얀 깃이 1푼이나 2푼[11] 정도 나오도록 신경을 썼다. 십오야[12] 때면 마을의 학생들은 모두 말쑥하게 차려입고 학교에 갔는데 나도 매해 반드시 굵은 갈색 줄무늬가 있는 플란넬 기모노를 입고 가서 학교의 좁은 복도를 여자처럼 나긋나긋 종종걸음으로 달려보곤 했다. 나는 그렇게 멋 부리는 것을 사람들이 눈치 채지 못하도록 은밀하게 했다. 집안사람들은 내 용모에 대해서 형제들 중 가장 못생겼다, 못생겼다고 했는데 그처럼 못생긴 사내가 이처럼 멋을 부린다는 사실을 눈치 채면 모두가 웃을 것이라고 생각했기 때문이었다. 나는 오히려 복장에 무관심한 것처럼 행동했으며, 그것이 어느 정도까지는 성공을 했다고 생각한다. 누구의 눈에나 나는 틀림없이 둔중하고 촌스러워 보였을 것이다. 내가 형제들과 함께 밥상 앞에 앉아 있을 때면 할머니나 어머니가 내 못생긴 얼굴에 대해서 곧잘 얘기하곤 했는데, 나는 역시 억울했다. 나는 자신을 잘생긴 남자라고 믿고 있었기에 하녀들의 방에 가서, 형제들 중 누가 제일 잘생겼냐고 은근슬쩍 물어본 적도 있었다. 하녀들은 큰형이 제일 잘생겼고, 그 다음이 오사(治) 도련님이라고 대부분이 대답했다. 나는 얼굴을 붉혔으나 그래도 약간은 불만이었다. 큰형보다도 잘생겼다는 말을 듣고 싶었던 것이다.

나는 용모뿐만 아니라 재주가 없다는 점에서도 할머니 들의 마음에 들지 않았다. 젓가락질이 서툴러서 밥 먹을 때마다 할머니에게

---

11) 1푼은 약 0.3센티미터.
12) 十五夜. 음력 보름. 특히 8월 보름을 말함.

주의를 받았으며, 내가 절하는 모습은 엉덩이가 올라가서 보기 싫다는 말도 들었다. 나는 할머니 앞에 똑바로 앉아서 몇 번이고, 몇 번이고 절을 했지만 아무리 해봐도 할머니는 잘했다고 말씀해주시지 않으셨다.

할머니도 내게는 어려운 존재였던 것이다. 마을 소극장이 생겨 첫 번째 공연으로 도쿄의 자쿠사부로(雀三郎)라는 극단이 왔을 때, 나는 그 공연기간 중 하루도 빠지지 않고 구경을 갔다. 그 소극장은 우리 아버지가 세운 것이었기 때문에 나는 언제나 공짜로 좋은 자리에 앉을 수 있었던 것이다. 학교에서 돌아오자마자 나는 부드러운 기모노로 갈아입고 끝에 조그만 연필을 단 얇은 은사슬을 허리띠에 늘어뜨린 채 소극장으로 달려갔다. 태어나서 처음으로 가부키[13]라는 것을 알았기에 나는 흥분해서 교겐[14]을 보는 동안에도 몇 번이고 눈물을 흘렸다. 그 공연이 끝난 뒤 나는 동생과 친척 아이들을 모아다 극단을 만들어 스스로 연극을 해보았다. 나는 전부터 그렇게 공연하기를 좋아해서 하인이나 하녀들을 모아놓고 옛날이야기를 들려주기도 하고, 환등이나 활동사진을 틀어 보여주기도 했다. 그때는 「야마나카 시카노스케[15]」와 「비둘기의 집[16]」과 「갓포레[17]」 등 세 가지

---

13) 歌舞伎. 에도(江戶) 시대에 완성된 일본 고유의 민중 연극.
14) 狂言. 해학적이고 비속한 부분만을 극화한 예능. 가부키의 막과 막 사이에 행해지기도 했다.
15) 山中鹿之助. 일본 전국시대 및 아즈치모모야마 시대의 무장. 그의 일생은 집안의 재흥과 모리 씨에 대한 적개심으로 일관된 것이었다.
16) 鳩の家. 사토 고로쿠(佐藤紅緑)의 소설. 가족과 우정, 연애의 참모습에 대한 문제를 제기했다.

교겐을 나란히 공연했다. 야마나카 시카노스케가 계곡의 절벽에 있는 어떤 찻집에서 하야카와 아유노스케(早川鮎之助)라는 부하를 얻는 대목을 어떤 소년잡지에서 발췌하여 그것을 내가 각색했다. 나는 야마나카 시카노스케라는 자이오만……, 이라는 기다란 대사를 가부키의 칠오조(7·5조)로 바꾸기 위해 고생을 했다. 「비둘기의 집」은 내가 몇 번을 되풀이해서 읽어도 읽을 때마다 눈물을 흘린 장편소설인데, 그 가운데서도 특히 슬픈 장면을 2막으로 꾸민 것이었다. 「갓포레」는 자쿠사부로 극단이 마지막 막에 출연자 전원이 나와서 반드시 그것을 추었기에 나도 그것을 추기로 한 것이었다. 오륙일 연습을 한 뒤 마침내 그날, 분코구라18) 앞의 널따란 복도를 무대 삼아 조그만 가로닫이 막 등을 설치했다. 낮부터 그런 준비를 하고 있었는데 그 막의 철사에 할머니가 턱을 찔리고 말았다. 할머니는 이 철사로 나를 죽일 셈이냐, 광대 흉내는 그만둬라, 며 우리를 야단 쳤다. 그래도 그날 밤에는 역시 하인과 하녀들을 10명 정도 모아놓고 연극을 했지만 할머니의 말을 생각하면 내 가슴은 무겁고 답답했다. 나는 야마나카 시카노스케와 「비둘기의 집」에서 남자 역을 맡았고, 갓포레도 추었으나 조금도 흥이 나지 않았으며 견딜 수 없이 외로웠다. 그 후에도 나는 때때로 「소도둑(牛盜人)」이나 「접시 저택(皿屋敷)」이나 「슌토쿠마루(俊德丸)」 등의 연극을 했는데 할머니는 그

---

17) かっぽれ. 요란한 속요에 맞춰서 추는 익살스러운 춤.
18) 文庫蔵. 중요한 문서나 금품 등을 보관하기 위해 화재 등에 견딜 수 있도록 견고하게 지은 창고.

때마다 씁쓸한 표정을 지었다.

나는 할머니를 좋아하지 않았으나 내가 잠들지 못하는 밤에는 할머니를 고맙게 생각하는 적도 있었다. 나는 소학교 3, 4학년 무렵부터 불면증에 걸려서 밤 2시가 되어도, 3시가 되어도 잠이 오지 않아 이불 속에서 곧잘 울곤 했다. 잠자기 전에 설탕을 먹으면 된다는 둥, 시계바늘 움직이는 소리를 헤아리라는 둥, 물로 두 발을 식히라는 둥, 자귀나무 잎을 베개 밑에 깔고 자면 된다는 둥, 집안사람들로부터 잠들기 위한 여러 가지 방법을 배웠으나 효과는 별로 없었던 듯하다. 나는 사소한 일에까지 걱정을 하는 성격이라 여러 가지 일들을 들춰내서 마음에 담아두고 있었기 때문에 더욱 잠을 자지 못했던 것이리라. 아버지의 안경을 몰래 가지고 놀다가 그 알을 똑 부러뜨렸을 때는 며칠 밤이고 계속해서 잠을 제대로 자지 못했다. 옆옆 집에 있는 잡화상에서는 약간의 책도 팔고 있었는데 어느 날 나는 거기서 여성잡지의 권두화를 보다가 그중 노란 인어가 그려진 수채화 한 장이 탐이 나서 견딜 수 없었기에 훔칠 생각으로 가만히 잡지에서 찢어내고 있었더니 그곳의 젊은 주인이 오사(治), 오사 하고 부르며 노려보기에 커다란 소리가 나도록 그 잡지를 가게의 바닥에 내던지고 집까지 나는 듯이 달려온 적이 있었는데, 그런 실수도 역시 나를 심한 불면에 시달리게 했다. 나는 또, 이불 속에서 이유도 없이 화재에 대한 공포로 떨었다. 우리 집이 불탄다면, 하는 생각에 잠을 잘 수 없었던 것이다. 어느 날 밤, 나는 잠자리에 들기 직전에 화장실에 갔는데 그 화장실과 복도 하나를 사이에 둔 어두운 계산대의 방에서

서생이 혼자 활동사진을 보고 있었다. 백곰이 빙벽에서 바다로 뛰어드는 장면이 방 안쪽의 장지문에 성냥갑 정도의 크기로 반짝반짝 비치고 있었다. 그 모습을 엿본 나는 서생의 그러한 마음가짐이 견딜 수 없이 슬프게 느껴졌다. 잠자리에 든 뒤에도 그 활동사진을 생각하면 가슴이 두근거려 견딜 수가 없었다. 서생의 신상을 생각하기도 하고, 또 그 영사기의 필름에서부터 발화하여 커다란 화재라도 나면 어떻게 하나, 그것이 한없이 걱정되어 그날 밤은 새벽녘이 될 때까지 편안히 잠을 자지 못했다. 할머니를 고맙게 생각한 것은 그런 밤이었다.

우선, 밤 8시쯤이 되면 하녀가 나를 잠자리에 들게 한 뒤 내가 잠들 때까지 그 하녀도 내 옆에 누워 있어야만 했는데 나는 하녀가 가엾었기에 잠자리에 들자마자 잠든 척을 했다. 하녀가 내 이불 속에서 가만히 빠져나가는 것을 느끼면서 나는 잠이 왔으면 좋겠다고 간절히 바라곤 했다. 10시 무렵까지 이불 속에서 몸을 뒤척이다 나는 훌쩍훌쩍 울면서 자리에서 일어났다. 그때쯤이 되면 우리 집 사람들은 모두 잠든 뒤고, 할머니만이 깨어 계셨다. 할머니는 밤에 집을 지키는 할아범과 부엌의 커다란 화로를 사이에 두고 앉아 이야기를 나누고 있었다. 나는 두툼하게 솜을 넣은 잠옷을 입은 채 그 사이로 들어가 뚱하게 그들의 이야기를 들었다. 그들은 언제나 마을 사람들에 대해서 이야기를 나누었다. 어느 가을의 깊은 밤, 그들이 소곤소곤 하는 이야기에 귀를 기울이고 있자니 멀리서 무시오쿠리마쓰리[19]의 큰북 소리가 쿵쿵 들려온 적이 있었는데 그것을 듣고 아아, 아직 자지 않는 사람들이 꽤 많구나 하는 생각이 들어 아주 마음 든든했던 일만은 잊을 수가 없다.

　소리에 대해서 떠오른다. 우리 큰형은 그 무렵, 도쿄의 대학에 다니고 있었는데 여름방학이 되어 귀향할 때마다 음악이나 문학 등과 같은 새로운 취미를 시골에 퍼뜨렸다. 큰형은 극(劇)을 공부하고 있었다. 지역의 한 잡지에 발표한 「쟁탈(奪い合い)」이라는 1막짜리 글은 마을의 젊은 사람들에게서 좋은 평가를 얻었다. 그것을 완성한 날, 큰형은 여러 동생들에게도 그것을 읽어주었다. 모두가 어려워, 어려워, 하며 들었지만 나는 이해할 수 있었다. 마지막의, 어두운 밤이야, 하는 한 마디에 담긴 시적 정서까지도 이해할 수 있었다. 나는 거기에 「쟁탈」이 아니라 「엉겅퀴(あざみ草)」라는 제목을 붙여야 한다고 생각했기에 나중에 형이 쓰다 버린 원고지 구석에 그런 내 의견을 조그맣게 적어두었다. 아마도 형은 그것을 보지 못한 듯, 제목을 바꾸지 않고 그대로 발표해버렸다. 레코드판도 꽤 많이 모았다. 우리 아버지는 집에서 어떤 향응이 있을 때면 반드시 멀리 있는 커다란 도시에서 게이샤(芸者)를 불렀기에 나도 대여섯 살 무렵부터 그런 게이샤들에게 안겼던 기억이 있으며, 「옛날 옛날 아주 먼 옛날」이나 「그건 기노쿠니(紀のくに)의 귤을 실은 배」 등과 같은 노래와 춤을 기억하고 있다. 그런 이유로 나는 형의 레코드판에서 나오는 서양음악보다 전통음악에 더 익숙해져 있었다. 어느 날 밤,

---

19) 虫おくり祭. 햇불을 들고 징과 북을 치면서 해충을 쫓는 주술적 행사.

24

내가 누워 있는데 형의 방에서 좋은 소리가 흘러나왔기에 나는 베개에서 머리를 떼고 귀를 기울였다. 이튿날, 나는 아침 일찍 일어나 형의 방으로 가서 닥치는 대로 이것저것 레코드를 틀어보았다. 그리고 나는 마침내 발견했다. 전날 밤, 잠들지 못할 정도로 나를 흥분시켰던 그 레코드는, 란초[20]였다.

하지만 나는 큰형보다 작은형을 더 잘 따랐다. 작은형은 도쿄의 상업학교를 우등으로 나온 뒤 그대로 귀향하여 우리 은행에서 일을 하고 있었다. 작은형도 역시 우리 집 사람들에게 냉대를 받고 있었다. 나는 어머니와 할머니가 가장 못생긴 것은 나고, 그 다음으로 못생긴 것이 작은형이라고 이야기하는 것을 들은 적이 있었기에 작은형이 인기가 없는 것도 그 용모 때문일 것이라고 생각했다. 다 필요 없으니 잘생긴 남자로 태어날 걸 그랬어, 안 그러냐, 오사, 라고 반쯤은 나를 놀리듯 중얼거린 작은형의 농담을 나는 기억하고 있다. 그러나 나는 작은형의 얼굴이 못생겼다고 진심으로 생각한 적은 한 번도 없었다. 머리도 형제들 중에서는 좋은 편이라고 믿고 있다. 작은형은 매일 같이 술을 마시고 할머니와 싸움을 했다. 나는 그때마다 마음속으로 할머니를 원망했다.

막내 형과 나는 사이가 좋지 않았다. 이 형은 내 비밀을 여러 가지로 알고 있었기에 나는 언제나 멀리했다. 게다가 막내 형과 내 동생은 얼굴이 비슷하게 생겨서 모든 사람들로부터 아름답다고 칭찬을 들었

---

20) 蘭蝶. 전통 세 줄 악기인 샤미센 반주에 맞춰 부르는 일본의 전통 가요 중 하나.

기에 나는 이 두 사람에게 위아래로 압박을 받고 있는 듯한 느낌이 들어서 견딜 수가 없었던 것이다. 그 형이 도쿄에 있는 중학에 들어갔기에 나는 마침내 안심했다. 동생은 막내로 우아한 얼굴을 하고 있었기에 아버지와 어머니로부터 사랑을 받았다. 나는 끊임없이 동생을 질투하고 있었기에 가끔 때려서 어머니께 야단을 맞고는 어머니를 원망했다. 내가 열 살이나 열한 살 때의 일이라고 생각된다. 내 셔츠와 주반의 바늘땀에 깨를 뿌려놓은 것처럼 이가 꼬였는데 동생이 그것을 살짝 비웃었다고 해서 그야말로 동생을 두들겨 팼다. 하지만 나는 역시 걱정이 되었기에 동생의 머리에 생긴 몇 개의 혹에 '후카인(不可飮)'이라는 약을 발라주었다.

나는 누나들로부터는 귀여움을 받았다. 제일 큰 누나는 세상을 떠났고 둘째 누나는 시집을 갔으며 나머지 두 누나들은 서로 다른 마을에 있는 여학교에 다니고 있었다. 우리 마을에는 기차가 없었기 때문에 3리 정도 떨어진 기차가 있는 마을까지 오가기 위해서 여름에는 마차, 겨울에는 썰매, 눈이 녹기 시작하는 봄이나 진눈깨비 내리는 가을 무렵에는 걸어서 다니는 수밖에 없었다. 누나들은 썰매를 타면 멀미를 했기에 겨울방학이 시작될 때도 걸어서 집에 왔다. 나는 그때마다 동구 밖의 목재가 쌓여 있는 곳까지 마중을 나갔다. 해가 완전히 저물어도 쌓인 눈 때문에 길은 밝았다. 마침내 옆 마을의 숲 속으로 누나들이 들고 있는 등롱이 반짝반짝 나타나면 나는 누나, 하고 커다란 소리를 지르며 두 손을 흔들었다.

셋째 누나의 학교는 막내 누나네 학교보다 작은 마을에 있었기에 선물도 막내 누나의 것에 비하면 언제나 초라했다. 한번은 셋째 누나가 아무것도 없어서, 라고 얼굴을 붉히며 불꽃놀이를 대여섯 묶음 양동이에서 꺼내 내게 준 적이 있었는데 나는 그때 가슴이 미어지는 듯했다. 그 누나도 역시 집안사람들로부터 못생겼다는 말을 듣고 있었던 것이다.

셋째 누나는 여학교에 들어가기 전까지 증조할머니와 둘이 별채에서 잠을 잤기 때문에 나는 증조할머니의 딸인 줄로만 알고 있었을 정도였다. 증조할머니는 내가 소학교를 졸업할 무렵에 돌아가셨는데 하얀 기모노를 입은, 조그맣게 오그라든 증조할머니의 모습을 입관 전에 얼핏 본 나는 그 모습이 앞으로 오래도록 내 눈가에 어른거리면 어떻게 하나 걱정을 했다.

나는 곧 소학교를 졸업했으나 몸이 약하다는 이유로 집안사람들은 나를 고등소학교에 1년 동안만 보내기로 했다. 몸이 건강해지면 중학교에 보내주겠다, 하지만 형들처럼 도쿄의 학교에 가서는 건강에 좋지 않으니 좀 더 시골의 중학에 보내주겠다고 아버지는 말씀하셨다. 나는 중학교에 가고 싶은 마음은 별로 없었지만, 그래도 몸이 약해서 안타깝다는 식의 글을 써서 선생님들의 동정을 얻어내기도 했다.

그때는 우리 마을에도 초 제도[21]가 시행되고 있었으나 그 고등소학교는 우리 마을과 부근의 대여섯 마을이 공동으로 출자하여 만든

---

21) 町制. 예전의 지방자치 제도. 1947년에 폐지되었다.

것으로 우리 마을에서 0.5리나 떨어진 소나무 숲 속에 있었다. 나는 병 때문에 학교를 자주 쉬었지만 그 소학교의 대표자였기에 다른 마을에서 온 우등생이 여럿 모인 고등소학교에서도 1등을 하기 위해 노력하지 않으면 안 되었다. 하지만 나는 거기서도 역시 공부를 하지는 않았다. 곧 중학생이 될 것이라는 나의 자긍심이 그 고등소학교를 더럽고 불쾌한 곳으로 느끼게 했던 것이다. 나는 수업 중에 주로 연속 만화를 그렸다. 쉬는 시간이 되면 성대모사를 해가며 그것을 아이들에게 설명해주었다. 그런 만화를 그린 수첩이 네다섯 권이나 되었다. 책상에 턱을 괴고 교실 밖의 풍경을 멍하니 바라보며 1시간을 보내는 적도 있었다. 내 자리는 유리창 바로 옆이었고 그 창의 유리에는 파리가 한 마리 짓눌려 죽은 채 오래도록 들러붙어 있었는데 그것이 내 시야의 한쪽 구석에 흐릿하고 크게 들어오면 나는 꿩이나 산비둘기처럼 여겨졌기에 몇 번이고 깜짝 놀라곤 했다. 나를 사랑하는 대여섯 명의 학생들과 함께 수업을 빠져나와 소나무 숲 뒤에 있는 연못 물가에 누워 여학생들에 대한 이야기를 하기도 하고, 모두가 옷을 걷어 올리고 거기에 거뭇거뭇 자라기 시작한 털을 서로 비교하기도 하면서 놀았다.

그 학교는 남녀공학이었지만, 그래도 나는 내가 먼저 여학생에게 다가간 적은 없었다. 나는 욕정이 매우 격했기에 그것을 힘껏 억눌렀으며 여자에 대해서도 커다란 겁쟁이가 되어 있었다. 그때까지 나를 좋아하던 여자아이가 두어 명 있었지만 나는 언제나 모르는 척하며 지내왔다. 제국미술원전람회[22]에 입선한 작품들의 화첩을 아버지의 책장에서 꺼내서는 그 안에 숨겨져 있는 하얀 그림을 뺨을 붉혀가며 바라보기도 하고, 내가 기르던 토끼 한 쌍을 수시로 교미시켜 그 수토끼가 등을 봉긋하고 둥글게 마는 모습에 설렘을 느끼기도 하고, 그런 일들로 나는 참고 있었다. 나는 허세 부리기를 좋아하는 아이였기에 그, 안마를 한다는 사실조차 누구에게도 밝히지 않았다. 그것이 해롭다는 내용을 책에서 읽고 그만두기 위해 여러 가지로 고심을 해보았으나 소용없는 일이었다. 그 동안 나는 그처럼 먼 학교를 매일 걸어 다닌 덕분에 몸에도 살이 붙기 시작했다. 이마 부근에 좁쌀같이 조그만 여드름이 나기 시작했다. 그것도 창피하다고 생각했다. 나는 거기에 '호탄코(寶丹膏)'라는 약을 새빨갛게 발랐다. 큰형이 그해에 결혼했는데 혼례를 올리는 날 밤에 나와 동생이 그 신부의 방에 몰래 들어갔더니 형수는 방의 입구 쪽으로 등을 돌리고 앉아서 머리를 묶고 있었다. 나는 거울에 비친 신부의 뽀얗게 웃는 얼굴을 보자마자 동생을 끌고 도망쳐 나왔다. 그리고 나는 별거 아니네! 라고 힘을 주어 잘난 척 말했다. 약을 발라 빨개진 내 이마 때문에 더욱 주눅이 들어 쓸데없이 이렇게 반발을 한 것이었다.

　겨울이 다가오자 나도 중학교 수험 공부를 시작하지 않으면 안 되었다. 나는 잡지의 광고를 보고 도쿄에다 여러 가지 참고서들을 주문했다. 하지만 그것들을 책 상자에 늘어놓았을 뿐, 조금도 읽지 않았다. 내가 수험하기로 되어 있는 중학교는 현23)에서도 가장 큰

---

22) 帝国美術院展覧会. 일본미술전람회의 전신.
23) 県. 일본의 행정구역 단위. 우리나라의 도(道)에 해당.

도시에 있었는데 지원자도 언제나 두어 배 더 많았다. 나는 때때로 낙제하지나 않을까 하는 걱정에 시달렸다. 그럴 때면 나도 공부를 했다. 그리고 일주일쯤 계속해서 공부를 하자 곧 급제에 대한 확신이 생겼다. 공부를 할 때는 밤 12시 가까이까지 잠을 자지 않았으며, 아침에는 대부분 4시에 일어났다. 공부를 할 때면 다미(たみ)라는 하녀를 옆에 두고 불을 피우게도 하고 차를 우리게도 했다. 다미는 아무리 늦게까지 잠을 못 잤다 할지라도 다음 날에는 4시가 되면 반드시 나를 깨우러 왔다. 내가 산수의, 쥐가 새끼를 낳는 응용문제 때문에 애를 먹고 있는 옆에서 다미는 조용히 소설책을 읽고 있었다. 나중에는 다미를 대신하여 나이 많고 뚱뚱한 하녀가 내 뒷바라지를 해주게 되었는데 그것이 어머니의 지시였음을 알고 나는 어머니의 그 저의에 얼굴을 찌푸렸다.

그 이듬해 봄, 아직 깊은 눈이 쌓여 있을 무렵 우리 아버지가 도쿄의 병원에서 피를 토하고 돌아가셨다. 근처 신문사는 아버지의 부고를 호외로 보도했다. 나는 아버지의 죽음보다 그러한 센세이션 쪽에 더 흥미를 느꼈다. 유족들의 이름에 섞여서 내 이름도 신문에 실려 있었다. 아버지의 유해는 커다란 관에 누운 채 썰매에 실려 고향으로 돌아왔다. 나는 수많은 마을사람들과 함께 이웃마을 가까이까지 마중을 나갔다. 잠시 후, 숲의 그늘에서 몇 대나 연달아 썰매의 포장이 달빛을 받으며 미끄러져 나오는 것을 보고 나는 아름답다고 생각했다.

다음 날, 우리 식구들은 아버지의 관이 놓인 방에 모였다. 관의 뚜껑이 열리자 모두 소리를 내어 울었다. 아버지는 잠들어 계신 것 같았다. 높은 콧날이 아주 창백해져 있었다. 나는 모두의 울음소리를 듣고 덩달아 눈물을 흘렸다.

우리 집은 그로부터 한 달 동안 불난 집처럼 떠들썩했다. 나는 그 혼란스러움 속에서 수험공부를 완전히 게을리 하게 되었다. 고등소학교의 학년 시험 때도 거의 엉터리 답안을 써서 제출했다. 내 성적은 전체에서 세 번째인가 그 정도였는데 이것은 분명히 담임선생님께서 우리 집안을 어려워했기 때문이었다. 나는 그 무렵 이미 기억력의 감퇴를 느끼고 있었기에 미리 공부를 해가지 않으면 시험에는 아무것도 쓸 수 없게 되었던 것이다. 내게 있어서 그런 경험은 처음이었다.

2장

좋은 성적은 아니었으나 나는 그해 봄, 중학교에 수험하여 합격을 했다. 나는 새 하카마24)와 검은 양말과 부츠를 신고, 그때까지 두르고 있던 담요 대신 모직물로 만든 망토를 멋쟁이라도 되는 양 단추를 풀어 앞을 연 채 걸치고 그 바다가 있는 작은 도회로 갔다. 그리고 우리 집과 먼 친척이 되는, 그 마을의 포목점25)에 여장을 풀었다.

---

24) 袴. 일본옷의 겉에 허리부터 아래쪽으로 두르는 겉옷.
25) 도요타 다자에몬(豊田太左衛門) 씨의 포목점.

입구에 오래 되어 찢어진 노렌26)을 걸어놓은 그 집에서, 나는 이후 신세를 지게 된 것이다.

나는 무슨 일에나 우쭐해지기 쉬운 성격을 가지고 있는데 입학 당시는 목욕탕에 갈 때도 학교의 제모를 쓰고 하카마를 입었다. 그런 내 모습이 거리의 유리창에라도 비치면, 나는 웃으며 거기에 가볍게 인사를 하곤 했다.

하지만 학교는 조금도 재미있지 않았다. 학교는 마을의 끝자락에 있었고 하얀 페인트를 칠해놓았는데 바로 뒤가 해협27)에 면한 널따란 공원이어서 파도소리와, 소나무가 쏴아 바람에 흔들리는 소리가 수업 중에도 들려왔으며, 복도도 넓고 교실의 천장도 높았기에 나는 모든 면에서 좋은 느낌을 받았으나 그곳에 있는 교사들은 나를 심하게 박해했다.

나는 입학식 날부터 한 체조 교사에게 맞았다. 내가 건방지다는 것이었다. 그 교사는 입학시험 때 내 구술시험을 담당했었는데, 아버님께서 돌아가셔서 공부도 못했지, 라며 내게 다정한 말을 해주었고 나도 고개를 숙여 보인 바로 그 사람이었던 만큼 내 마음은 한층 더 상처를 입었다. 그 후에도 나는 여러 교사들에게 맞았다. 히죽히죽 웃는다는 둥, 하품을 했다는 둥, 여러 가지 이유에서 벌을 받았다. 수업 중의 내 하품이 하도 커서 교무실에서도 유명하다는 말을 들었다. 나는 그런 한심한 일들을 이야기하고 있는 교무실을, 우습다고

---

26) のれん. 상점 입구에 옥호를 써 넣어 드리운 천.
27) 쓰가루(津軽) 해협을 말한다.

생각했다.

나와 같은 마을에서 온 학생 하나가 어느 날 나를 교정의 모래
산 뒤로 불러서, 네 태도는 실제로 건방져 보인다, 그렇게 맞기만
하면 틀림없이 낙제할 것이라고 충고해주었다. 나는 깜짝 놀랐다.
그날 방과 후, 나는 해안을 따라 혼자 귀가를 서둘렀다. 구두 밑창을
적시는 파도와 함께 한숨을 내쉬며 걸었다. 서양식 옷의 소매로 얼굴
의 땀을 닦고 있는데 놀랄 만큼 커다란 회색 돛이 눈 바로 앞을 천천
히 지나갔다.

나는 막 떨어지려 하는 꽃잎이었다. 조그만 바람에도 떨었다. 사람
들로부터 아무리 사소한 일로 비난을 받아도 죽지 않을 것이라며
몸부림쳤다. 나는 자신이 지금 당장이라도 훌륭한 사람이 될 것이라
생각하고 있었을 뿐만 아니라, 영웅으로서의 명예를 지켜서 설령
어른들의 모욕이라 할지라도 용서할 수가 없었기 때문에 그 낙제라
는 불명예도 그만큼 치명적이었던 것이다. 그 이후부터 나는 조마조
마한 마음으로 수업을 들었다. 수업을 들으면서도 이 교실 안에는
눈에 보이지 않는 백 명의 적이 있다고 생각하여 조금도 방심하지
않았다. 아침, 학교에 가기 전이면 내 책상 위에 카드를 늘어놓아
그날 하루의 운명을 점쳤다. 하트는 대길(大吉)이었다. 다이아몬드
는 반길(半吉), 클로버는 반흉(半凶), 스페이드는 대흉(大凶)이었
다. 그런데 그 무렵에는 매일 스페이드만 나왔다.

그로부터 얼마 지나지 않아서 시험이 찾아왔는데 나는 박물28)도
지리도, 수신29)도 교과서를 한 글자도 빼먹지 않고 그대로 암기해버

리려 노력했다. 이것은 어중간한 것을 싫어하는 나의 결벽에서 온 것일 테지만, 이 공부법은 내게 좋지 않은 결과를 가져다주었다. 나는 공부하기가 답답해서 견딜 수가 없었으며, 시험을 볼 때도 융통성이 떨어져서 거의 완벽에 가까운 좋은 답안을 작성하는 경우도 있었지만, 하찮기 짝이 없는 한 글자, 한 구절에 발목을 잡히는 바람에 생각이 흐트러져서 아무런 의미도 없이 그저 답안지만 더럽히는 경우도 있었던 것이다.

하지만 첫 번째 학기의 내 성적은 반에서 세 번째였다. 품행도 갑30)이었다. 낙제에 대한 걱정으로 괴로워했던 나는 그 성적표를 한 손에 쥐고 다른 한 손에는 구두를 든 채, 뒤쪽의 해안까지 맨발로 달렸다. 기뻤던 것이다.

1학기를 마치고 처음으로 귀향할 때 나는 고향의 동생들에게 내 중학생활의 짧은 경험을 가능한 한 화려한 것으로 설명하고 싶었기에 내가 지난 3, 4개월 동안 사용하던 모든 것, 방석까지 행장에 넣었다.

마차에 흔들리며 이웃 마을의 숲을 빠져나오자 수십 리 사방에 푸른 논이 펼쳐져 있고 그 푸른 논 끝에 우리 집의 빨갛고 커다란 지붕이 솟아 있었다. 나는 그것을 10년 동안이나 보지 못했던 듯한 느낌이 들었다.

---

28) 博物. 자연과학과 관련된 과목.
29) 修身. 도덕과 관련된 과목.
30) 예전에는 성적을 갑을병정(甲乙丙丁)으로 나누어 평가했는데 그중 갑이 가장 좋은 성적이다.

나는 그 한 달 정도의 방학 때만큼 의기양양한 기분으로 지낸 적이 없었다. 나는 동생들에게 중학교에 관한 일을 과장해서 마치 꿈결처럼 들려주었다. 그 작은 도시의 모습도 극력 환상적이고 아름답게 이야기했다.

　나는 풍경을 스케치하기도 하고 곤충을 채집하기도 하면서 들판과 계곡을 돌아다녔다. 수채화를 5장 그리는 것과 진귀한 곤충의 표본을 10개 만드는 것이 교사들이 내준 방학 중의 숙제였다. 나는 포충망을 어깨에 걸치고, 동생에게는 핀셋과 독항아리 등이 든 채집 가방을 들려서 배추흰나비나 메뚜기를 좇으며 하루 종일을 여름 들판에서 보냈다. 밤에는 정원에 모닥불을 활활 피워놓고 날아드는 수많은 벌레들을 망이나 빗자루로 남김없이 때려잡았다. 막내 형은 미술학교의 조소과에 다니고 있었는데 매일 정원의 커다란 밤나무 밑에서 점토를 만지작거리고 있었다. 이미 여학교를 졸업한 내 바로 위 누나의 흉상을 만들고 있었던 것이다. 나 역시 그 옆에서 누나의 얼굴을 몇 장이고 스케치하여 형과 서로의 작품을 헐뜯었다. 누나는 진지하게 우리의 모델이 되어 주었는데 그럴 때면 주로 내 수채화 쪽의 편을 들었다. 이 형은, 어렸을 때는 모두가 천재다, 라는 말로 내 모든 재능을 무시했다. 내 글조차도 소학생의 작문이라며 비웃었다. 나도 당시에는 형의 예술적 힘을 노골적으로 경멸했다.

　어느 날 밤, 그 형이 내가 자고 있는 곳으로 와서 오사, 진귀한 동물이야, 라고 낮은 목소리로 말하며 몸을 웅크려 모기장 밑으로 휴지에 가볍게 싼 것을 가만히 넣어 주었다. 형은 내가 진귀한 곤충을 모으고 있다는 사실을 알고 있었던 것이다. 휴지 속에서는 바스락바스락 벌레가 꿈틀거리는 발소리가 들려왔다. 나는 그 조그만 소리에서 육친의 정을 느꼈다. 내가 거칠게 그 조그만 휴지를 펼치자 형은 도망칠지도 몰라, 거봐, 거봐, 하며 숨을 죽여 말했다. 보니 흔히 볼 수 있는 사슴벌레였다. 나는 그 초시류도 내가 채집한 진귀한 곤충 열 종류에 넣어 교사에게 제출했다.

방학이 끝나자 나는 슬퍼졌다. 고향을 떠나 그 조그만 도시로 가서 포목점 2층에 혼자 행장을 놓았을 때 나는 하마터면 눈물을 흘릴 뻔했다. 나는 그처럼 외로움이 느껴질 때면 책방에 가곤 했다. 그때도 나는 근처 책방에 갔다. 거기에 진열되어 있는 여러 가지 간행물의 등을 보는 것만으로도 신기하게 내 우수는 사라져버리고 마는 것이다. 그 책방의 구석에 위치한 책장에는 내가 갖고 싶어도 살 수 없는 책이 대여섯 권 있었는데 나는 때때로 태연한 척 그 앞에 멈춰 서서 무릎을 떨며 그 책의 페이지를 훔쳐보곤 했지만 내가 책방에 가는 것은 그런 의학적이라고도 할 수 있는 내용을 읽기 위해서만은 아니었다. 당시 내게는 모든 책이 휴양과 위안이기 때문이었다.

학교의 공부는 더욱 재미가 없었다. 하얀 지도에 산맥과 항만과 하천을 수채화 물감으로 기입하는 숙제 등은 무엇보다도 저주스러웠다. 나는 무슨 일에나 완벽을 기하는 성격이었기에 이 지도를 채색하는 일에는 서너 시간이나 걸렸다. 역사도, 교사는 일부러 노트를 만들게 해서 거기에 강의의 요점을 적으라고 명령했으나 교사의 강의는 교과서를 읽는 것과 다를 바 없었기에 그 노트도 자연스럽게 교과서를 그대로 베껴 쓸 수밖에 없었다. 나는 그래도 성적에 미련이 있었기에 그런 숙제를 매일 정성껏 했다. 가을이 되자 그 도시에 있는 중등학교 간의 여러 가지 스포츠 시합이 시작되었다. 시골에서 올라온 나는 야구 시합 같은 것은 본 적조차 없었다. 소설책을 통해서 만루라거나, 유격수라거나, 중견수 등과 같은 용어를 알고 있었을 뿐이었는데 곧 그 시합을 보는 법도 배웠지만 그다지 열광하지는 못했다. 야구뿐만 아니라 정구와 유도 등 다른 학교와 어떤 시합이 있을 때마다 나도 응원단의 한 사람으로서 선수들에게 성원을 보내야 했지만 그것이 중학교 생활을 더욱 하기 싫은 것으로 만들어버렸다. 응원단장이라는 사람이 있었는데 일부러 더러운 모습으로 일장기가 그려진 부채를 들고 교정 구석에 있는 야트막한 언덕에 올라 연설을 하면 학생들은 그 단장의 모습을 지저분하다, 지저분하다고 말하며 즐거워했다. 시합 때는 게임 사이사이에 단장이 팔랑팔랑 부채질을 하며 올 스탠드 업이라고 외쳤다. 우리는 일어나 조그만 자주색 삼각형 깃발을 일제히 흔들며, 호적수, 호적수 장하기는 하다만, 이라는 응원가를 불렀다. 나는 그것이 부끄러웠다. 나는 틈을 엿보고 있다가 그 응원에서 도망쳐 집으로 돌아왔다.

그렇다고 해서 내게 스포츠의 경험이 전혀 없는 것은 아니었다. 내 얼굴은 검푸른 빛이었는데 나는 그것이 예의 안마 때문이라고 믿고 있었기에 사람들이 내 얼굴빛에 대해서 이야기를 하면 나의 그 비밀을 지적당하기라도 한 듯 당황했다. 나는 어떻게 해서든 혈색을 좋게 만들고 싶었기에 스포츠를 시작했던 것이다.

나는 훨씬 전부터 그 혈색 때문에 고민을 해왔다. 소학교 4, 5학년 무렵에 막내 형에게서 데모크라시라는 사상을 들었으며, 어머니까지 데모크라시 때문에 세금이 갑자기 올라서 거둔 쌀의 거의 대부분을 세금으로 내야 한다고 손님들에게 불평하는 것을 들었기에 나는 마음 약하게도 그 사상에 흔들렸다. 그리고 여름에는 하인들이 정원의 풀 베는 것을 돕기도 하고, 겨울에는 지붕의 눈 쓰는 것을 돕기도 하면서 하인들에게 데모크라시 사상을 가르쳤다. 그러다 하인들이 내 도움을 별로 달가워하지 않는다는 사실을 곧 알게 되었다. 내가 풀을 벤 곳은 나중에 그들이 다시 베어야만 했던 모양이다. 나는 하인들을 돕는다는 구실 하에 내 낯빛도 보기 좋게 만들 심산이었으나 그렇게 노동을 해도 내 낯빛은 좋아지지 않았던 것이다.

중학교에 들어간 뒤부터 나는 스포츠를 통해서 좋은 낯빛을 얻어야겠다고 생각했기에 더울 때는 학교에서 돌아오는 길에 반드시 바다에 들어가 수영을 했다. 나는 흉영(胸泳)이라고 해서 청개구리처럼 두 발을 벌려 수영하는 방법을 좋아했다. 머리를 물 위로 똑바로 내밀고 수영을 하기 때문에 파도가 넘실거리는 세세한 물결과 해안의 푸른 잎과 흐르는 구름까지 전부 수영을 하면서 바라볼 수 있었다. 나는 거북이처럼 머리를 가능한 한 높게 내민 채 수영을 했다. 얼굴을 조금이라도 태양 가까이 가져가 빨리 볕에 탔으면 좋겠다고 생각했기 때문이었다.

또한 내가 살던 집 뒤쪽은 널따란 묘지였는데 나는 거기에 직선으로 100미터 코스를 만들어 혼자서 열심히 달렸다. 그 묘지는 높다란 미루나무 숲에 둘러싸여 있었는데 달리다 지치면 나는 그곳의 솔도 파에 적힌 내용을 읽으며 돌아다녔다. 월천담저31)네 삼계유일심(三界唯一心)이네 하는 구절을 아직도 기억하고 있다. 어느 날, 나는 우산이끼가 **빽빽**하게 덮인 검고 눅눅한 묘비에서 자쿠쇼세이료 거사(寂性淸寥居士)라는 이름을 발견하고는 꽤나 마음이 설레어 그 무덤 앞에 새로 장식해 놓은 종이 연꽃의 하얀 잎에, 나는 지금 흙 밑에서 구더기와 노닐고 있다는 한 프랑스 시인으로부터 암시받은 말을, 진흙 묻은 내 검지로 마치 유령이 쓴 것처럼 가느다랗게 적어놓았다. 그 다음 날 저녁, 나는 운동을 시작하기 전에 우선 전날의 묘표에 참배했는데 아침에 내린 소나기로 망혼의 문자는 그 근친의 누구도 눈물짓게 하지 못하고 흔적도 없이 씻겨 내려갔으며, 연꽃의 하얀 잎도 군데군데 찢겨 있었다.

나는 그런 일들을 하며 놀았는데 달리는 것도 아주 잘하게 되었다. 두 다리의 근육도 울퉁불퉁 둥글게 부풀어 오르기 시작했다. 그래도 낯빛은 역시 좋아지지 않았다. 검은 살갗 안쪽에는 탁한 청색이 기분 나쁘게 고여 있었다.

나는 얼굴에 흥미를 가지고 있었다. 독서에 싫증이 나면 손거울을 꺼내 미소 짓기도 하고, 눈썹을 찌푸리기도 하고, 턱을 괴고 생각에 잠기기도 하며 그 표정을 질리지도 않고 바라보았다. 나는 사람들을 반드시 웃길 수 있을 만한 표정을 터득했다. 눈을 가늘게 뜨고 코를

---

31) 月穿潭底. 송나라 야보 스님의 시 중 한 구절이다. 달이 연못을 꿰뚫었다는 뜻.

찡그리고 입을 조그맣고 뾰족하게 오므리면 새끼 곰처럼 귀여웠던 것이다. 나는 불만스러울 때나 당혹스러울 때 그 얼굴을 했다. 내 바로 위 누나는 당시 그 도시의 현립 병원 내과에 입원해 있었는데 내가 누나를 문병 가서 그 얼굴을 해 보였더니 누나는 배를 움켜쥐고 침대 위를 나뒹굴었다. 누나는 집에서 데려온 나이 든 하녀와 둘이서만 병원에서 생활했는데 매우 외로웠기 때문에 병원의 기다란 복도를 쿵쿵 걸어오는 내 발소리가 들리기만 해도 벌써 신이 나는 모양이었다. 내 발소리는 다른 사람과 달리 아주 높았다. 내가 단 일주일만 누나를 찾아가지 않아도 누나는 하녀를 보내 나를 불러들였다. 내가 가지 않으면 신기하게도 누나의 열이 올라 용태가 나빠진다고 그 하녀가 진지한 얼굴로 말했다.

그 무렵에는 나도 벌써 열대여섯 살이 되어 손등에는 정맥의 파란 혈관이 희미하게 비쳐 보였으며, 몸도 이상할 정도로 무겁게 느껴졌다. 나는 같은 반의 피부가 거뭇하고 조그만 학생과 은밀하게 사랑을 나누었다. 학교를 마치고 집으로 돌아갈 때면 언제나 둘이서 나란히 걸었다. 서로의 새끼손가락이 스치기만 해도 우리는 얼굴을 붉혔다. 한번은 둘이 학교의 뒷길 쪽을 걸어서 집에 가고 있는데 미나리와 별꽃이 파랗게 자란 봇도랑 속에 영원이 한 마리 떠 있는 것을 그 학생이 발견하고 말없이 그것을 잡아 내게 주었다. 나는 영원을 싫어했지만 신이 난다는 듯 기뻐하며 그것을 손수건에 쌌다. 살던 집으로 가져가 안뜰의 조그만 연못에 풀어주었다. 영원은 짧은 머리를 까딱까딱 흔들며 헤엄쳤으나 다음 날 아침에 가보니 도망치고 없었다.

나는 높은 자긍심을 가지고 있었기 때문에 내 생각을 상대방에게 밝힌다는 것은 생각할 수도 없는 일이었다. 그 학생에게는 평소에도 말을 많이 하지 않았을 뿐만 아니라, 그 무렵 이웃집의 마른 여학생도 나는 의식하고 있었는데, 이 여학생과는 길에서 만나도 거의 그 사람을 무시하듯 휙 얼굴을 돌려버렸다. 가을 무렵, 한밤중에 불이 나서 나도 일어나 밖에 나가 보았더니 바로 근처에 있는 신사의 뒤쪽 부근이 불똥을 튀기며 타오르고 있었다. 신사의 삼나무 숲이 그 화염을 감싸듯 시커멓게 서 있었으며 그 위를 새들이 여럿, 낙엽처럼 미친 듯이 날고 있었다. 나는 옆집의 문가에서 하얀 잠옷을 입은 여자아이가 내 쪽을 바라보고 있다는 사실을 잘 알고 있었으면서도 옆얼굴만을 그쪽으로 향한 채 가만히 화재가 난 곳을 바라보았다. 화염의 붉은 빛을 받은 내 옆얼굴은 틀림없이 반짝반짝 아름답게 보일 것이라고 생각한 것이다. 이런 식이었기 때문에 나는 앞의 학생과도, 또 이 여학생과도 좀 더 진전된 교섭을 가질 수 없었다. 그러나 혼자 있을 때면 나는 훨씬 더 대담했다. 거울의 내 얼굴을 향해 한쪽 눈을 찡긋하고 웃어 보이기도 하고, 책상 위에 작은 칼로 얇은 입술을 새겨서 거기에 내 입술을 얹어보기도 했다. 그 입술에는 나중에 빨간 잉크를 발라보았으나 이상하게 검붉은 색이 되어 기분이 좋지 않았기에 나는 작은 칼로 완전히 긁어내 버렸다.

내가 3학년이었던 어느 봄날의 아침, 학교로 가는 길에 빨갛게 칠한 다리의 둥근 난간에 기대어 나는 잠시 넋을 놓고 있었다. 다리 밑에는 스미다가와[32)]와 비슷한, 넓은 강이 천천히 흐르고 있었다.

완전히 넋을 놓은 경험, 그때까지의 내게는 한 번도 없었다. 뒤에서 누군가가 보고 있는 것 같다는 생각이 들어 나는 언제나 어떤 태도를 취하고 있었던 것이다. 나는 세세한 몸짓 하나하나에도, 그는 당황하여 손바닥을 바라보았다, 그는 귀 뒤쪽을 긁으며 중얼거렸다, 등과 같이 일일이 설명문을 덧붙이고 있었기에 내게 있어서 문득이라거나, 나도 모르게라는 동작은 있을 수 없었던 것이다. 다리 위에서 정신을 차리고 나니 내 가슴은 외로움으로 가득했다. 그런 기분이 들 때면 나도 역시 자신에게 찾아올 미래에 대해서 생각했다. 다리를 터벅터벅 건너며 여러 가지 일을 떠올리기도 하고 또 몽상에 잠기기도 했다. 그리고 마지막으로 한숨을 내쉬며 이렇게 생각했다. 훌륭한 사람이 될 수 있을까? 그때를 전후로 해서 내 마음속의 초조함이 시작된 것이다. 나는 어떤 일에 대해서도 만족할 수 없었기 때문에 언제나 공허하게 몸부림을 치고 있었다. 내게는 열 겹, 스무 겹의 가면이 들러붙어 있었기에 어느 것이 얼마나 슬픈 것인지 구분해낼 수 없었던 것이다. 그러다 나는 마침내 어떤 쓸쓸한 분출구를 찾아냈다. 창작이었다. 여기에는 나 같은 사람들이 여럿 있어서 모두가 나처럼 이 정체를 알 수 없는 전율을 바라보고 있는 것 같다는 생각이 들었던 것이다. 작가가 되자, 작가가 되자, 라고 나는 남몰래 소망했다. 그해에 동생도 중학교에 입학하여 나와 같은 방에서 생활했는데 동생과 상의한 뒤, 초여름 무렵에 친구 대여섯 명을 모아 동인잡지[33]

---

32) 隅田川. 도쿄 동쪽을 흐르는 강.
33) 『신기루(蜃氣樓)』 다자이 자신이 직접 편집했으며 급우들에게 돌렸는

를 만들었다. 내가 살고 있던 집의 대각선 맞은편에 인쇄소가 있었기에 거기에 부탁한 것이었다. 표지도 석판으로 아름답게 인쇄하도록 했다. 반 친구들에게 그 잡지를 나눠주었다. 나는 거기에 매달 하나씩 창작물을 발표했다. 처음에는 도덕에 대해서 철학자라도 되는 양 소설을 썼다. 한 줄이나 두 줄 정도의 단편적 수필에도 자신이 있었다. 이 잡지는 그로부터 1년 정도 계속되었는데 나는 그것 때문에 큰형과 어색한 관계가 되어버리고 말았다.

큰형은 내가 문학에 열광하고 있는 듯한 모습이 걱정되었는지 고향에서 장문의 편지를 보내왔다. 화학에는 방정식이 있고 기하에는 정리가 있어서 그것을 이해하는 완전한 열쇠가 주어져 있으나 문학에는 그것이 없습니다, 일정한 나이, 환경에 도달하지 못하면 문학을 정당하게 파악하기란 불가능한 일이라 생각합니다, 라고 딱딱한 어조로 적혀 있었다. 나도 그렇게 생각했다. 그리고 나는 자신을, 그것을 허락받은 인간이라고 믿었다. 나는 큰형에게 바로 답장을 보냈다. 형님의 말씀이 옳다고 생각한다, 훌륭한 형님을 둔 것은 행복이다, 하지만 나는 문학 때문에 공부를 게을리 하지는 않는다, 오히려 그 때문에 더욱 열심히 공부를 하고 있다, 고 과장스러운 감정을 곳곳에 섞어서 큰형에게 전했다.

어쨌든 너는 다른 사람들보다 뛰어나야 한다는 협박과도 같은 생각 때문이기는 했지만, 실제로 나는 공부를 하고 있었다. 3학년이

데 1년 정도 계속되었다.

된 뒤부터는 언제나 반에서 수석이었다. 점수에 목숨을 걸었다는 말을 듣지 않고 수석을 차지하기란 쉬운 일이 아니었으나 나는 그와 같은 조롱을 받지 않았을 뿐만 아니라 급우들을 다루는 요령까지 터득하고 있었다. 문어라는 별명을 가진 유도부의 주장조차도 내게는 순종적이었다. 교실 구석에 쓰레기를 버리는 커다란 항아리가 있었는데 내가 가끔 그것을 가리키며 문어도 항아리에 들어가지 않을래, 하고 말하면 문어는 그 항아리에 머리를 집어넣고 웃었다. 웃음소리가 항아리 속에서 울려 이상한 소리를 냈다. 반의 미소년들도 대부분 나를 잘 따랐다. 내가 얼굴의 여드름에 삼각형이나 육각형이나 꽃 모양으로 자른 반창고를 여기저기 마구 붙여도 누구 하나 우습게 여기지 않을 정도였다.

나는 이 여드름 때문에 마음고생을 했다. 그때는 숫자도 더욱 늘어서 매일 아침 눈을 뜰 때마다 손바닥으로 얼굴을 문지르며 그 모습을 살펴보았다. 여러 가지 약을 사다 발라보았으나 효과가 없었던 것이다. 나는 그 여드름을 욕정의 상징이라고 생각했기에 눈앞이 캄캄해질 정도로 부끄러웠다. 차라리 죽어버리고 싶다고 생각한 적까지 있었다. 내 얼굴에 대한 집안사람들의 혹평도 절정에 달해 있었다. 다른 집으로 시집간 큰누나는, 오사에게는 시집올 사람도 없을 거라고까지 말했다고 한다. 나는 열심히 약을 발랐다.

동생도 내 여드름이 걱정되었는지 몇 번이고 내 대신 약을 사러 가주었다. 나와 동생은 어렸을 때부터 사이가 좋지 않아 동생이 중학교 수험을 할 때도 나는 그의 실패를 빌었을 정도였으나, 이렇게 둘이서 고향을 떠나 살다보니 나도 동생의 좋은 성격을 점점 깨닫기 시작한 것이었다. 동생은 자랄수록 점점 말수가 줄었으며 내성적으로 변해갔다. 우리 동인지에도 가끔 소품을 실었으나 하나같이 유약한 글들이었다. 나보다 학교 성적이 좋지 않다는 점을 늘 괴로워했는데 내가 위로라도 할 양이면 오히려 기분 나빠했다. 또한 자기 이마의 머리털이 후지산(富士山)처럼 삼각형이어서 여자 같다는 사실을 혐오스럽게 생각했다. 이마가 좁기 때문에 머리가 나쁜 것이라고 굳게 믿고 있었던 것이다. 나는 이 동생에게만은 모든 것을 털어놓았다. 그 무렵 나는 사람을 대할 때면 전부를 감춰버리거나, 전부를 내보이거나, 둘 중 하나였던 것이다. 우리는 모든 것을 털어놓고 이야기했다.

초가을 무렵의 어느 달 없는 밤, 우리는 항구의 부둣가에 앉아 해협을 건너오는 상쾌한 바람을 맞으며 빨간 실에 대해서 이야기를 나누었다. 그것은 언젠가 학교의 국어교사가 수업시간에 학생들에게 들려준 이야기로, 우리의 오른쪽 새끼발가락에는 눈에 보이지 않는 빨간 실이 묶여 있는데 그것이 스르르 길게 자라서 한쪽 끝이 틀림없이 어떤 여자의 역시 발가락에 묶이게 된다, 두 사람이 아무리 멀리 떨어져 있어도 그 실은 끊어지지 않는다, 아무리 다가가도 설령 거리에서 마주친다 할지라도 그 실은 엉키지 않는다, 그리고 우리는 그 여자를 아내로 맞아들이게 되어 있다. 이 이야기를 처음 들었을 때 나는 굉장히 흥분해서 집에 가자마자 바로 동생에게 이야기해주었을 정도였다. 우리는 그날 밤에도 파도 소리와 갈매기 소리에 귀 기울이며 그 이야기를 했다. 네 와이프는 지금 무엇을 하고 있을까, 하고 동생에게 물었더니 동생은 부둣가의 난간을 두어 번 양손으로 흔들고는 정원을 걷고 있다고 쑥스러운 듯 말했다. 커다란 정원용 나막신을 신고 부채를 들고 달맞이꽃을 바라보고 있는 소녀는 동생과 참으로 잘 어울릴 것 같았다. 내 아내를 말할 차례였으나 나는 새까만 어둠 속에 잠긴 바다로 시선을 던진 채 빨간 허리띠를 매고, 라고만 말한 뒤 입을 다물어버렸다. 해협을 건너오는 연락선이 커다란 여관처럼 수많은 방들에 노란 불을 켜고 흔들흔들 수평선에서 떠올랐다.

이것만은 동생에게도 숨기고 있었다. 그해 여름방학 때 내가 고향에 갔더니 홑옷에 빨간 허리띠를 맨 조그만 체구의 몸종이 난폭한 동작으로 내 양복을 벗겨주었던 것이다. 미요(みよ)라고 했다.

나는 잠을 자기 전에 담배를 한 개비 몰래 피우며 소설의 첫 부분 등을 생각하는 버릇이 있었는데 미요가 어느 틈엔가 그 사실을 알고 어느 날 밤 내 이불을 깐 뒤 머리맡에 떡하니 재떨이를 놓았다. 나는 그 다음 날 아침, 방을 청소하러온 미요에게 담배는 몰래 피우는 것이니 재떨이를 놓아서는 안 된다고 말했다. 미요는 네, 하며 뾰로통한 표정을 지었다. 같은 방학 기간 중의 일이었는데, 시내에서 나니와부시[34] 공연이 있었을 때, 우리 집에서는 부리고 있던 사람들 전부를 공연장으로 구경 보낸 적이 있었다. 나와 동생에게도 가라고 했으나 우리는 시골의 공연물을 무시했기 때문에 일부러 반딧불이를 잡

---

34) 浪花節. 일본의 전통악기인 샤미센 연주에 맞춰 부르는 창.

으러 논으로 갔다. 이웃 마을의 숲 가까이까지 갔으나 밤안개가 너무 깊어서 겨우 스무 마리 정도만 바구니에 담아가지고 집으로 돌아왔다. 나니와부시를 보러 갔던 사람들도 하나둘 돌아오기 시작했다. 미요에게 이부자리를 깔게 하고 모기장을 치게 한 뒤, 우리는 전등을 끄고 그 반딧불이를 모기장 안에 풀어놓았다. 반딧불이는 모기장 안을 이리저리 날아다녔다. 미요도 한동안 모기장 밖에 서서 반딧불이를 보고 있었다. 나는 동생과 나란히 누워 반딧불이의 파란 불보다 미요의 흐릿한 모습을 더욱 강하게 느끼고 있었다. 나니와부시는 재미있었어? 라고 나는 약간 긴장해서 물었다. 나는 그때까지 하녀에게는 용건 이외의 말을 결코 한 적이 없었다. 미요는 조용한 말투로 아니요, 라고 말했다. 나는 이상했다. 동생은 모기장 끝에 붙어 있는 반딧불이 한 마리를 부채로 파닥파닥 쫓으면서 입을 다물고 있었다. 나는 왠지 어색했다.

그 무렵부터 나는 미요를 의식하기 시작했다. 빨간 실이라는 말을 들으면 미요의 모습이 가슴에 떠올랐다.

3장

4학년이 되면서부터 내 방으로 매일같이 두 학생이 놀러 왔다. 나는 포도주와 마른오징어를 대접했다. 그리고 그들에게 여러 가지 엉터리 같은 사실들을 가르쳐주었다. 숯불을 피우는 법에 관한 책이

한 권 나와 있다는 둥, 『짐승 기계』라는 어떤 신진작가의 저서에 내가 기계기름을 덕지덕지 발라 그것을 발매했는데 기발한 장정 아니냐는 둥, 『미모의 친구』라는 번역본의 내용 곳곳을 들어내고 그 공백에 내가 쓴 글을 알고 있는 인쇄소에 부탁하여 인쇄하게 했는데 이것은 기서라는 둥, 이런 이야기들을 들려주어 친구들을 놀라게 하곤 했다.

미요와의 추억도 점점 희미해져 갔으며, 나는 또한 한 집에 사는 사람을 마음에 품거나 마음에 품게 하는 것을 왠지 좋지 않은 일이라 생각하고 있었고, 평소 여자의 험담만을 해온 사람으로서의 체면도 있었기에 미요 때문에 설령 조금이라 할지라도 마음이 어지러워졌었다는 사실에는 화가 날 때조차 있을 정도였으니 동생에게는 물론 이 친구들에게도 미요에 대해서만은 말을 하지 않았다.

그런데 그 무렵에 나는 러시아 작가의 유명한 장편소설[35]을 읽고 다시 생각을 바꾸게 되었다. 그것은 한 여자 수감자의 경력으로 시작하는 소설인데 그 여자가 타락하게 된 첫 번째 계기는, 그녀 주인의 조카인 귀족 대학생이 그녀를 유혹한 것이었다. 나는 그 소설의 훨씬 더 커다란 맛은 잊은 채, 그 두 사람이 흐드러지게 핀 라일락 꽃잎 아래서 처음으로 입맞춤을 나누는 페이지에 가짜째 꺾은 마른 잎을 끼워놓았다. 나도 역시 뛰어난 소설을 남 일처럼 읽을 수는 없었던 것이다. 나는 그 두 사람이 미요와 나 같다는 생각이 드는 것을 금할

---

35) 톨스토이의 소설 「부활」을 말함.

길이 없었다. 내가 모든 일에 조금만 더 뻔뻔스러웠다면 그 귀족처럼 될 수도 있었을 것이라고 생각했다. 그런 생각이 들자 겁 많은 내 성격이 초라하게 느껴지기도 했다. 이렇게 답답할 정도로 좀스러운 성격이 내 과거를 너무 평탄한 것으로 만들어버린 것이라고 생각했다. 내 스스로가 인생의 빛나는 수난자가 되고 싶다고 생각한 것이다.

나는 이 사실을 우선 동생에게 밝혔다. 밤에 잠자리에 누워 털어놓았다. 나는 엄숙한 태도로 이야기할 생각이었으나 그렇게 의식하고 취한 자세가 오히려 방해가 되어 결국은 마음이 들뜨고 말았다. 나는 목을 비비기도 하고 두 손을 문지르기도 하면서 품위 없는 모습으로 이야기했다. 그렇게 하지 않고는 견디지 못하는 내 습성이 나는 서글펐다. 동생은 얇은 아랫입술을 슬쩍슬쩍 적셔가며 몸도 뒤척이지 않고 이야기를 듣고 있다가 결혼할 생각이냐고 말하기 어렵다는 듯 물어보았다. 무슨 이유에서인지 나는 깜짝 놀랐다. 가능할까, 라며 나는 일부러 시무룩하게 대답했다. 동생은 아마도 불가능하지 않을까 하는 의미의 말을 뜻밖에도 어른스러운 투로 에둘러서 했다. 그 말을 듣고 나는 나의 참된 태도를 분명하게 깨달을 수 있었다. 나는 불끈 화가 나서 마구 포효했던 것이다. 이불에서 상반신을 내밀고 그래서 싸우는 거다, 싸우는 거다, 라고 목소리를 죽여 힘차게 말했다. 동생은 오색무늬로 염색한 이불 속에서 몸을 비비꼬며 무슨 말인가를 하려 하는 듯했으나 내 쪽을 훔치듯 쳐다보더니 가만히 미소지었다. 나도 웃었다. 그리고 새 출발이야 라고 말하며 동생 쪽으로 손을 내밀었다. 동생도 수줍은 듯 이불 밖으로 오른손을 내밀었다.

나는 낮은 소리로 웃으며 두어 번 동생의 힘없는 손가락을 흔들었다.

그러나 친구들로부터 내 결의를 인정받을 때에는 이렇게 고심하지 않아도 되었다. 친구들은 내 이야기를 들으며 여러 가지로 걱정하는 듯한 태도를 취해 보였으나 그것은 내 이야기가 끝난 뒤, 그것에 대한 동의에 효과를 더하기 위한 것에 지나지 않는다는 사실을 나는 알고 있었다. 실제로도 그랬다.

4학년 여름방학 때 나는 그 친구 둘을 데리고 귀향했다. 겉으로는 셋이서 고등학교 수험공부를 시작하기 위해서라고 했으나 내게는 미요를 보여주고 싶다는 마음도 있었기에 억지로 친구들을 데려간 것이었다. 나는 내 친구들이 우리 집안사람들에게 좋지 않은 소리를 듣지 않기를 바랐다. 우리 형들의 친구들은 모두 지방에서도 이름이 있는 가정의 청년들이었기에 내 친구들처럼 놋쇠 단추 두 개밖에 달리지 않은 윗도리를 입고 있지는 않았다.

그 무렵, 집의 부지 뒤쪽에는 커다란 닭장이 세워져 있었는데 우리는 그 옆에 닭장의 관리를 위해 마련한 방에서 오전에만 공부를 했다. 그곳의 바깥쪽에는 흰색과 노란색 페인트가 칠해져 있었고 안은 판자를 깔아놓은 2평 정도의 방이었는데, 니스를 칠한 아직 새 탁자와 의자가 정연히 놓여 있었다. 넓은 문이 동쪽과 북쪽에 2개나 달려 있었으며, 남쪽에도 서양풍의 창문이 달려 있었기에 그것을 모두 활짝 열면 바람이 쉴 새 없이 들어와 책의 페이지가 끊임없이 팔랑팔랑 흔들렸다. 주위에는 잡초가 예전 그대로 무성하게 자라나 있었고 노란 병아리들이 수십 마리씩 그 풀 사이에서 숨바꼭질을 하며 놀고 있었다.

　우리 세 사람은 점심때가 오기를 기다렸다. 그 방으로 어떤 하녀가 밥을 먹으라고 알리러 오는지가 문제였던 것이다. 미요가 아닌 다른 하녀가 오면 우리는 탁자를 탁탁 두드리기도 하고 혀를 차기도 하면서 한바탕 소동을 벌였다. 미요가 오면 모두가 얌전해졌다. 그리고 미요가 돌아가면 일제히 웃음을 터뜨리곤 했다. 어느 맑은 날, 동생도 우리와 함께 거기서 공부를 했는데, 점심때가 되자 오늘은 누가 올까 하고 평소와 다름없이 모두가 이야기를 나누었다. 동생만은 이야기에 가담하지 않고 창가를 서성이며 영어 단어를 암기하고 있었다. 우리는 여러 가지 농담을 주고받으며 책을 던지기도 하고 발을 굴러 바닥을 울리기도 했는데 그 와중에 내가 약간 도를 넘어선 장난을 치고 말았다. 나는 동생도 우리에게 가담시키고 싶어서, 너 아까부터 입을 다물고 있는데 혹시, 하고 입술을 가볍게 씹으며 동생을 노려본 것이다. 그러자 동생은, 아니, 하고 짧게 외치며 오른손을 크게 흔들었다. 들고 있던 단어 카드가 두어 장 획 흩어지며 날아올랐다. 나는 깜짝 놀라 시선을 돌렸다. 그 짧은 순간에 나는 머쓱한 단정을 내리고 말았다. 오늘 이후로 미요에 관해서는 이야기하지 말아야겠다고 생각했다. 그리고 바로 아무 일도 없었다는 듯 웃음을 지었다.

　그날 밥을 먹으라고 부르러 온 것은 다행히도 미요가 아니었다. 안채로 이어진 콩밭 사이의 좁은 길을 줄줄이 일렬로 늘어서서 걸어가는 모두의 뒤를 따라, 나는 명랑하게 장난을 치며 콩의 둥근 잎을 몇 장이고 몇 장이고 뜯었다.

희생이라는 말 같은 것은 애초부터 생각하지도 않았다. 그냥 싫었던 것이다. 라일락의 하얀 수풀이 진흙을 뒤집어쓴 것 같았다. 특히 그런 짓궂은 장난을 한 사람이 육친이라는 사실 때문에 한층 더 싫었던 것이다.

그로부터 2, 3일은 여러 가지로 고민을 했다. 미요도 정원을 걸을 때가 있지 않은가? 그는 내 악수에 거의 당혹해했다. 다시 말해서 나는 아둔한 것이 아닐까? 내게 있어서 아둔하다는 것보다 더 심한 치욕은 없었던 것이다.

그 무렵, 좋지 않은 일이 계속해서 일어났다. 어느 날 점심을 먹을 때 나는 동생과 친구들과 함께 식탁에 앉아 있었는데 그 옆에서 미요가 빨간 원숭이의 얼굴이 그려진 부채로 파닥파닥 우리를 부쳐주며 시중을 들고 있었다. 나는 그 부채가 일으키는 바람의 양으로 미요의 마음을 가만히 헤아려보곤 했다. 미요는 나보다 동생 쪽을 더 많이 부쳤다. 나는 절망해서 커틀릿 접시에 딸그락 하고 포크를 내려놓았다.

모두가 나를 괴롭히고 있는 것이라고 생각했다. 틀림없이 친구들도 전부터 알고 있었을 것이라고 사람을 함부로 의심했다. 이제는 미요를 잊어줄 테니 상관없는 일이라고 나 혼자서 결심했다.

다시 2, 3일이 지난 어느 날 아침의 일, 나는 전날 밤에 피우던 담배가 아직 대여섯 개비 상자에 들어 남아 있는 것을 머리맡에 놓아둔 채 잊어버리고 공부하는 방으로 갔다가 나중에야 생각이 나서 황급히 방으로 돌아와 보았으나 방은 깨끗하게 정리되어 있었으며 상자는 보이지 않았다. 나는 각오를 했다. 미요를 불러 담배상자를 어떻게 했냐, 보았을 것 아니냐고 야단치듯 물었다. 미요는 진지한 얼굴로 고개를 흔들었다. 그리고 곧 까치발을 해서 방의 중인방[36] 뒤로 손을 넣었다. 금색 박쥐 2마리가 날고 있는 녹색 조그만 종이상자는 거기에서 나왔다.

나는 이 일을 계기로 용기를 백배나 더 얻어서 예전의 결의에 다시 눈을 떴다. 하지만 동생을 생각하면 역시 우울한 생각이 들어서 미요의 일로 친구들과 떠들어대는 일도 피했으며, 그 외에도 무슨 일에나 동생을 다정하게 대해주었다. 내가 먼저 미요를 유혹하는 일도 자제했다. 나는 미요가 먼저 고백하기를 기다리기로 했다. 나는 얼마든지 그 기회를 미요에게 줄 수 있었던 것이다. 나는 거듭 미요를 방으로 불러서 필요하지도 않은 일을 시켰다. 그리고 미요가 내 방에 들어올 때면, 나는 어딘가 나사가 풀린 듯 편안한 모습을 지어 보였던 것이다. 미요의 마음을 움직이기 위해서 나는 얼굴에도 신경을 썼다. 그 무렵 내 얼굴에서는 여드름도 마침내 사라지고 없었으나 그래도 타성 때문에 나는 여전히 얼굴을 치장하고 있었다. 나는 뚜껑의 겉부분에 담쟁이덩굴처럼 길게 꼬인 덩굴이 가득 조각되어 있는 아름다운 은색 콤팩트를 가지고 있었다. 그것으로 내 피부를 종종 감추곤 했는데 그것을 조금 더 정성껏 한 것이다.

이제는 미요의 결심에 모든 것이 달렸다고 생각했다. 하지만 기회

---

36) 기둥과 기둥 사이에 수평으로 댄 나무. 중인방과 벽 사이에 빈 공간이 있다.

는 좀처럼 찾아오지 않았다. 공부를 하던 방에서도 가끔 빠져나와 미요를 보기 위해 안채로 갔다. 너무 거칠다 싶을 정도로 쿵쿵 비질을 하고 있는 미요의 모습을 가만히 바라보며 입술을 씹었다.

그러는 사이에 결국 여름방학도 끝나서 나는 동생과 친구들과 함께 고향을 떠나게 되었다. 하다못해 다음 방학 때까지만이라도 나를 잊지 못하게 할 만한 조그만 추억을 미요의 마음에 심어주고 싶었으나 그것도 뜻대로 되지 않았다.

출발 날짜가 돼서 우리는 우리 집의 검은색 포장마차에 올랐다. 우리 집 사람들과 함께 미요도 배웅을 위해서 현관 앞에 나와 있었다. 미요는 내 쪽도, 동생 쪽도 보지 않았다. 풀어 헤친 연둣빛 다스키[37]를 염주처럼 두 손으로 만지작거리며 아래쪽만 바라보고 있었다. 마침내 마차가 움직이기 시작했는데도 그렇게 하고 있었다. 나는 커다란 아쉬움을 느끼며 고향을 떠났다.

가을이 되어 나는 그 도회에서 기차로 30분쯤 달리면 갈 수 있는 해안의 온천지[38]로 동생을 데리고 갔다. 거기서는 우리 어머니와 병을 앓고 난 막내 누나가 집을 빌려 온천 치료를 하고 있었다. 나는 거기에 계속 머물며 수험공부를 했다. 나는 수재라는 벗어버릴 수 없는 명예 때문에 어떻게 해서든 중학 4학년 때 고등학교에 입학해 보여야만 했던 것이다. 학교를 싫어하는 내 마음은 그 무렵이 되어

---

37) 襷. 양 어깨에서 양 겨드랑이에 걸쳐 X자로 매 옷소매를 걷어 올리는 끈.
38) 아오모리(青森)에서 가까운 아사무시(浅虫) 온천.

더욱 심해졌지만 무엇인가에 쫓기고 있던 나는 그래도 열심히 공부를 했다. 나는 거기서 기차로 학교에 다녔다. 일요일마다 친구들이 놀러 왔다. 우리는 이미 미요에 대해서는 잊은 것처럼 행동했다. 나는 친구들과 함께 언제나 소풍을 갔다. 해변의 널따란 바위 위에서 고기전골을 끓여 포도주를 마셨다. 동생은 목소리도 좋고 새로운 노래도 많이 알고 있었기에 우리는 그것들을 동생에게서 배워 소리 맞춰 불렀다. 놀다가 지쳐 그 바위 위에서 잠들었다가 깨어나면 밀물이 밀려와 뭍과 연결되어 있던 그 바위가 어느 사이엔가 섬이 되어 있었기에 우리는 아직도 꿈에서 깨어나지 못한 기분이 들곤 했다.

나는 이 친구들과 하루도 만나지 못하면 외로웠던 것이다. 그 무렵의 일이었는데 어느 폭풍이 거칠게 불던 날, 나는 학교에서 교사에게 양쪽 뺨을 세게 맞았다. 그것은 우연히도 나의 협기에 넘친 행동 때문에 그런 처벌을 받은 것이었기에 친구들도 화를 냈다. 그날 방과 후, 4학년생 전부가 박물교실에 모여 그 교사의 추방에 대해서 협의했다. 스트라이크, 스트라이크 하며 커다란 목소리로 외치는 학생도 있었다. 나는 당황했다. 혹시 나 한 사람을 위해서 스트라이크를 할 생각이라면 그만두기 바란다, 나는 그 교사를 미워하지 않는다, 사건은 간단하다, 간단하다, 고 학생들에게 부탁하며 돌아다녔다. 친구들은 나를 비겁하다고 말하기도 하고 이기적이라고 말하기도 했다. 나는 답답했기에 그 교실에서 나와 버리고 말았다. 온천장에 있는 집으로 돌아와 나는 바로 온천에 들어갔다. 폭풍에 시달리다 완전히 찢겨버린 파초 잎 두어 장이 그 정원 구석에서 탕 안으로 파란 그림자를 드리우고 있었다. 나는 탕의 가장자리에 기대어 앉아 잔뜩 풀이 죽어 생각에 잠겼다.

부끄러운 생각에 사로잡힐 때면 그것을 떨치기 위해 혼자서, 하지만, 하고 중얼거리는 버릇이 내게는 있었다. 간단하다, 간단하다고 속삭이며 여기저기 돌아다니던 자신의 모습을 상상하면서 나는 뜨거운 물을 손바닥으로 떠올렸다가는 흘려내고 떠올렸다가는 흘려내며 하지만, 하지만, 을 몇 번이고 되풀이했다.

이튿날, 그 교사가 우리에게 사과를 하여 결국 스트라이크는 일어나지 않았으며 친구들과도 쉽게 화해했지만 이번 재난은 나를 어둡게 만들었다. 미요가 자꾸만 떠올랐다. 심지어는, 미요를 만나지 못하면 자신이 그대로 타락해버릴 것 같다는 생각까지 들었던 것이다.

그때쯤 어머니와 누나 모두 온천에서의 치유를 마치고 집으로 돌아가게 되었는데 출발하는 날이 마침 토요일이었기에 나는 어머니들을 데려다준다는 명목으로 고향에 갈 수 있었다. 친구들에게는 비밀로 하고 몰래 간 것이었다. 동생에게도 귀향의 진짜 이유는 말하지 않았다. 말하지 않아도 알고 있으리라 생각한 것이었다.

모두가 온천장에서 나와 우선은 우리가 신세를 지고 있는 포목점으로 갔다가 거기서 어머니와 막내 누나와 셋이서 고향으로 향했다. 열차가 승강장을 떠날 때, 배웅을 나왔던 동생이 열차 창문으로 후지산 같이 파란 이마를 들이밀며 힘내, 라고 한마디 했다. 한심하게도 나는 그것을 진심으로 받아들여, 알았어, 알았어, 하며 기분 좋게 끄덕였다.

마차가 이웃마을을 지나, 점차 우리 집에 다가서기 시작했을 때 나는 완전히 차분함을 잃고 말았다. 해가 저물어 하늘과 산 모두 새카만 어둠에 잠겨 있었다. 벼가 가을바람에 흔들려 사각사각 움직이는 소리에 귀를 기울이고 있자니 가슴이 두근거렸다. 끊임없이 창밖의 어둠에 시선을 주고 있다가 길가의 갈대숲이 하얗게 두둥실 떠오르면 소스라칠 정도로 깜짝 놀랐다.

현관의 어둑한 외등 아래 집안사람들이 마중을 위해 모여 있었다. 마차가 멈추었을 때 미요도 분주히 현관에서 달려 나왔다. 추운 듯 어깨를 동그랗게 말고 있었다.

그날 밤, 2층의 한 방에서 자면서 나는 커다란 외로움을 느꼈다. 범속함이라는 관념에 시달린 것이었다. 미요의 일이 일어난 뒤부터는 나도 마침내 바보가 되어버린 것은 아닐지, 여자를 마음에 품으면 누구에게나 있을 수 있는 일이다, 하지만 내 경우는 다르다, 한마디로 말할 수는 없지만 다르다, 내 경우는 어떤 의미에서도 하등하지 않다, 하지만 여자를 마음에 품은 자들은 모두 그렇게 생각하는 것 아닐까, 하지만, 하고 나는 스스로의 담배연기에 기침을 해가며 고집을 피웠다. 내 경우에는 사상이 있다!

그날 밤 나는 미요와 결혼함에 있어서 도저히 피할 수 없을 집안사람들과의 논쟁을 생각하고, 싸늘할 정도의 용기를 얻었다. 나의 모든 행위는 범속하지 않다. 역시 나는 이 세상의 상당한 단위임에 틀림없다고 확신했다. 그래도 한없이 외로웠다. 외로움이 어디에서 오는 것인지는 알지 못했다. 아무래도 잠이 오지 않았기에 그 안마를 했다.

미요에 대한 생각을 머릿속에서 완전히 뽑아버렸다. 미요를 더럽힐 마음은 들지 않았던 것이다.

아침, 눈을 떠보니 가을 하늘이 높고 맑았다. 나는 일찍 일어나 맞은편 밭에 포도를 따러 갔다. 미요에게 커다란 대바구니를 들고 따라오게 했다. 나는 가능한 한 가벼운 마음으로 미요에게 그렇게 말했기에 누구도 이상히 여기지 않았다. 포도나무는 밭의 동남쪽 구석에 10평 정도의 넓이로 펼쳐져 있었다. 포도가 익을 무렵이면 갈대발로 사방을 단단히 감쌌다. 우리는 한쪽 구석에 있는 조그만 쪽문을 열고 울타리 안으로 들어갔다. 안은 포근함이 느껴질 정도로 따뜻했다. 노란색 쇠바더리[39] 두어 마리가 붕붕 날고 있었다. 아침 해가 지붕의 포도 잎과 주변의 갈대발을 비춰 밝게 해주었으며, 미요의 모습도 연두색으로 보였다. 여기에 오는 도중에는 나도 이런저런 계획을 세웠고, 악당처럼 입을 일그러뜨리며 미소를 지어보기도 했으나 이렇게 단둘이서만 있게 되니 너무 숨이 막혀서 거의 기분 나쁜 사람처럼 되어버리고 말았다. 나는 그 판자로 만든 쪽문조차 일부러 연 채로 놓아두었다.

나는 키가 컸기 때문에 발판도 없이 똑똑 정원용 가위로 포도송이를 땄다. 그리고 그것을 하나하나 미요에게 건네주었다. 미요는 그 한 송이 한 송이에 묻은 아침이슬을 하얀 앞치마로 잽싸게 닦은 뒤 아래에 있는 바구니에 넣었다. 우리는 한마디도 하지 않았다. 긴 시간

---

39) 말벌의 일종.

처럼 느껴졌다. 그러는 사이에 나는 점점 화가 나기 시작했다. 마침내 포도가 바구니에 거의 다 차갈 무렵, 미요는 내가 건넨 한 송이 포도 쪽으로 내밀었던 한손을 움찔 거두어들였다. 나는 포도를 미요 쪽으로 내밀며 여기, 라고 말하고 혀를 찼다.

미요는 오른손 부근을 왼손으로 꼭 쥔 채 숨을 멈추고 몸에 힘을 주고 있었다. 쏘였어? 라고 물었더니 네, 하며 부시다는 듯 눈을 가느다랗게 떴다. 멍청이, 하고 나는 소리 지르고 말았다. 미요는 말없이 웃고 있었다. 나는 더 이상 거기에 있을 수 없었다. 약을 발라줄게, 라고 말한 뒤 그 울타리 안에서 뛰쳐나왔다. 바로 안채로 데려가 나는 암모니아 병을 계산대의 약이 담긴 선반에서 찾아주었다. 그 자주색 유리병을 가능한 난폭하게 미요에게 건네주었을 뿐, 내가 발라주려 하지는 않았다.

그날 오후, 나는 얼마 전부터 시내에서 새로이 다니기 시작한 회색 포장을 두른 허술한 승합자동차40)에 흔들리며 고향을 떠났다. 집안 사람들은 마차를 타고 가라고 했으나 집안의 문장(紋章)이 새겨져 있고 검은 빛으로 번쩍번쩍 빛나는 우리 집 마차는 너무 거들먹거리는 것 같아 싫었던 것이다. 나는 미요와 둘이서 딴 한 바구니의 포도를 무릎 위에 올려놓고 낙엽으로 뒤덮인 시골길을 의미 깊게 바라보았다. 나는 만족스러웠다. 그 정도의 추억만이라도 미요에게 심어준 것은, 나로서는 최선을 다한 행동이라고 생각했다. 미요는 이제 내

---

40) 버스를 말함.

것이 되었다며 안심했다.

그해의 겨울방학은 중학생으로서의 마지막 방학이었다. 귀향 날짜가 다가옴에 따라서 나와 동생은 약간의 어색함을 서로 느끼고 있었다.

마침내 함께 고향의 집으로 간 우리는 먼저 부엌의 돌화로 곁에 마주보고 앉은 다음 두리번두리번 집 안을 둘러보았다. 미요가 보이지 않았던 것이다. 우리는 두 번이고 세 번이고 불안한 눈동자를 부딪쳤다. 그날 저녁식사 후, 우리는 작은형의 말에 따라 그의 방으로 가서 고타쓰41)에 들어가 셋이서 카드놀이를 했다. 내게는 카드의 어떤 패도 그저 새까맣게만 보였다. 얘기가 그쪽으로 흘렀기에 나는 과감히 작은형에게 물어보았다. 하녀 중 한 명이 모자라는 것 같던데, 하며 손에 들고 있던 대여섯 장의 카드로 얼굴을 가리듯 하고, 카드에 여념이 없다는 듯한 투로 말했다. 만약 작은형이 의심스럽다는 듯 물으면 다행히 동생도 자리에 있으니 분명하게 말해버려야겠다고 마음을 정했다.

작은형은 자기 손의 패 중 어떤 것을 내야 할지 고개를 갸웃갸웃 망설여가며, 미요 말이냐, 미요는 할머니하고 싸운 뒤 고향으로 돌아갔어, 정말 고집스러운 아이야, 라고 중얼거린 뒤 휙 카드 한 장을 냈다. 나도 한 장을 냈다. 동생도 말없이 한 장을 냈다.

그로부터 4, 5일쯤 뒤, 닭장 관리실로 찾아간 나는 그곳의 소설을

---

41) 火燵. 사각형의 낮은 탁자에 화로를 넣고 이불을 씌운 난방기구.

좋아하는 청년 관리인으로부터 보다 자세한 이야기를 들었다. 미요는 한 하인에게 딱 한 번 더러워진 적이 있는데 다른 하녀들에게 알려져 우리 집에는 더 이상 머물 수 없게 되었던 것이다. 남자는 그 외에도 여러 가지 좋지 않은 짓을 했기에 그때는 이미 우리 집에서 쫓겨난 뒤였다. 그런데 청년이 약간 지나친 말까지 했다. 미요가 그만 둬요, 그만둬요 하고 나중에서야 속삭였다고 그 남자가 자랑처럼 한 이야기까지 덧붙인 것이었다.

정초가 지나 겨울방학도 얼마 남지 않았을 무렵, 나는 동생과 둘이 분코구라에 들어가 여러 가지 장서와 족자를 보며 놀고 있었다. 높이 달린 채광창으로 눈 내리는 모습이 희끗희끗 보였다. 아버지에게서 큰형에게로 가장의 자리가 넘어가자 여러 방들의 장식부터 그런 장서나 족자 등에 이르기까지, 하나둘 바뀌어가는 것을 나는 귀향할 때마다 흥미롭게 바라보았다. 나는 큰형이 최근에 새로 구입한 것인 듯한 족자 하나를 펼쳐보았다. 황매화가 물에 떨어져 있는 그림이었다. 동생은 내 옆으로 커다란 사진 상자를 들고 와서 몇 백 장이나 되는 사진을, 얼어가는 손가락에 때때로 하얀 입김을 뱉어가며 열심히 보고 있었다. 잠시 후 동생이 내 쪽으로, 아직 밑에 댄 종이가 새것인 명함배판 크기의 사진을 한 장 건네주었다. 그것은, 최근에 미요가 우리 어머니를 따라서 숙모 댁에라도 갔었던 모양인데 그때 숙모와 셋이서 찍은 사진인 것 같았다. 어머니가 혼자 낮은 소파에 앉아 있고 그 뒤로 비슷한 키의 숙모와 미요가 나란히 서 있었다.

배경은 장미가 흐드러지게 핀 화원이었다. 우리는 서로의 머리를 맞대고 한동안 더 그 사진에 눈길을 주었다. 나는 마음속에서 이미 동생과 화해를 했으며, 미요의 그 일도 우물쭈물 동생에게는 아직 이야기하지 않았기 때문에 비교적 차분함을 가장하며 그 사진을 바라볼 수 있었던 것이다. 미요는 움직였던 듯 얼굴에서 가슴까지의 윤곽이 흐릿해져 있었다. 숙모는 허리띠 위에서 두 손의 깍지를 낀 채 눈부시다는 듯한 표정을 짓고 있었다. 나는 닮았다고 생각했다.

도쿄 팔경(東京八景)

(고난의 어떤 사람에게 보낸다)

이즈(伊豆)의 남쪽, 온천이 솟아난다는 것뿐, 그 외에는 무엇 하나 이렇다 할 만한 것이 없는 산촌이다. 세대수 서른이라는 느낌이다. 이런 곳은 숙박료도 싸리라는 이유만으로 나는 그 삭막한 산촌을 골랐다. 1940년 7월 3일의 일이었다. 그 무렵에는 내게도 약간 금전적 여유[1]가 생겼던 것이다. 하지만 그로부터 앞날의 일은 역시 암흑이었다. 소설을 조금도 쓰지 못하는 일이 있을지도 모른다. 2개월 동안 소설을 전혀 쓰지 못하면 나는 원래대로 무일푼이 될 터였다. 생각해보면 불안한 여유였으나 내게는 그 정도의 여유도 지난 10년 가운데서 처음 있는 일이었던 것이다. 내가 도쿄에서 생활을 시작한 것은 1930년 봄이었다. 그 무렵 나는 이미 H[2]라는 여자와 공동의 집을 가지고 있었다. 시골의 큰형님으로부터 다달이 충분한 돈을 받고 있었지만 어리석은 두 사람은 서로 사치를 경계하면서도 월말이면 반드시 전당포로 물건을 하나둘 가져가지 않으면 안 되었다.

---

1) 다자이는 이해 4월에 단편집 『피부와 마음(皮膚と心)』, 6월에 『추억』과 『여자의 결투(女の決闘)』를 출간했다.
2) 오야마 하쓰요(小山初代). 다자이는 하쓰코(ハツコ)라고 불렀다. 「HUMAN LOST」, 「고려장(姥捨)」, 「도쿄 팔경」 등 다수의 작품에 등장하는 일련의 여성의 모델이다.

6년째 되던 해에 마침내 H와 헤어졌다. 내게는 이불과 책상과 전기 스탠드와 고리짝 하나만이 남았다. 많은 금액의 부채도 불길하게 남았다. 그로부터 2년 지나서 나는 한 선배[3]의 도움으로 맞선을 보아 평범한 결혼을 했다. 다시 2년이 지나서 나는 처음으로 한숨을 돌렸다. 보잘것없는 창작집도 벌써 10권 가까이 출판했다. 출판사 쪽에서 주문이 오지 않아도 내가 열심히 써서 가져가면 셋 중에 둘은 사줄 것 같은 기분이 들기 시작했다. 이제부터가 피도 눈물도 없는 전문직업의 세계다. 쓰고 싶은 것만을 써나가고 싶다.

한없이 조마조마하고 불안한 여유이기는 했으나 나는 진심으로 기뻤다. 적어도 앞으로 1개월 동안은 돈에 대한 걱정을 하지 않고 좋아하는 것을 써나갈 수 있다. 나는 그 당시의 내 입장이 거짓말 같다는 마음이 들었다. 황홀과 불안이 교차하는 이상한 설렘으로 오히려 일이 손에 잡히지 않아 견딜 수가 없어졌다.

도쿄 팔경. 나는 그 단편을 언젠가 천천히, 공을 들여서 써보고 싶었다. 10년 동안의 내 도쿄 생활을 그 순간순간의 풍경에 의탁해서 써보고 싶었다. 나는 올해로 서른두 살이다. 일본의 윤리에 있어서도 이 나이는 이미 중년의 영역에 들어서기 시작했다는 사실을 의미한다. 또 내가 스스로의 육체, 정열에 물어보아도, 슬픈 일이지만 그것을 부정할 수가 없다. 기억해두기 바란다. 너는 이미 청춘을 잃었다.

---

3) 이부세 마스지(井伏鱒二, 1898~1993)를 말한다. 이부세 마스지는 소설가. 서민 적인 유머와 페이소스가 가미된 독자적인 문학을 형성했다. 다자이 오사무의 문학적 스승으로 그와 관련된 여러 에피소드로도 유명하다. 대표작으로는 「검은 비」, 「도롱뇽」 등이 있다.

그럴싸한 얼굴의 30대 사내다. 도쿄 팔경. 나는 그것을 청춘에 대한 결별의 인사로, 누구에게도 영합하지 않고 쓰고 싶었다.

그녀석도 점점 속물이 되기 시작했어. 그와 같이 무지한 험담이 미풍과 함께 소곤소곤 내 귀에 들어왔다. 나는 그때마다 마음속으로 강하게 대답했다. 나는 처음부터 속물이었어. 자네는 눈치 채지 못했었나? 반대였다. 문학을 일생의 업으로 삼겠다고 마음먹었을 때, 어리석은 사람들은 오히려 나를 친해지기 쉽다고 간주했다. 나는 희미하게 웃을 뿐이었다. 만년청춘은 배우의 세계이다. 문학에는 없다.

도쿄 팔경. 나는 지금의 이 기간에야말로 그것을 써야한다고 생각했다. 지금은 약속한 일 가운데 급하게 처리해야 할 일도 없다. 백엔 이상의 여유도 있다. 덧없이 황홀과 불안의 복잡한 한숨을 내쉬며 좁은 방 안을 허둥지둥 돌아다니고 있을 때가 아니다. 나는 끊임없이 상승하지 않으면 안 된다.

도쿄 시의 커다란 지도를 한 장 사들고 도쿄 역에서 마이바라(米原)행 기차에 올랐다. 놀러 가는 것이 아니야. 일평생의 중대한 기념비를 뼈를 깎는 기분으로 만들기 위해서 가는 거야, 라고 거듭거듭 내 자신에게 가르쳐주었다. 아타미(熱海)에서 이토(伊東)행 기차로 갈아타고, 이토에서 시모다(下田)행 버스에 올라 이즈 반도 동해안을 따라 3시간, 버스에 흔들리며 남하해서 그 세대수 서른에 봐줄 만한 경치도 없는 산촌에 내려섰다. 여기라면 1박에 3엔을 넘는 일도 없으리라 생각했다. 우울함을 견딜 수 없다는 듯 초라하고 작은 여관이 달랑 4채 늘어서 있었다. 나는 F라는 여관을 선택했다. 4채 가운데서는 그나마 조금 나은 구석이 있는 듯 여겨졌기 때문이었다. 마음씨 사납고 품위 없어 보이는 하녀의 안내를 따라 2층으로 올라가 방 안으로 들어서고 보니 나는 나잇값도 못하고 울고 싶은 기분이 들었다. 3년 전에 내가 빌렸던 오기쿠보(荻窪) 하숙집의 방이 떠올랐다. 그 하숙집은 오기쿠보에서도 가장 하등한 곳이었다. 그런데 이불을 넣어두는 방 옆에 있는 이 6첩4) 방은 그 하숙집의 방보다 더 싸고 쓸쓸하게 보였다.

"다른 방은 없나요?"

"네. 전부 손님이 있습니다. 여기는 시원합니다."

"그런가요."

나는 무시를 당하고 있는 듯했다. 복장이 좋지 않았던 걸지도 모른다.

"숙박은 3엔 50센5)하고 4엔이 있습니다. 중식은 또 따로 돈을 받습니다. 어떻게 하시겠습니까?"

"3엔 50센으로 해주세요. 중식은 먹고 싶을 때 얘기할 게요. 열흘 정도 여기서 공부를 하고 싶어서 왔습니다만."

"잠깐만 기다리세요." 하녀는 아래층으로 갔다가 잠시 후 다시 방으로 들어와서 "저기, 장기투숙이시라면, 미리 돈을 받게 되어 있습니다만."

"그런가요. 얼마를 드리면 되나요?"

---

4) 疊. 다다미를 세는 단위. 다다미 1장의 넓이는 약 반 평.
5) 錢. 엔(円)의 100분의 1.

"글쎄요, 얼마가 됐든."하며 우물거렸다.

"50엔 드릴까요?"

"네."

나는 책상 위에 지폐를 늘어놓았다. 견딜 수 없는 기분이 들었다.

"전부 드릴게요. 90엔이에요. 담뱃값만은, 저는 이 지갑에 남겨놓았습니다."

어째서 이런 곳에 온 것일까 생각했다.

"감사합니다. 받아두겠습니다."

하녀는 나갔다. 화를 내서는 안 된다. 중요한 일이 있다. 지금의 내 처지에는 이 정도의 대우가 어울리는 것일지도 모른다, 고 억지로 내 자신에게 생각하게 하고 트렁크 바닥에서 펜, 잉크, 원고용지 등을 꺼냈다.

10년 만의 여유는 이와 같은 결과가 되었다. 하지만 이 슬픔도 내 숙명 속에 규정지어져 있었던 것이라는 그럴 듯한 말을 자신에게 들려주며 참고 여기서 일을 시작했다.

놀러 온 것이 아니다. 뼈를 깎는 작업을 하러 온 것이다. 나는 그날 밤 어두운 전등 아래서 도쿄 시의 커다란 지도를 책상 가득 펼쳤다.

몇 년 만에 이렇게 도쿄 전도를 펼쳐보는 것인지. 10년도 전, 처음으로 도쿄에서 살게 되었을 때는 이 지도를 사는 일조차 부끄러워서 사람들이 촌놈이라고 비웃는 것 아닐까 몇 번이고 망설이다, 마침내 1부 굳게 결심하고 짐짓 난폭한 자조의 말투로 사서는, 그것을 품속에 품은 채 거친 발걸음으로 하숙에 돌아갔다. 밤, 방문을 걸어 잠그고 몰래 그 지도를 펼쳤다. 빨강, 초록, 노랑의 아름다운 무늬. 나는 숨을 멈추고 그것을 들여다보았다. 스미다가와. 아사쿠사(浅草). 우시고메(牛込). 아카사카(赤坂). 아아 전부 있었다. 가려고 마음만 먹으면 언제든 바로 갈 수 있었다. 나는 기적을 보고 있는 듯한 기분조차 들었다.

지금은 이 누에가 갉아먹은 뽕잎 같은 도쿄 시 전체의 모습을 바라보아도 거기에 살고 있는 사람 각자의 생활상만 떠오른다. 이렇게 정취 없는 벌판에 일본 전국에서 줄줄이 사람들이 모여들어 땀범벅이 되어 옥신각신, 한 치 땅을 다투며 일희일비하고 서로 질시하고 반목하고, 암컷은 수컷을 부르고 수컷은 그저 반미치광이 상태로 돌아다닌다. 아주 불현듯이, 전후 상황과는 아무런 관련도 없이 「매목(埋木)」이라는 소설6) 속의 슬픈 한 줄이 가슴속에 떠올랐다. '사랑이란', '아름다운 일을 꿈꾸며 더러운 짓을 하는 거야.' 도쿄와는 직접적으로 아무런 인연도 없는 말이다.

도쓰카(戸塚). 나는 처음 여기에 있었다. 내 바로 위의 형이 이곳에 혼자서 집 하나를 빌려 조각을 공부하고 있었다. 나는 1930년에 히로사키(弘前)의 고등학교를 졸업하고 도쿄 제국대학 프랑스 문과에 입학했다. 프랑스어는 한 글자도 이해하지 못했지만 그래도 프랑스 문학 강의를 듣고 싶었다. 다쓰노 유타카7) 선생을 막연하게 경외

---

6) 독일의 여성 작가인 오십 슈빈(Ossip Schubin, 1854~1934)의 작품으로 일본에는 모리 오가이(森鴎外, 1862~1922)가 번역해서 소개했다.

하고 있었다. 나는 형의 집에서 3정[8] 정도 떨어진 신축 하숙집의 구석방 하나를 빌려 살았다. 설령 친형제라 할지라도 같은 지붕 아래서 살면 서로 어색한 일도 일어나는 법이라고 두 사람 모두 말로 하지는 않았지만, 그런 서로의 거리낌이 무언중에 수긍을 얻어 우리는 같은 동네이기는 했으나 3정만큼 떨어져서 살기로 한 것이었다. 그로부터 3개월 지나서, 이 형은 병으로 세상을 떠났다. 27세였다. 형이 세상을 떠난 뒤에도 나는 그 도쓰카의 하숙에 있었다. 2학기부터는 학교에 거의 가지 않았다. 세상 사람들이 가장 두려워하고 있던 그 음지의 일[9]을 태연하게 도왔다. 그 일의 일익이라 자칭하는, 허풍스러운 몸짓의 문학에는 경멸심을 가지고 접했다. 나는 그 한 학기 동안 순수한 정치가였다. 그해 가을에 여자가 고향에서 찾아왔다. 내가 부른 것이었다. H였다. H와는 내가 고등학교에 들어간 해의 초가을에 알게 되었고 그로부터 3년 동안, 놀았다. 순진한 예기(藝妓)였다. 나는 이 여자를 위해서 혼조(本所) 구 히가시코마가타(東駒形)에 방 하나를 빌려주었다. 목수의 집 2층이었다. 육체적인 관계는 그때까지 한 번도 없었다. 고향에서 큰형님이 그 여자의 일로 찾아왔다. 7년 전에 아버지를 잃은 형제는 도쓰카의 그 어둑어둑한 하숙방에서 서로를 마주했다. 형은 급격하게 변화한 동생의 흉악한 태도를 접하고, 눈물을 흘렸다. 반드시 부부가 되게 해주어야 한다는

---

7) 辰野隆(1888~1964). 일본의 프랑스 문학자, 수필가. 도쿄 제국대학 교수로 수많은 후진을 양성했다.
8) 정(町)은 거리의 단위로 1정은 약 109m.
9) 사회주의 운동을 말한다.

조건으로 나는 형에게 여자를 넘겨주기로 했다. 틀림없이 넘겨주는 교만한 동생보다 넘겨받는 형 쪽이 훨씬 더 괴로웠을 것이다. 넘겨주기 전날 밤, 나는 처음으로 여자를 품었다. 형은 여자를 데리고 일단 고향으로 돌아갔다. 여자는 시종 흐리멍텅했다. 지금 막 무사히 집에 도착했습니다, 라는 사무적이고 형식적인 투의 편지가 한 통 왔을 뿐, 그 이후로 여자로부터는 아무런 소식도 없었다. 여자는 완전히 마음을 놓고 있는 듯한 모양이었다. 내게는 그것이 불만이었다. 나는 육친 모두를 기겁하게 만들고, 어머니에게는 지옥의 고통을 맛보게 해가면서까지 싸우고 있는데 너 혼자, 무지한 자신감으로 축 늘어져 있는 것은 꼴사나운 일이야, 라고 생각했다. 내게 매일 편지를 써야 한다고 생각했다. 나를 좀 더 좋아해주어야 한다고 생각했다. 하지만 여자는 편지를 쓰고 싶어 하지 않는 사람이었다. 나는 절망했다. 아침 일찍부터 밤늦게까지 그 일을 돕기에 분주했다. 누군가가 부탁을 하면 거부한 적이 없었다. 자신의 그 방면에 관한 능력의 한도가 조금씩 보이기 시작했다. 나는 이중으로 절망했다. 긴자(銀座) 뒷골목에 있는 바의 여자[10]가 나를 좋아했다. 사랑을 받는 시기가 누구에게나 한 번은 있다. 불결한 시기다. 나는 그 여자를 부추겨서 함께 가마쿠라(鎌倉)의 바다로 들어갔다. 패배했을 때가 죽어야 할 때라고 생각하고 있었던 것이다. 그 반신적(反神的)인 일에도 패배를

10) 다나베 아쓰미(田部あつみ, 당시 19세). 본명은 시메코(シメ子). 이지적이고 활달한 성격을 가진 미모의 유부녀. 단편 「광대의 꽃(道化の華)」에 등장하는 정사 상대의 모델.

해가고 있었다. 육체적으로도 도저히 불가능할 정도의 일을 나는 오로지 비겁하다는 말을 듣기 싫다는 생각 때문에 받아들이고 있었던 것이다. H는 자기 혼자만의 행복밖에 생각지 않는다. 너만이 여자가 아니다. 너는 나의 괴로움을 알아주지 않았기 때문에 이런 보복을 당하는 것이다. 쌤통이다. 나는 모든 육친과 헤어지게 된 일이 가장 괴로웠다. H와의 일로 어머니와 형과 숙모를 질리게 만들어버렸다는 자각이 내 투신의 가장 직접적인 원인 중 하나였다. 여자는 죽고 나는 살았다. 죽은 사람에 대해서는 전에도 몇 번인가 썼다. 내 생애의 흑점(黑點)이다. 나는 유치장에 수감되었다. 취조를 받은 끝에 기소유예가 되었다. 1930년 말의 일이었다. 형님들께서는 죽음에서 살아난 동생을 다정하게 대해주셨다.

큰형님은 H를 예기의 직에서 해방시켜주고 그 이듬해 2월에 내게 보내주셨다. 언약을 결벽하게 지키는 형님이다. H는 태평스러운 표정으로 찾아왔다. 고탄다(五反田)의 시마즈(島津) 공작 분양지[11] 옆에 30엔짜리 집을 빌렸다. H는 바지런히 일을 했다. 나는 23세, H는 20세였다.

고탄다는 바보의 시대였다. 나는 아무런 의지도 없었다. 재출발에 대한 희망은 눈곱만큼도 없었다. 가끔 찾아오는 친구들의 기분만을 맞춰가며 살았다. 내 추태의 전과를 부끄러워하기는커녕 은근히 자랑하기까지 했다. 참으로 파렴치하고 저능한 시대였다. 학교에도 역

---

11) 당시 금융공황의 여파로 시마즈 공작가는 재정에 커다란 타격을 받았으며 이에 저택의 부지를 토지회사에 팔았고 그것을 분양한 것.

시, 거의 가지 않았다. 어떠한 노력도 하기 싫어했으며 그저 빈둥빈둥 H의 얼굴만을 바라보며 살았다. 바보였다. 아무것도 하지 않았다. 질질 끌려서 다시 그 일을 돕기 시작했다. 하지만 이번에는 아무런 정열도 없었다. 유민(遊民)의 허무. 그것이 도쿄의 한구석에 처음으로 가정을 꾸렸을 때의 내 모습이었다.

그해 여름에 이사를 했다. 간다(神田) 도보초(同朋町). 늦가을에는 간다 이즈미초(和泉町). 그 이듬해의 이른 봄에 요도바시(淀橋) 가시와기(柏木). 특별히 이야기해야만 할 일도 없었다. 슈린도(朱鱗堂)라 호(號)하고 단가12) 등에 빠져 있었다. 노인이었다. 그 일을 돕는 것 때문에 2번이나 유치장에 들어갔었다. 유치장에서 나올 때마다 나는 친구들의 명령에 따라서 다른 곳으로 이사를 했다. 아무런 감격도, 또 아무런 혐오도 없었다. 그것이 모두를 위해서 좋은 일이라면 그렇게 하겠습니다, 하는 무기력하기 짝이 없는 태도였다. 멍하니, H와 둘이서 자웅의 혈거에서의 하루하루를 맞이하고 또 보낸 것이다. H는 쾌활했다. 하루에 두어 번은 더러운 말로 내게 호통을 쳤으나 나머지는 언제 그랬냐는 듯 영어 공부를 시작했다. 내가 시간표를 만들어 공부를 시키고 있었던 것이다. 그다지 신통하지는 않은 듯했다. 영어는 알파벳을 간신히 읽을 수 있게 되었을 때쯤 언제부턴가 그만두었다. 편지는 역시 서툴렀다. 쓰고 싶어 하지 않았다. 내가 초안을 만들어 주었다. 여두목인 양 행세하기를 좋아하는 듯했다.

---

12) 원문에는 하이쿠(俳句)로 되어 있다. 5·7·5의 3구, 17음절로 된 일본의 단가.

내가 경찰에 잡혀가도 그렇게 허둥거리거나 하지는 않았다. 그 사상을 임협적인 것으로 이해하여 유쾌해한 날까지도 있었다. 도보초, 이즈미초, 가시와기, 나는 스물네 살이 되어 있었다.

그해의 늦은 봄에 나는 다시 이사를 하지 않으면 안 되었다. 다시 경찰에 불려갈 것 같았기에 나는 도망을 친 것이었다. 이번에는 약간 복잡한 문제였다. 고향의 큰형님에게 거짓말을 해서 2개월분의 생활비를 한꺼번에 송금 받아 그것을 가지고 가시와기에서 물러났다. 가재도구를 여기저기의 친구들에게 조금씩 나누어 맡긴 뒤, 생필품만 들고 니혼바시(日本橋) 핫초보리(八丁堀)에 있는 목재상 2층의 8첩짜리 방으로 옮겼다. 나는 홋카이도 출생의 오치아이 가즈오(落合一雄)라는 사내가 되었다. 과연 불안한 마음이 들었다. 가지고 있는 돈을 소중히 여겼다. 어떻게든 될 것이라는 무능한 사념으로 내 불안을 얼버무리고 있었다. 내일에 대한 대비 역시 아무것도 없었다. 아무것도 할 수가 없었다. 가끔 학교에 가서 강당 앞의 잔디밭에 몇 시간이고 말없이 누워 있었다. 어느 날의 일, 같은 고등학교를 나온 경제학부의 한 학생에게서 듣기 싫은 소리를 들었다. 믿는 도끼에 발등을 찍힌 것 같은 느낌이 들었다. 설마 싶었다. 그 이야기를 해준 학생을 오히려 미워했다. H에게 물어보면 알 일이라고 생각했다. 서둘러 핫초보리, 목재상의 2층으로 돌아갔으나 좀처럼 말을 꺼내기가 어려웠다. 초여름의 오후였다. 서쪽 하늘의 햇빛이 방 안으로 쏟아져, 더웠다. 오라가(オラガ) 맥주 한 병을 H에게 사오라고 했다. 당시 오라가 맥주는 25센이었다. 그 한 병을 마신 뒤, 한 병 더,

라고 말했더니 H가 호통을 쳤다. 호통을 듣고 내 마음에도 오기가 생겨서 오늘 학생에게서 들은 말을 아주 태연하기 짝이 없는 말투로 H에게 이야기할 수가 있었다. H는 되도 않는 소리라며 고향의 사투리로 말하고, 화가 난 듯 잠깐 눈썹을 찌푸렸다. 그뿐, 조용히 바느질을 계속했다. 흐릿한 마음은 어디에도 없었다. 나는 H를 믿었다.

그날 밤 나는 좋지 않은 것을 읽었다. 루소의 참회록이었다. 루소가 역시 아내의 예전 일로 괴로움을 맛보는 부분에 이르러서는 견딜 수 없는 기분이 되었다. 나는 H를 믿을 수 없게 된 것이었다. 그날 밤, 결국 실토를 하게 만들었다. 학생에게서 들은 일은 전부 사실이었다. 더 심했다. 파헤쳐 나가자면 끝도 없을 것 같다는 느낌조차 들었다. 나는 중간에서 그만두어버리고 말았다.

나 역시 그 방면에서는 남을 비난할 자격이 없었다. 가마쿠라의 사건은 어떻게 된 것이란 말인가? 하지만 그날 밤 나는 화가 끓어올랐다. 나는 그날까지 H를 그야말로 손 안의 구슬처럼 애지중지하며 자랑스럽게 여겨왔다는 사실을 깨달았다. 이 아이를 위해서 살아 있는 것이다. 나는 여자를 때 묻지 않은 채로 구원한 것이라고만 생각했던 것이다. H의 말을 그대로 받아들여 순진하게 용자(勇者)라고 생각하고 있었던 것이었다. 친구들에게도 나는 그것을 자랑스럽게 이야기했다. H는 이처럼 마음이 강하기 때문에 내게 오기까지 지킬 수 있었던 것이라고. 한심하다고도, 뭐라고도 형용할 말이 없었다. 어리석음의 아들이다. 여자가 어떤 것인지 알지 못했다. 나는 H의 기만을 증오할 마음은 조금도 들지 않았다. 고백하는 H를 사랑스럽다고까지 생각했다. 등을 쓰다듬어주고 싶다고 생각했다. 나는 단지 안타까웠던 것이다. 나는 싫증이 났다. 내 생활의 자세를 몽둥이로 분쇄해버리고 싶었다. 다시 말해서 견딜 수 없었던 것이다. 나는 자수했다.

검사의 취조가 일단락 지어지자 죽지도 않고 나는 다시 도쿄의 거리를 걷고 있었다. 돌아갈 곳은 H의 방밖에 없었다. 나는 H에게로 서둘러 갔다. 쓸쓸한 재회였다. 서로 비굴하게 웃으며 우리는 힘없이 악수했다. 핫초보리에서 철수하여 시바(芝) 구의 시로가네산코초(白金三光町). 커다란 빈집의 별채 하나를 빌려서 살았다. 고향의 형님들은 참으로 어처구니없어 하면서도 몰래 돈을 보내주셨다. H는 아무 일도 없었다는 듯 활기를 되찾았다. 하지만 나는 가까스로 조금씩 바보에서 눈을 떠가고 있었다. 유서를 썼다. 「추억」 100매였다. 지금은 이 「추억」이 나의 처녀작이 되어 있다. 내 유아 때부터의 악을 꾸밈없이 기록해두고 싶었던 것이다. 24세 가을의 일이었다. 풀이 무성하고 널따란 폐원(廢園)을 바라보며 나는 별채의 한 방에 앉아 웃음을 완전히 잃었다. 나는 다시 죽을 생각이었다. 아니꼽다면 아니꼽게 보인다고도 할 수 있을 것이다. 참으로 건방졌던 것이다. 나는 역시 인생을 드라마라고 생각하고 있었던 것이다. 아니, 드라마를 인생이라고 생각하고 있었던 것이다. 이제는 누구에게도 도움이 되지 않는다. 유일한 H에게도 타인의 손때가 타고 말았다. 살아갈 의욕이 전혀, 무엇 하나 없었다. 바보 같은 멸망의 한 백성으로서 죽어야겠다고 각오했다. 시조(時潮)가 내게 맡긴 역할을 충실하게 연기해야겠다고 생각했다. 반드시 사람에게 지고 마는 슬프고도 비굴한 역할을.

하지만 인생은 드라마가 아니었다. 제2막은 누구도 모른다. '멸망'이라는 역할을 가지고 등장했으면서도 끝까지 퇴장하지 않는 남자도 있다. 조그만 유서를 쓸 생각으로 이렇게 지저분한 아이도 있었습니다, 하며 유년 및 소년 시절의 내 고백을 썼는데, 그 유서가 오히려 맹렬하게 마음에 걸려 내 허무에 희미한 등불을 비추었다. 끝내 죽지 못했다. 그 「추억」 한 편만으로는 도무지 성에 차지 않았던 것이다. 어차피 여기까지 쓰지 않았는가? 전부를 써두고 싶다. 오늘까지의 생활 전부를 털어놓고 싶다. 이것도, 저것도. 써두고 싶은 일들이 여러 가지로 생겨났다. 가장 먼저 가마쿠라의 사건을 썼으나, 실패. 뭔가 부족한 점이 있었다. 다시 한 작품을 썼으나 역시 불만이었다. 한숨을 쉬고 다시 다음 작품에 매달렸다. 마침표를 찍지 못하고 조그만 점들만 연속될 뿐이었다. 영원히 이리오라고 손짓하며 유혹하는 그 악마(데몬)에게 나는 점점 사로잡혀가고 있었다. 당랑지부(螳螂之斧)다.

나는 스물다섯 살이 되었다. 1933년이었다. 나는 그해의 3월에 대학을 졸업해야만 했다. 그러나 나는 졸업은커녕, 애초부터 시험조차 보지 않았다. 고향의 형님들은 그 사실을 모르고 있었다. 한심한 짓만 저질러 왔으나, 그것을 사과하는 마음에서라도 학교만은 졸업을 하겠지. 그 정도의 성실함은 가지고 있는 아이라고 남몰래 기대하고 있었던 모양이다. 나는 멋지게 배신했다. 졸업할 마음이 없었던 것이다. 신뢰해주는 사람을 속이는 것은 미칠 것만 같은 지옥이다. 그로부터 2년 동안 나는 그 지옥 속에서 살았다. 내년에는 반드시 졸업하겠습니다, 부디 1년만 더 봐주십시오, 라고 큰형님에게 눈물로 호소하고는, 배신을 했다. 그해에도 그랬다. 그 이듬해에도 그랬다. 죽고 싶을 만큼의 깊은 반성과 자조와 공포 속에서 죽지도 않고 나는 제멋대로 유서라고 칭한 일련의 작품에 몰두했다. 이것만 완성되면. 그것은 어차피 젊은이의 치기어린 감상에 지나지 않았을지도 모른다. 그래도 나는 그 감상에 목숨을 걸고 있었다. 나는 완성된 작품을 커다란 종이봉투에 세 개, 네 개, 저장했다. 점점 작품의 숫자도 늘어났다. 나는 그 종이봉투에 붓으로 '만년(晩年)'이라고 썼다. 그 유서들의 제목이었던 것이다. 이것으로 이제는 끝이라는 의미였다. 시바의 빈집을 사겠다는 사람이 나타났기에 우리는 그해의 이른 봄에 그곳을 떠나지 않을 수 없었다. 학교를 졸업하지 못했기 때문에 고향에서 송금하는 돈의 액수도 상당히 줄어 있었다. 더욱 검약을 하지 않으면 안 되었다. 스기나미(杉並) 구의 아마누마(天沼) 3번가. 지인13)의 집 일부를 빌려서 살았다. 그 사람은 신문사에서 일하고 있는 훌륭한 시민이었다. 그로부터 2년 동안 함께 살면서 참으로 여러 가지 걱정을 하게 만들었다. 내게 학교를 졸업할 마음은 더욱 없었다. 바보처럼 오로지, 그 저작집의 완성에만 정신이 팔려 있었다. 무슨 말인가를 듣는 것이 두려워서 나는 그 지인에게도, 그리고 H에게조

---

13) 도비시마 데이조(飛島定城). 셋째형 게이지(圭治)의 친구로 히로사키 고등학교의 선배. 1932년~1935년에 다자이와 한 집에서 생활했다.

차 내년에는 졸업할 수 있을 것이라고 한때를 모면하기 위한 거짓말을 했다. 일주일에 한 번 정도는 제복을 차려입고 집을 나섰다. 학교 도서관에서 적당히 이런저런 책을 빌려 닥치는 대로 읽기도 하고, 이윽고 졸기도 하고, 또 작품의 초고를 쓰기도 하다가 저녁 때면 도서관에서 나와 아마누마로 돌아갔다. H도, 그리고 그 지인 역시 나를 조금도 의심하지 않았다. 표면적으로는 완전히 무사했으나 나는 남몰래 초조함을 느꼈다. 시시각각, 조바심이 났다. 고향으로부터의 송금이 중단되기 전에 쓰기를 마치고 싶었다. 하지만 그렇게 만만한 일이 아니었다. 쓰다가는 찢었다. 나는 꼴사납게도 그 악마(데몬)에게 골수까지 먹혀버리고 말았다.

1년이 지났다. 나는 졸업하지 못했다. 형님들은 매우 분노했으나 나는 예의 읍소(泣訴)를 했다. 내년에는 반드시 졸업하겠습니다, 라고 분명하게 거짓말을 했다. 그것 외에는 송금을 부탁할 구실이 없었다. 실정은 누구에게도 이야기할 수 없었다. 나는 공범자를 만들고 싶지 않았던 것이다. 나 한 사람만을 완전히 탕아로 해두고 싶었던 것이다. 그렇게 하면 주위 사람들의 입장도 분명해져서 내 일에 말려들 일도 없을 것이라고 믿었다. 유서를 작성하기 위해서 1년만 더, 라는 둥의 그런 황당한 말은 차마 할 수가 없었다. 나는 자신밖에 모르는 이른바 시적인 몽상가라고 여겨지기는 무엇보다 싫었다. 형님들도 내가 그런 비현실적인 말을 하면 송금하고 싶어도 송금을 중지할 수밖에 없었으리라. 실정을 알면서도 송금을 한다면 형님들은 훗날까지 세상 사람들로부터 나의 공범자로 여겨질 것이다. 그러기는 싫었다. 나는 어디까지나 교활하게 아첨하는 동생이 되어 형님들을 속여야 한다고, 처녀가 애를 낳아도 할 말이 있다는 말과 다를 바 없었으나, 그런 식으로 아주 진지하게 생각했다. 나는 역시 일주일에 한 번은 제복을 입고 등교했다. H는 물론 그 신문사의 지인도 내년의 졸업을 아름답게 믿고 있었다. 나는 다급했다. 하루하루가 암흑이었다. 나는 나쁜 사람이 아니다! 사람을 속이는 일은 지옥이다. 얼마 후, 아마누마 1번가. 3번가는 통근에 불편하다며 지인은 그해 봄에 1번가의 시장 뒤쪽으로 주거를 옮겼다. 오기쿠보 역 근처였다. 권하는 대로 우리도 함께 따라가서 그 집 2층의 방을 빌렸다. 나는 매일 밤 잠을 잘 수가 없었다. 싸구려 술을 마셨다. 가래가 자꾸만 나왔다. 병일지도 모르겠다는 생각이 들었으나 나는 그런 것에 신경 쓸 틈이 없었다. 그 종이봉투 속의 작품집을 빨리 정리하고 싶었다. 이기적이고 건방진 생각일지도 모르겠으나 나는 그것을 모두에 대한 사죄로 남기고 싶었다. 내가 할 수 있는 최선의 방법이었다. 그해 늦가을에 나는 간신히 마무리를 지었다. 20여 편 중 14편만을 골라내고 나머지 작품은 잘못 쓴 원고와 함께 태워버렸다. 고리짝 하나를 가득 채울 만큼의 분량은 충분히 되었다. 정원으로 가지고 나가 깨끗하게 태워버렸다.

"저기, 왜 태웠어요?" H가 그날 밤 갑자기 말을 꺼냈다.

"필요 없어져서." 내가 미소 지으며 대답했다.

"왜 태웠어요?" 같은 말을 되풀이했다. 울고 있었다.

나는 신변을 정리하기 시작했다. 사람들에게서 빌린 서적은 각각

돌려주었으며, 편지와 노트도 넝마장수에게 팔았다. 『만년』의 봉투 속에는 다른 편지도 2장 슬쩍 넣어두었다. 준비가 끝난 듯했다. 나는 매일 밤 싸구려 술을 마시러 나갔다. H와 얼굴을 마주하고 있기가 두려웠던 것이다. 그 무렵, 한 학우로부터 동인잡지를 만들어보지 않겠냐는 논의가 있었다. 나는 절반쯤은 건성으로 생각했다. '파란 꽃(青い花)14)'이라는 이름이라면 참가해도 좋다고 대답했다. 농담이 현실이 되었다. 곳곳에서 동지15)들이 가담을 한 것이었다. 그 가운데 두 사람16)과 나는 급격하게 친해졌다. 나는 이른바, 청춘의 마지막 정열을 거기에 불태웠다. 죽음 전야의 난무(亂舞)였다. 함께 취해서 저능한 학생들을 구타했다. 더러워진 여자들을 육친처럼 사랑했다. H의 옷장은 H도 모르는 사이에 텅 비어버리고 말았다. 순문예 책자 『파란 꽃』은 그해의 12월에 나왔다. 딱 1권만 나왔으며 동료는 사방으로 흩어졌다. 목적도 없는 이상한 열광에 어처구니가 없었던 것이다. 결국에는 우리 세 사람만이 남았다. 바보 삼형제라고도 일컬어졌다. 그래도 이 세 사람은 평생의 친구였다. 나는 두 사람에게서 많은 것을 배웠다.

이듬해 3월, 마침내 졸업의 계절이 다시 돌아왔다. 나는 모 신문사17)의 입사시험을 보기도 했다. 동거하고 있는 지인이나 H에게도

---

14) 독일 낭만파 시인 노발리스의 미완 소설 제목과 같다. 다자이의 당시 문학관을 표상하는 것이라 알려져 있다.
15) 동인으로는 야마기시 가이시(山岸外史), 이마 우헤이(伊馬鵜平), 단 가즈오(壇一雄), 나카하라 나카야(中原中也) 등 총 18명이 가담했다.
16) 단 가즈오, 야마기시 가이시.

나는 곧 있을 졸업 때문에 바쁜 사람처럼 보이고 싶었다. 신문기자가 되어 일생을 평범하게 살 것이라고 하여 일가에 밝은 웃음이 감돌게 했다. 어차피 들킬 일이었지만 하루라도, 한순간이라도 오래 평화를 지속시키고 싶어서, 사람들을 경악케 하는 것이 무엇보다도 무서워서, 나는 임시방편에 지나지 않는 거짓말을 열심히 한 것이었다. 나는 언제나 그랬다. 그리고는 궁지에 몰려서 죽음을 생각했다. 결국은 모든 사실이 밝혀져 사람들을 몇 배나 더 강하게 경악케 하고 격노하게 만들 뿐이었지만 아무래도 그 분위기를 깨는 현실을 말할 수가 없어서 조금만 더, 조금만 더, 하며 스스로 허위의 지옥을 깊은 것으로 만들어갔다. 물론 신문사에 들어갈 마음도 없었으며, 또 시험에 합격할 리도 없었다. 완벽한 기만의 진지(陣地)도 이제는 허물어지기 직전이었다. 죽을 때가 왔다고 생각했다. 나는 3월 중순에 혼자서 가마쿠라로 갔다. 1935년이었다. 나는 가마쿠라의 산에서 목매달아 죽기로 했다.

역시 가마쿠라의 바다에 뛰어들어 소동을 일으킨 지 5년째 되던 해의 일이었다. 나는 헤엄을 칠 줄 알았기에 바다에서 죽기는 어려웠다. 나는 예전에 확실하다고 들은 적이 있었기에 목을 매달기로 했다. 하지만 나는 다시 꼴사나운 실패를 했다. 숨결이 되돌아온 것이었다. 내 목은 남들보다 훨씬 더 두꺼운 것일지도 모르겠다. 목덜미가 빨갛게 짓무른 모습 그대로 나는 멍하니 아마누마의 집으로 돌아갔다.

---

17) 미야코(都) 신문사. 도쿄 신문사의 전신.

자신의 운명을 자신이 규정하려했으나 실패했다. 휘청휘청 집에 돌아와 보니 낯설고 신기한 세계가 펼쳐져 있었다. H는 현관에서 내 등줄기를 살살 문질렀다. 다른 사람도 모두 다행이다, 다행이야 하며 나를 위로해주었다. 인생의 다정함에 나는 멍해지고 말았다. 큰형님도 고향에서 달려와 거기에 있었다. 큰형님은 나를 엄하게 야단치셨지만 그 형이 정겹고 살가워서 견딜 수가 없었다. 나는 태어나서 처음이라고 해도 좋을 정도로 신기한 감정만을 맛보았다.

전혀 생각지도 못했던 운명이 바로 뒤이어 전개되었다. 그로부터 며칠 후, 격렬한 복통이 나를 엄습해왔다. 나는 하루밤낮을 잠도 자지 못하고 참았다. 탕파로 배를 따뜻하게 했다. 정신을 잃을 것만 같았기에 의사를 불렀다. 나는 이불에 누운 채로 침대차에 실려 아사가야(阿佐ヶ谷)의 외과병원으로 옮겨졌다. 바로 수술을 받았다. 맹장염이었다. 의사에게 진찰을 받는 것이 늦었을 뿐만 아니라 탕파로 따뜻하게 한 것이 좋지 않았다. 복막으로 고름이 유출되어 어려운 수술이 되었다. 수술한 지 이틀째 되는 날, 목에서 혈괴(血塊)가 계속 나왔다. 전부터 앓고 있던 흉부의 병이 갑자기 표면으로 드러나기 시작한 것이었다. 나는 숨이 거의 끊어져가고 있었다. 의사마저 완전히 포기하고 말았으나 악업(惡業)이 깊은 나는 조금씩 회복하기 시작했다. 1개월 지나서 복부의 상처만은 유착되었다. 하지만 나는 전염병환자로 세타가야(世田谷) 구 교도(経堂)의 내과병원으로 옮겨졌다. H는 언제나 내 곁에 붙어 있었다. 베제18)를 해서도 안 된다고 의사가 말했어요, 라고 웃으며 내게 가르쳐주었다. 이 병원의 원장님은 큰형님의 친구였다. 나는 특별히 소중하게 다루어졌다. 널따란 병실을 2개 빌려 가재도구 전부를 들여와서는 병원으로 이주해버렸다. 5월, 6월, 7월, 슬슬 각다귀가 나오기 시작해서 병실에 하얀 모기장을 쳤을 무렵, 나는 원장님의 지도로 지바(千葉) 현 후나바시(船橋)로 이사했다. 해안이다. 시내의 외곽에 새로 지은 집을 빌려 살았다. 생활환경을 바꿔 요양하라는 의미였으나 이곳도 나를 위해서는 좋지 않았다. 지옥의 대동란이 시작되었다. 나는 아사가야의 외과병원에 있었을 때부터 혐오스러운 악습에 물들어 있었다. 마비제(痲痺劑)를 사용한 것이다. 처음에는 의사도 내 환부의 고통을 가라앉히기 위해 아침, 저녁으로 가제를 갈아줄 때마다 그것을 사용했으나, 곧 나는 그 약품에 의지하지 않으면 잠을 잘 수 없게 되었다. 나는 불면의 고통에는 극도로 나약했다. 나는 매일 밤 의사에게 부탁했다. 그곳의 의사는 내 몸을 포기한 상태였다. 내 부탁을 언제나 친절하게 받아들여주었다. 내과병원으로 옮긴 뒤에도 나는 원장님께 집요하게 부탁했다. 원장님은 3번에 1번꼴로 마지못해 응했다. 그때는 이미 육체를 위해서가 아니라 자신의 부끄러움, 초조함을 지우기 위해서 의사에게 부탁을 하게 된 것이었다. 내게는 외로움을 견딜 힘이 없었다. 후나바시로 옮긴 뒤부터는 시내의 의원으로 가서 자신의 불면과 중독 증상을 호소하고 그 약품을 강요했다. 나중에는 그 마음이 약한 시내의 의사에게 억지로 증명서를 쓰게 하여 시내의 약국에서 직접

---

18) baiser(프). 입맞춤. 키스.

약품을 구입했다. 정신을 차리고 보니 나는 참담한 중독환자가 되어 있었다. 곧 돈이 궁해졌다. 그 무렵 나는 매달 90엔의 생활비를 큰형님으로부터 받고 있었다. 그 이상의 임시로 필요한 돈에 대해서는 큰형님도 역시 거부를 하셨다. 당연한 일이었다. 나는 형님의 애정에 보답하려는 노력을 무엇 하나 하지 않았다. 생명을 제멋대로 마구 주물러대고만 있었다. 그해 가을 이후, 가끔 도쿄의 거리에 나타나는 내 모습은 이미 너저분한 반미치광이였다. 그 시기의 한심하기 짝이 없었던 나의 여러 가지 모습을 나는 전부 알고 있다. 잊을 수 없다. 나는 일본에서 가장 비열한 청년이 되어 있었다. 10엔, 20엔의 돈을 빌리기 위해서 도쿄에 모습을 드러낸 것이었다. 잡지사 편집원의 면전에서 눈물을 흘려버린 적도 있었다. 너무 집요하게 매달려서 편집원이 소리를 지른 적도 있었다. 그 무렵에는 내 원고도 조금은 돈이 될 가능성이 있었던 것이다. 내가 아사가야의 병원과 교도의 병원에 누워 있는 동안 친구들이 부지런히 움직여준 덕분에 나의 그 종이봉투 속에 있던 '유서'가 두 개, 세 개, 좋은 잡지에 발표되었고, 그 반향으로 일어난 매도의 말도, 또 지지의 말도 모두 내게는 너무나도 강렬해서 당황, 불안 때문에 이성을 잃을 정도로 흥분했기에 약품중독은 한층 더 심해졌고, 이래저래 너무 괴로운 나머지 뻔뻔스럽게 잡지사를 찾아가서는 편집원, 혹은 사장에게까지 면회를 요청해 원고료의 선불을 달라고 조른 것이었다. 지나치게 자신의 고뇌에 미쳐 있어서, 남들 역시 힘들게 살아가고 있다는 당연한 사실을 깨닫지 못했다. 그 종이봉투 속의 작품 역시 1편도 남김없이 팔아치웠다. 더는 팔 것이 아무것도 없었다. 당장은 작품도 써지지 않았다. 재료가 이미 고갈되어 아무것도 쓸 수가 없었다. 그 무렵의 문단에서는 나를 가리켜 '재능은 있지만 덕이 없다.'고 평했으나 나 자신은 '덕의 싹은 있지만 재능이 없다.'고 믿고 있었다. 내게는 이른바 문재(文才)라는 것이 없다. 온몸으로 부딪쳐 나가는 것 외에는 방법을 알지 못했다. 세상물정을 몰랐던 것이다. 일반지은(一飯之恩)이라는 고지식한 도덕에 너무 집착한 나머지, 오히려 자포자기의 심정으로 파렴치한 짓만 일삼는 부류다. 나는 엄격하고 보수적인 집에서 자랐다. 빚은 최악의 죄였다. 빚에서 벗어나기 위해서 더 커다란 빚을 졌다. 그 약품의 중독도 빚을 졌다는 부끄러움을 지우기 위해서 더, 더 하며 스스로 깊이 빠져들었다. 약국의 외상은 더욱 늘어갈 뿐이었다. 나는 한낮에 긴자를 훌쩍이며 걸은 적도 있었다. 돈이 필요했다. 나는 스무 명 가까이 되는 사람들로부터 마치 강탈하듯 돈을 빌려버리고 말았다. 죽지 않았다. 그 빚을 깨끗하게 갚고 난 뒤 죽어야겠다고 생각했다.

사람들이 나를 상대하지 않게 되었다. 후나바시로 이사한 지 1년이 지난 1936년 가을에 나는 자동차에 실려 도쿄 이타바시(板橋)구의 한 병원으로 옮겨졌다. 하룻밤 자고 일어나보니 나는 뇌병원[19]의 한 방에 있었다.

1개월을 거기서 지낸 뒤 가을의 맑은 날 오후, 간신히 퇴원을 허락

---

19) 정신병원을 말함.

받았다. 나는 데리러 온 H와 둘이서 자동차에 올랐다.

1개월 만에 만났으나 두 사람 모두 입을 다물고 있었다. 자동차가 달리기 시작한 뒤 얼마쯤 지나서 H가 입을 열었다.

"이제 약은 끊을 거죠?" 화가 난 듯한 말투였다.

"난, 지금부터 믿지 않을 거야." 나는 병원에서 배운 유일한 것을 말했다.

"맞아요." 현실가인 H는 내 말을 어떤 금전적인 의미로 해석한 듯, 크게 머리를 끄덕이고 "남들은 믿을 게 못 돼요."

"너도 믿지 않아."

H는 거북하다는 듯한 표정을 지었다.

후나바시의 집은 내가 입원 중에 폐지되었고 H는 스기나미 구 아마누마 3번가의 아파트[20] 중 한 방에서 살고 있었다. 나는 그곳에 짐을 풀었다. 두 군데 잡지사에서 원고 주문이 와 있었다. 퇴원을 한 그날 밤부터 바로 원고를 쓰기 시작했다. 두 편의 소설을 써서 그 원고료를 가지고 아타미로 가서 1개월 동안 절도도 없이 술을 마셨다. 이후, 어떻게 하면 좋을지 알 수가 없었다. 큰형님으로부터는 앞으로 3년 동안 더 매달 생활비를 받을 수 있었지만 입원 전의 산더미 같은 부채는 그대로 남아 있었다. 아타미에서 좋은 소설을 써서 그것을 팔아 벌어들인 돈으로 눈앞의 가장 마음에 걸리는 부채만이라도 갚아야겠다는 계획도 내게는 있었으나 소설을 쓰기는커녕

---

20) 일본에서는 우리가 아파트라고 부르는 것을 맨션이라 부르고, 아파트 는 조금 더 좁고, 낮고, 허름한 것을 가리킨다.

나는 주위의 황량함을 견디지 못하고 그저 술만 마셨다. 내가 글러먹은 사내라는 사실을 절실히 깨달았다. 아타미에서 나는 오히려 빚을 늘리고 말았다. 무엇을 해도 글러먹었다. 나는 완전히 패배한 꼴이 되어버리고 말았다.

나는 아마누마의 아파트로 돌아와 모든 희망을 포기해버린 지저분한 육체를 벌렁 눕혔다. 나는 벌써 29세였다. 아무것도 없었다. 내게는 도테라[21] 한 벌. H도 입고 있는 것이 전부였다. 이 부근이 벌써 밑바닥이구나 싶었다. 큰형님이 매달 보내주는 돈에 의지하여 버러지처럼 말없이 살았다.

하지만 그것은 아직 밑바닥이 아니었다. 그해의 이른 봄에 한 서양화가[22]가 전혀 생각지도 못했던 뜻밖 일로 내게 상의를 해온 것이었다. 아주 친하게 지내는 친구였다. 나는 이야기를 듣고 질식할 것만 같았다. H가 이미 슬픈 잘못을 저질렀던 것이다. 그 불길한 병원에서 나왔을 때, 자동차 안에서 내가 별 생각 없이 던진 추상적인 말에 매우 당황하던 H의 모습이 문득 떠올랐다. 나는 H에게 고생을 시키기는 했지만, 그래도 살아 있는 동안에는 H와 함께 살아갈 생각이었다. 나의 애정 표현이 서툴렀기에 H도, 그리고 서양화가도 그것을 눈치 채지 못했던 것이다. 상의를 해왔으나 내게는 어찌 해볼 방법이 없었다. 나는 누구에게도 상처를 주고 싶지 않았다. 세 사람 중에서는

---

21) どてら. 보통의 기모노보다 좀 길고 크게 만든 솜옷. 방한용, 혹은 침구로도 쓰인다.

22) 고다테 젠시로(小館善四郎). 다자이와 의형제를 맺은 동생으로 당시는 그림을 배우는 학생이었다.

내가 가장 연장자였다. 나 한 사람만이라도 마음을 가라앉혀 훌륭하게 지도하고 싶다고 생각했으나 나는 역시 너무나도 뜻밖의 일에 동요하고, 당황하고, 허둥지둥해서, 오히려 H 들이 경멸했을 정도였다. 아무것도 할 수가 없었다. 그러는 사이에 서양화가는 점점 도망칠 궁리를 시작했다. 나는 괴로운 가운데서도 H를 가엾게 생각했다. H는 벌써 죽을 생각을 품고 있는 듯했다. 어떻게 해야 좋을지 알 수 없을 때는 나도 죽음을 생각한다. 둘이서 같이 죽자. 신께서도 용서해주실 거야. 우리는 사이좋은 오누이처럼 여행을 떠났다. 미나카미(水上) 온천. 그날 밤, 두 사람은 산에서 자살을 시도했다. H를 죽게 내버려둬서는 안 된다고 생각했다. 나는 그것을 위해 노력했다. H는 살았다. 나도 멋지게 실패를 하고 말았다. 약품을 쓴 것이었다.

우리는 마침내 헤어졌다. H를 더 이상 잡아둘 용기가 내게는 없었다. 버렸다는 말을 들어도 상관없었다. 인도주의네 뭐네 하는 허세로 인내를 가장해봐야 그 훗날들의 추악한 지옥이 명확하게 보이는 것 같다는 느낌이 들었다. H는 혼자서 고향의 어머니에게로 돌아갔다. 서양화가의 소식은 알 수 없었다. 나는 혼자 아파트에 남아 자취생활을 시작했다. 소주를 배웠다. 이가 흐물흐물 빠지기 시작했다. 나는 추한 얼굴이 되었다. 나는 아파트 근처의 하숙으로 옮겼다. 가장 하등한 하숙집이었다. 나는 거기가 내게 어울린다고 생각했다. 이것이 이 세상의 마지막 모습이라며 문가에 서면 달그림자와 시든 벌판은 달리고, 소나무는 서 있네. 나는 하숙의 네 첩 반짜리 방에서 혼자 술을 마시다 취해서는 하숙방을 나와 하숙집의 문기둥에 기대서서 그런 엉터리 노래를 조그만 목소리로 중얼거리는 적이 많았다. 두어 명의 서로 헤어지기 어려운 친구들 외에는 누구도 나를 상대하지 않게 되었다. 세상이 나를 어떻게 보고 있는지 나도 조금씩 알아가기 시작했다. 나는 무지하고 교만한 무뢰한, 혹은 백치, 혹은 하등하고 교활한 호색한, 천재인 양하는 사기꾼, 사치스러운 생활에 빠져서 돈이 궁해지자 위장 자살극을 펼쳐 고향의 부모 들을 협박. 정숙한 아내를 개나 고양이처럼 학대하다 결국에는 그녀를 내쫓았다. 그 외에도 여러 가지 전설이 조소, 혐오, 분노와 함께 세상 사람들 사이에 전해져 나는 완전히 매장되었고, 폐인의 대우를 받게 되었던 것이다. 그 사실을 깨달은 나는 하숙에서 한 발짝도 나가고 싶지 않았다. 술이 없는 밤이면 소금생과자를 먹으며 탐정소설을 읽는 것이 조그만 즐거움이었다. 잡지사에서도 신문사에서도 원고 청탁은 전혀 없었다. 또한 아무것도 쓰고 싶지 않았다. 쓸 수가 없었다. 그 병에 시달리던 동안 진 빚에 대해서는 아무도 독촉을 하지 않았지만, 그래도 나는 밤의 꿈속에서까지 괴로워했다. 나는 이미 서른 살이 되어 있었다.

무엇이 전환점이 되어 그렇게 된 것까? 나는 살아야겠다고 생각했다. 고향 집의 불행이 내게 그 당연한 힘을 부여한 것일까? 큰형님이 대의사[23]에 당선되었으나 그 직후에 선거 위법으로 기소되었다. 나는 큰형님의 엄격한 인격을 경외한다. 틀림없이 주위에 좋지 않은

---

23) 代議士. 국회의원, 특히 중의원의원을 가리키는 경우가 많음.

사람들이 있었던 것이리라. 누나가 세상을 떠났다. 조카가 세상을 떠났다. 사촌동생이 세상을 떠났다. 나는 그런 사실들을 풍문으로 들었다. 일찍부터 고향 사람들과는 모든 연락이 두절된 상태였기 때문이다. 연이은 고향의 불행이 누워 있던 나의 상반신을 조금씩 일으켜 세웠다. 나는 고향 집의 거대함에 부끄러움을 느끼고 있었던 것이다. 부잣집 아들이라는 핸디캡 때문에 자포자기하는 심정이 일었던 것이다. 부당하게 혜택을 누리고 있다는 불쾌한 공포감이 어렸을 때부터 나를 비굴하게 만들고 염세적으로 만들었던 것이다. 부잣집 아들은 부잣집 아들답게 커다란 지옥에 떨어지지 않으면 안 된다는 신앙을 가지고 있었다. 달아나는 것은 비겁한 짓이다. 멋지게, 악업의 아들로서 죽고 싶다며 노력했다. 그런데 어느 날 밤, 정신을 차리고 보니 나는 부잣집 아들은커녕 입고 나갈 옷조차 없는 천민이었다. 고향에서의 송금도 올해를 마지막으로 끊길 터였다. 호적은 이미 분리되어 있었다. 게다가 내가 태어나고 자란 고향의 집도 지금은 불행의 밑바닥에 있었다. 이제 내게는 사람들의 눈치를 보아야 할 타고난 특권이 아무것도 없었다. 오히려 마이너스일 뿐이었다. 그러한 자각과, 한 가지 더. 죽을 기백조차 잃은 채 하숙의 한 방에서 나뒹굴고 있는 동안 신기하게도 내 몸이 눈에 띄게 좋아지기 시작했다는 사실도 매우 중요한 원인 중 하나로 들지 않으면 안 될 것이다. 거기에 나이, 전쟁, 역사관의 동요, 게으름에 대한 혐오, 문학에의 겸허, 신은 있다는 등의 여러 가지 사실들을 들 수 있겠지만 사람의 전환점이 되는 계기를 설명한다는 것은 어딘가 속이 빤히 들여다보이는 일 같다. 그 설명이 간신히 정확함을 기한 것이라 할지라도 어딘가에는 반드시 거짓의 간극이 냄새를 피우고 있는 법이다. 사람은 언제나 이러이러한 생각, 저러저러한 생각으로 행로를 선택하는 것은 아니기 때문일지도 모른다. 대부분의 경우 사람은 어느 틈엔가 다른 들판을 걷고 있는 것이다.

나는 그 서른 살의 초여름에 비로소 진심으로 문필생활을 지원했다. 생각해보면 때늦은 지원이었다. 나는 이렇다 할 가재도구 하나 없는 하숙의 네 첩 반짜리 방에서 열심히 썼다. 하숙집의 밥통에 저녁밥이 남으면 그것으로 몰래 주먹밥을 만들어 늦은 밤의 작업에 찾아올 공복에 대비했다. 이번에는 유서로 쓰는 것이 아니었다. 살아가기 위해서 쓴 것이다. 한 선배[24]는 나를 격려해주셨다. 세상사람 모두가 입을 모아 나를 미워하고 조소할 때도 그 선배 작가만은 언제나 변함없이 나의 인간을 남 몰래 지지해주셨다. 나는 그 고귀한 신뢰에도 보답을 하지 않으면 안 되었다. 마침내 「고려장」이라는 작품이 완성되었다. H와 미나카미 온천으로 죽으러 갔을 때의 일을 솔직하게 썼다. 이건 바로 팔렸다. 잊지 않고 내 작품을 기다려준 편집자가 한 명 있었던 것이다. 나는 그 원고료를 함부로 쓰지 않고 우선은 전당포에서 외출복을 한 벌 찾아와 잘 차려입고 여행을 떠났다. 고슈(甲州)의 산[25]이었다. 마음을 더욱 다잡고 긴 소설에 착수할 생각이었다. 고슈에는 만 1년 동안 있었다. 긴 소설은 완성하지

---

24) 이부세 마스지(井伏鱒二).
25) 미사카토우게(御坂峠).

못했지만 단편은 10편 이상 발표했다. 여러 분들로부터 지지의 목소리를 들었다. 문단을 고마운 곳이라고 생각했다. 평생을 거기서 살아갈 수 있는 사람은 행복한 사람이라고 생각했다. 이듬해인 1939년 정월에 나는 그 선배의 주선으로 평범한 맞선과 결혼을 했다. 아니, 평범하지는 않았다. 나는 무일푼으로 결혼식을 올린 것이다. 고후(甲府) 시의 외곽에 방 2개뿐인 조그만 집을 빌려 우리는 살았다. 그 집의 세는 1개월에 6엔 50센이었다. 나는 창작집을 연달아 2권 출판했다[26]. 약간의 여유가 생겼다. 나는 마음에 걸리던 빚들을 조금씩 정리했으나 그것은 결코 호락호락한 일이 아니었다. 그해의 초가을에 도쿄 시외의 미타카마치(三鷹町)로 이사했다. 더 이상 도쿄 시가 아니었다. 나의 도쿄 시에서의 생활은 오기쿠보의 하숙에서 가방 하나 들고 고슈로 출발했을 때에 이미 중단되어버리고 말았던 것이다.

지금 나는 일개 원고생활자다. 여행에 가서도 숙박부에는 거침없이 문필업이라고 쓴다. 괴로움은 있어도 좀처럼 말하지 않는다. 예전보다 더한 괴로움이 있어도 나는 미소를 가장하고 있다. 멍청한 사람들은 나를 세속화되었다고 말하고 있다. 매일 무사시노(武藏野)의 석양은 크다. 부글부글 끓어오르며 떨어지고 있다. 나는 석양이 보이는 3첩 방에 양반다리를 하고 앉아 쓸쓸한 식사를 하며 아내에게 말했다. "나는 이런 사내라 출세도 못 할 거고, 돈도 못 벌 거야.

---

26) 단편집 『사랑과 미에 대하여(愛と美について)』, 『여학생(女生徒)』을 말함.

그래도 이 집 하나만은 어떻게 해서든 지켜나갈 생각이야." 그때 문득 도쿄 팔경을 떠올린 것이다. 과거가 주마등처럼 가슴속에서 맴돌았다.

여기는 도쿄 시외이기는 하지만 바로 근처에 있는 이노가시라(井の頭) 공원도 도쿄의 명소 가운데 하나로 꼽히고 있으니 이 무사시노의 석양을 도쿄 팔경 가운데 가입시켜도 상관없다. 나머지 7경을 결정하자며 나는 내 가슴속의 앨범을 넘겨보았다. 그러나 이러한 경우 예술이 되는 것은 도쿄의 풍경이 아니었다. 풍경 속의 나였다. 예술이 나를 속인 것일까. 내가 예술을 속인 것일까. 결론. 예술은 나다.

도쓰카의 장마. 혼고(本郷)의 황혼. 간다의 제례. 가시와기의 첫눈. 핫초보리의 불꽃놀이. 시바의 보름달. 아마누마의 저녁매미. 긴자의 번개. 이타바시 뇌병원의 코스모스. 오기쿠보의 아침안개. 무사시노의 석양. 추억의 어두운 꽃들이 제각각 춤을 춰서 정리는 아주 어려웠다. 또 억지로 꾸며내서 팔경으로 정리하는 것도 천박한 짓이라고 생각했다. 그러는 사이, 나는 올 봄과 여름에 2개의 경치를 더 찾아내고 말았다.

올 4월 4일에 나는 고이시카와(小岩川)에 살고 있는 대선배, S씨27)를 찾아갔다. 나는 5년 전 병에 걸렸을 때 S씨의 속을 꽤나

---

27) 사토 하루오(佐藤春夫, 1892~1964). 시인, 작가. 처음에는 시를 발표하다 후에 소설로 돌아섰다. 근대인의 권태와 우울한 자의식을 시정의 핵으로 삼았다. 다자이 오사무가 후보로 선정되었던 1935년의 제1회 아쿠타가와상 선고위원이었다.

썩였다. 결국에는 호되게 야단을 맞고 파문당한 것처럼 되어 있었으나 올 정월에 신년 인사를 가서 사과와 감사의 말씀을 올렸다. 그 이후로 다시 오랫동안 소식이 끊겼다가 그날은 친구 저서의 출판기념회 발기인이 되어달라고 청하기 위해서 찾아뵌 것이었다. 댁에 계셨다. 청을 들어주셨고, 그 이후부터는 그림에 대한 이야기와 아쿠타가와 류노스케[28]의 문학에 대한 이야기 등을 들었다. "내 자네에게는 못되게 군 듯한 느낌도 있지만, 지금 와서 보니 오히려 그게 좋은 결과를 낳은 듯해서 나는 기쁘게 생각하고 있네." 예의 묵직한 어조로 이렇게도 말씀하셨다. 자동차로 함께 우에노(上野)로 나갔다. 미술관에서 서양화 전람회를 보았다. 시시한 그림이 많았다. 나는 한 장의 그림 앞에 멈춰 섰다. 잠시 후, S씨도 옆에 오셔서 그 그림에 불쑥 얼굴을 가까이 하고,

"싱겁군."하고 무심하게 말씀하셨다.

"틀렸습니다." 나도 분명하게 말했다.

H의, 그 서양화가의 그림이었다.

미술관을 나와, 그 다음 가야바초(茅場町)에서 『아름다운 투쟁』이라는 영화의 시사를 같이 보게 해주셨고, 후에 긴자로 가서 차를 마시며 하루 종일 놀았다. 저녁이 되어 S씨가 신바시(新橋) 역에서 버스로 돌아가신다고 하시기에 나도 신바시 역까지 함께 걸었다.

---

28) 아쿠타가와 류노스케(芥川竜之介, 1892~1927). 소설가. 대표작으로는 「라쇼몬」, 「코」, 「참마죽」「지옥변」, 「톱니바퀴」 등이 있다. 다자이 오사무는 학창시절에 아쿠타가와를 존경했으며, 그의 자살 소식에 커다란 충격을 받았다.

도중에 나는 도쿄 팔경의 계획을 S씨에게 들려드렸다.

"과연 무사시노의 석양은 큽니다."

S씨는 신바시 역 앞의 다리 위에 멈춰 서서,

"그림 같군."이라고 낮게 말씀하시고 긴자 쪽의 다리를 가리키셨다.

"네에." 나도 멈춰 서서 바라보았다.

"그림 같군." 거듭 혼잣말처럼 말씀하셨다.

눈앞에 펼쳐진 풍경보다 바라보고 있는 S씨와 그 파문의 악한 제자의 모습을, 나는 도쿄 팔경 가운데 하나로 편입시켜야겠다고 생각했다.

그로부터 2달쯤 지나서 나는 다시 밝은 풍경 하나를 얻었다. 어느 날 아내의 여동생으로부터 〈드디어 T가 내일 출발하게 되었습니다. 시바 공원에서 잠깐 면회를 할 수 있다고 합니다. 내일 아침 9시에 시바 공원으로 와주시기 바랍니다. 형부께서 T에게 제 마음을 잘 전해주시기 바랍니다. 저는 바보이기에 T에게는 아무런 말도 하지 못했습니다.〉라는 속달이 왔다. 제수씨는 스물두 살이지만 몸집이 작아서 어린아이처럼 보였다. 작년에 T와 맞선을 보고 약혼했는데 약혼 예물을 교환한 직후에 T군이 응소(應召)하게 되어 도쿄의 한 연대에 들어갔다. 나도 군복을 입은 T군과 한 번 만나 30분 정도 이야기를 나눈 적이 있었다. 시원시원하고 품위 있는 청년이었다. 내일 드디어 전장으로 출발하게 된 모양이었다. 그 속달이 온 지 2시간도 지나지 않아서 제수씨로부터 또 속달이 왔다. 거기에는 〈가만히 생각해보니 조금 전의 부탁은 경박한 일이라는 사실을 깨달았습니다. T에게는 아무런 말씀 하지 않으셔도 됩니다. 단, 배웅만은 해주시기 바랍니다.>라고 적혀 있었기에 나도 아내도 웃음을 터뜨리고 말았다. 혼자서 어찌해야 좋을지 몰라 쩔쩔매고 있는 모습을 잘 알 수 있었기 때문이었다. 제수씨는 그 이삼일 전부터 T군의 부모님 집에 일을 도와주러 가 있었던 것이다.

이튿날, 우리는 일찍 일어나 시바 공원으로 갔다. 증상사(增上寺) 경내에 배웅을 나온 사람들이 가득 모여 있었다. 카키색 단복을 입고 분주하게 군중 사이를 헤집고 돌아다니는 노인을 붙들어 물어봤더니, T군의 부대는 산문 앞에 잠깐 들러서 5분간 휴식을 취한 뒤 바로 다시 출발한다고 대답했다. 우리는 경내에서 나와 산문 앞에서서 T군의 부대가 도착하기를 기다렸다. 잠시 후 제수씨도 조그만 깃발을 들고 T군의 부모님과 함께 왔다. 나는 T군의 부모님과는 첫 대면이었다. 아직 확실하게 친척이 된 것도 아니고, 사교에 서툰 나는 변변히 인사도 하지 못했다. 가볍게 눈인사만 하고,

"어때, 마음은 좀 가라앉았어?"라고 제수씨에게 말을 걸었다.

"괜찮아요." 제수 씨는 밝게 웃어 보였다.

"어째서 이러는 걸까요?" 아내는 얼굴을 찌푸렸다. "저렇게 깔깔 웃고."

T군을 배웅 나온 사람은 아주 많았다. T군의 이름을 써넣은 커다란 깃발이 6개나 산문 앞에 늘어섰다. T군의 공장에서 일하고 있는 직공, 여공들도 공장을 쉬고 배웅을 나왔다. 나는 모두에게서 떨어져

산문 끝 쪽에 섰다. 피한 것이었다. T군의 집은 부자다. 나는 이도 빠졌고 복장도 변변치 않다. 하카마도 입지 않았고 모자조차 쓰지 않았다. 가난뱅이 문사(文士)다. 틀림없이 아들 약혼녀의 지저분한 친척이 왔다, 고 T군의 부모님은 생각하고 있을 것이다. 제수씨가 내게 말을 걸러 와도, "너는 오늘 중요한 역할을 맡고 있으니 시아버님 곁에 붙어 있어."라고 말해 쫓아보냈다. T군의 부대는 좀처럼 오지 않았다. 10시, 11시, 12시가 되어도 오지 않았다. 여학교의 수학여행 단체가 유람버스를 타고 몇 무리고 눈앞을 지났다. 버스 문에 그 여학교의 이름을 적어놓은 종잇조각이 붙어 있었다. 고향 여학교의 이름도 있었다. 큰형님의 큰딸도 그 여학교에 다니고 있을 터였다. 타고 있을지도 몰랐다. 이곳 도쿄의 명소인 증상사 산문 앞에 한심한 삼촌이 우두커니 서 있는 모습을, 삼촌인 줄도 모르고 별 생각 없이 바라보며 지나쳤을지도 모르겠다는 등의 생각을 했다. 20대 정도, 끊어졌나 싶다가도 이어지며 산문 앞을 지났는데 버스의 여차장이 그때마다 바로 나를 손가락으로 가리키며 무엇인가를 설명하기 시작하곤 했다. 처음에는 아무렇지도 않은 척하고 있었으나, 결국에는 나도 포즈를 취해보곤 했다. 발자크의 동상처럼 느긋하게 팔짱을 꼈다. 그러자 내 자신이 도쿄 명소 가운데 하나가 되어버린 듯한 느낌조차 들었다. 1시 가까이 돼서 왔다, 왔다는 외침이 일어나더니 곧 병사들을 가득 실은 트럭이 산문 앞에 도착했다. T군은 닷산29)의

---

29) Datsun. 닛산 자동차의 브랜드명. 여기서는 닷산 트럭을 말하는 듯.

운전 기술을 체득하고 있었기에 그 트럭의 운전대에 타고 있었다. 나는 북적이는 사람들 뒤에서 멍하니 바라보고 있었다.

"형부." 어느 틈엔가 내 옆에 와 있던 제수씨가 이렇게 작은 목소리로 말하며 내 등을 세게 밀었다. 정신을 차리고 보니 운전대에서 내린 T군이 군중의 가장 뒤에 서 있던 나를 가장 먼저 발견한 듯, 거수경례를 하고 있었다. 나는 그래도 순간 의심이 들어 주위를 둘러보며 망설였으나 역시 내게 경례를 하고 있는 것임에 틀림없었다. 나는 결심을 하고 군중을 헤치며 제수씨와 함께 T군 앞까지 갔다.

"뒷일은 걱정하지 않아도 돼. 제수씨는 이렇게 부족하지만, 그래도 여자의 가장 중요한 마음가짐만은 알고 있을 거야. 조금도 걱정할 필요 없어. 우리 모두가 돌봐줄 테니." 나는 신기하게 조금도 웃지 않고 말했다. 제수씨의 얼굴을 보니 그녀도 시선을 약간 위로 향한 채 긴장하고 있었다. T군은 얼굴을 약간 붉히고 말없이 다시 거수경례를 했다.

"그리고 너는 할 말 없어?" 이번에는 나도 웃으며 제수씨에게 물었다. 제수씨는,

"이젠 됐어요."라며 얼굴을 숙이고 말했다.

바로 출발 호령이 떨어졌다. 나는 다시 인파 속으로 슬금슬금 숨어들었지만, 역시 제수씨에게 등을 떠밀려 이번에는 운전대 아래까지 진출해버리고 말았다. 그 부근에는 T군의 부모님만 서 계실 뿐이었다.

"안심하고 다녀오게." 나는 커다란 목소리로 말했다. T군의 엄부

가 문득 뒤를 돌아 내 얼굴을 보았다. 함부로 나대는 이 녀석은 누구야, 하는 언짢은 기색이 그 엄부의 눈빛에서 얼핏 보였다. 하지만 그때 나는 주눅들지 않았다. 인간의 프라이드의 궁극적인 입각점은 무엇보다 죽을 만큼 괴로워한 적이 있습니다, 라고 단언할 수 있다는 자각 아닐까? 나는 병종 합격[30]이고, 거기에 가난하지만 지금은 사양할 것 없다. 도쿄의 명소는 더욱 커다란 목소리로,

"뒷일은 걱정할 필요 없네!"라고 외쳤다. 앞으로 T군과 제수씨의 결혼에 혹시 어려운 문제가 생긴다 할지라도, 나는 체면 같은 것 상관없는 무법자이니 반드시 두 사람의 최후의 조력자가 될 수 있으리라 생각했다.

증상사 산문에서의 풍경 하나를 얻은 뒤, 나는 내 작품의 구상도 이제는 활을 보름달처럼 충분히 팽팽하게 당긴 것 같다는 느낌이 들었다. 그로부터 며칠 후, 도쿄 시의 대지도와 펜, 잉크, 원고용지를 들고 씩씩하게 이즈로 여행을 떠났다. 이즈 온천지의 여관에 도착한 뒤로는 어떻게 되었을까. 여행을 떠난 지 벌써 열흘이나 지났지만 아직 그 온천지의 여관에 있는 듯하다. 대체 뭘 하고 있는 건지.

---

30) 丙種合格. 징병검사에서 갑종, 을종에 이은 하위 합격순위. 현역에는 적합하지 않으나 국민 병역에는 적합하다고 판단되는 자.

15년간(十五年間)

예의 전재(戰災)1)를 입어 나 혼자라면 또 모르겠지만 5살과 2살 짜리 아이들을 끌어안고 있었기에 궁해져서 결국은 쓰가루의 생가로 들어와 부모와 자식 4명, 얹혀사는 신분이 되었다.

대부분의 사람들은 알고 있으리라 여겨지지만 나는 생가 사람들과 오래도록 사이가 좋지 않은 관계에 있었다. 천박한 말을 쓰자면 나는 20대의 좋지 않은 행실 때문에 의절당한 상태에 있었다.

그런데 2번이나 재난을 당해서 갈 곳이 없어졌기에 잘 부탁한다는 전보를 보내고 뻔뻔스럽게 생가로 들어왔다.

그리고 곧 전쟁이 끝나서 나는 일본 옷의 평상복을 입고 고향의 들판을, 5살짜리 딸아이를 데리고 돌아다닐 수 있게 되었다.

참으로 묘한 기분이 들었다. 나는 벌써 15년 동안이나 고향에서 떨어져 있었지만 고향은 특별히 변하지 않았다. 그리고 그 고향의 벌판을 돌아다니고 있는 나도 평범한 쓰가루 사람이었다. 15년 동안이나 도쿄에서 살았지만 조금도 도회인답지 않았다. 목덜미가 두껍고 둔중한 나는 역시 농민이었다. 대체 도쿄에서 어떤 생활을 하고

---

1) 다자이의 처가인 고후의 집이 폭격을 당한 일.

있었던 걸까. 조금도 세련되어지지 못하지 않았는가. 나는 이상하다는 생각이 들었다.

그리고 어느 잠 못 드는 밤, 15년간의 내 도회생활에 대해서 생각하다 이 기회에 다시 한 번 나의 회상기를 써볼까 하는 마음이 들었다. 다시 한 번이라고 말한 이유는 5년쯤 전에 나는 「도쿄 팔경」이라는 제목으로 그때까지의 내 도쿄 생활을 꾸밈없이 써서 발표한 적이 있었기 때문이었다. 그러나 그로부터 5년이 지났고 대전(大戰)의 고통을 맛보기에 이르러 그 「도쿄 팔경」만으로는 뭔가 부족하다는 생각이 들었기에, 이번에는 한번 방향을 바꾸어 내가 지금까지 도쿄에서 발표해온 작품을 주축으로 나라는 쓰가루 농사꾼 혈통의 사내가 어떤 도회생활을 해왔는지 써보고, 또 「도쿄 팔경」 이후 대전 아래서의 생활도 보충해서, 그렇게 해서 나의 촌스러운 본질을 규명해보고 싶어졌다.

내가 도쿄에서 처음으로 발표한 작품은 「어복기(魚服記)」라는 18매짜리 단편소설이고, 그 다음 달부터 「추억」이라는 100매짜리 소설을 3회에 나누어 발표했다. 전부 『바다표범(海豹)』이라는 동인지에 발표했다. 1933년이었다. 내가 히로사키의 고등학교를 졸업하고 도쿄 제국대학의 프랑스 문과에 입학한 것이 1930년의 봄이었으니, 즉 도쿄로 나간 지 3년차에 소설을 발표한 셈이다. 그러나 내가 그들 소설을 본격적으로 쓰기 시작한 것은 그 1년 전부터의 일이었다. 그 무렵의 사정을 「도쿄 팔경」에는 다음과 같이 기록했다.

〈하지만 나는 가까스로 조금씩 바보에서 눈을 떠가고 있었다. 유서를 썼다. 「추억」 100매였다. 지금은 이 「추억」이 나의 처녀작이 되어 있다. 내 유아 때부터의 악을 꾸밈없이 기록해두고 싶었던 것이다. 24세 가을의 일이었다. 풀이 무성하고 널따란 폐원(廢園)을 바라보며 나는 별채의 한 방에 앉아 웃음을 완전히 잃었다. 나는 다시 죽을 생각이었다. 아니꼽다면 아니꼽게 보인다고도 할 수 있을 것이다. 참으로 건방졌던 것이다. 나는 역시 인생을 드라마라고 생각하고 있었던 것이다. 아니, 드라마를 인생이라고 생각하고 있었던 것이다. (중략) 하지만 인생은 드라마가 아니었다. 제2막은 누구도 모른다. '멸망'이라는 역할을 가지고 등장했으면서도 끝까지 퇴장하지 않는 남자도 있다. 조그만 유서를 쓸 생각으로 이렇게 지저분한 아이도 있었습니다, 하며 유년 및 소년 시절의 내 고백을 썼는데, 그 유서가 오히려 맹렬하게 마음에 걸려 내 허무에 희미한 등불을 비추었다. 끝내 죽지 못했다. 그 「추억」 한 편만으로는 도무지 성에 차지 않았던 것이다. 어차피 여기까지 쓰지 않았는가? 전부를 써두고 싶다. 오늘까지의 생활 전부를 털어놓고 싶다. 이것도, 저것도. 써두고 싶은 일들이 여러 가지로 생겨났다. 가장 먼저 가마쿠라의 사건을 썼으나, 실패. 뭔가 부족한 점이 있었다. 다시 한 작품을 썼으나 역시 불만이었다. 한숨을 쉬고 다시 다음 작품에 매달렸다. 마침표를 찍지 못하고 조그만 점들만 연속될 뿐이었다. 영원히 이리오라고 손짓하며 유혹하는 그 악마(데몬)에게 나는 점점 사로잡혀가고 있었다. 당랑지부(螳螂之斧)다.

나는 스물다섯 살이 되었다. 1933년이었다. 나는 그해의 3월에 대학을 졸업해야만 했다. 그러나 나는 졸업은커녕, 애초부터 시험조차 보지 않았다. 고향의 형님들은 그 사실을 모르고 있었다. 한심한 짓만 저질러 왔으나, 그것을 사과하는 마음에서라도 학교만은 졸업을 하겠지. 그 정도의 성실함은 가지고 있는 아이라고 남몰래 기대하고 있었던 모양이다. 나는 멋지게 배신했다. 졸업할 마음이 없었던 것이다. 신뢰해주는 사람을 속이는 것은 미칠 것만 같은 지옥이다. 그로부터 2년 동안 나는 그 지옥 속에서 살았다. 내년에는 반드시 졸업하겠습니다, 부디 1년만 더 봐주십시오, 라고 큰형님에게 눈물로 호소하고는, 배신을 했다. 그해에도 그랬다. 그 이듬해에도 그랬다. 죽고 싶을 만큼의 깊은 반성과 자조와 공포 속에서 죽지도 않고 나는 제멋대로 유서라고 칭한 일련의 작품에 몰두했다. 이것만 완성되면. 그것은 어차피 젊은이의 치기어린 감상에 지나지 않았을지도 모른다. 그래도 나는 그 감상에 목숨을 걸고 있었다. 나는 완성된 작품을 커다란 종이봉투에 세 개, 네 개, 저장했다. 점점 작품의 숫자도 늘어났다. 나는 그 종이봉투에 붓으로 '만년(晩年)'이라고 썼다. 그 유서들의 제목이었던 것이다. 이것으로 이제는 끝이라는 의미였다.〉

이것이 당시 내 작품의 이른바 대략적인 '내막'이다. 그 종이봉투 속의 작품을 1933, 34, 35, 36년, 그로부터 4년 사이에 전부 발표해 버렸지만, 쓴 것은 주로 1932, 33년의 2년 동안이었다. 대부분 24세와 25세 사이의 작품이었다. 나는 그로부터 2, 3년 동안은 남들이 부탁을 할 때마다 그저 그 종이봉투 속에서 1편씩 꺼내서 주면, 그것으로 충분했다.

1933년, 내가 25세 때 그 『바다표범』이라는 동인잡지의 창간호에 발표했던 「어복기」라는 18매짜리 단편소설은 내 작가생활의 출발이 되었는데 그것이 의외의 반향을 일으켰기에, 그때까지 내 쓰가루 사투리의 촌스러운 글을 정성스럽게 고쳐주셨던 이부세 씨가 놀라서 "그렇게 좋은 평을 얻을 리 없을 텐데. 자만해서는 안 돼, 뭔가 잘못된 것일지도 몰라."

라고 아주 불안하다는 듯한 얼굴로 말씀하셨다.

그리고 이부세 씨는 그 후에도, 그리고 언제까지고 어쩌면 뭔가 잘못된 것일지도 몰라, 라며 조마조마해 하셨다. 내 글에 대해서 영원히 불안을 품어주고 있는 사람은 이 이부세 씨와, 그리고 쓰가루 생가의 형일지 모르겠다. 이 두 사람은 모두 올해 48세. 나보다 열하나, 나이가 많은데 형의 머리는 벌써 벗겨져서 반짝이고, 이부세 씨도 요즘 들어 눈에 띄게 백발이 늘었다. 두 사람 모두 가르침이 엄격했다. 성격도 어딘가 서로 비슷한 면이 있다. 하지만 나는 이 사람들의 손에서 자랐다. 이 두 사람이 죽으면 나는 심하게 울 것이라 여겨진다.

「어복기」를 발표하자 이부세 씨는 '뭔가 잘못된 것일지도 몰라.' 라며 걱정을 해주셨지만 나는 촌놈의 뻔뻔스러움으로 그해에 다시 「추억」이라는 작품을 발표해서 이제는 문단의 신인이라는 말을 듣게 되었다. 그리고 그 이듬해에는 상당히 유명한 다른 문예잡지 등으로부터 원고 의뢰를 받기도 했으나 원고료는 있기도 하고 없기도 하고, 있어도 1장에 30센이나 50센으로 굉장히 쌌기에 당시 가장 친하게 지내던 학우와 함께 어묵집에서 술을 마시려 해도 터무니없이 부족한 금액이었다. 『만년』이라는 창작집도 출판해서, 다자이라는 나의 필명만은 세상에 높아졌지만, 나는 조금도 행복해지지 않았다. 지금까지의 내 생애를 돌이켜보면 조금이라도 휴양의 여유를 느낄 수 있었던 한 시기는 내가 서른 살이었을 때, 지금의 아내를 이부세 씨의 중매로 얻어 고후 시의 교외에 1개월에 집세 6엔 50센 하는 최소한의 집을 빌려 살며, 200엔쯤 되는 인세를 저금해서 누구와도 만나지 않고 오후 4시 무렵부터 데운 두부를 안주로 술을 한가롭게 마시던 그 무렵이었다. 누구의 눈치를 볼 필요도 없었다. 그러나 그것도 겨우 3, 4개월 만에 끝나버렸다. 200엔의 저금 따위 그렇게 언제까지고 남아 있을 리 없었다. 나는 다시 도쿄로 나가 거칠고 무절제한 생활에 몸을 던지지 않을 수 없었다. 나의 반생은 홧술의 역사다.

질서 있는 생활, 그리고 알코올과 니코틴을 뺀 청결한 몸을 새하얀 시트에 눕히기를 언제나 염원하면서도 나는 지저분한 만취자로서 변두리 뒷골목을 배회하고 있었다. 어째서 그런 결과가 되어버리는 것일까? 그것을 지금 여기서 두어 마디로 설명해버리는 것도 너무나 시건방진 듯 여겨진다. 그것은 우리들 연대, 일본 지식인 전부의 문제일지도 모른다. 지금까지의 내 작품 전부를 들어서 대답해도 여전히 부족한 커다란 문제일지도 모른다.

나는 살롱 예술을 부정했다. 살롱 사상을 혐오했다. 요컨대 나는 살롱이라는 것에 머물러 있을 수 없었던 것이다.

그것은 지식의 음매점(淫賣店)이다. 아니, 하지만 음매점에서도 가끔은 진실한 보옥(寶玉)이 발견되리라. 그것은 지식의 장물 시장이다. 아니, 하지만 장물 시장에도 진짜 금반지가 나뒹굴고 있지 말라는 법도 없다. 살롱은 거의 비교를 할 수 없는 것이다. 차라리 이렇게라도 말해볼까. 그것은 지식의 '대본영(大本營) 발표'다. 그것은 지식의 '전시(戰時) 일본의 신문'이다.

전시 일본의 신문 전 지면 가운데 하나라도 믿을 수 있을 만한 기사는 없었는데, (하지만 우리들은 그것을 억지로 믿고 죽을 생각이었다. 파산하기에 이르러 궁지에 몰린 아버지가 속이 빤히 들여다보이는 구차한 거짓말을 한다 할지라도, 자식이 그 사실을 폭로할 수 있겠는가? 운명이 다했다고 체념하고 함께 죽어야지.) 틀림없이 전부 구차하게 둘러대는 기사뿐이었지만, 그러나 그래도 거짓이 아닌 기사가 매일 지면의 한쪽 구석에 조그맣게 실렸다. 이른바 사망 광고였다. 우자에몬[2]이 피난 갔던 곳에서 죽었다는 조그만 기사는 거짓말이 아니었다.

살롱은 그 전시 일본의 신문보다도 더 나쁘다. 거기서는 사람의 생사까지 엉터리다. 살롱에서 다자이는 몇 번이나 사망, 혹은 전향, 혹은 몰락했다고 광고되었는지 모른다.

---

2) 이치무라 우자에몬(市村羽左衛門, 1874~1945). 가부키를 대표하는 배우 중 한 명이었다. 이후 다자이와 함께 자살한 야마자키 도미에(山崎富江)는 다자이를 우자에몬이라고 부르기도 했다. 『그럼, 안녕히……야마자키 도미에였습니다.』(현인) 참조.

나는 살롱의 위선과 싸워왔다고, 하다못해 그것만은 말할 수 있게 해주기 바란다. 그리고 나는 언제까지고 지저분한 술꾼이다. 책장에 내 저서를 늘어놓은 살롱은 어디에도 없다.

그러나 내가 이렇게 살롱이 어떻다는 둥, 아주 정색을 하고 글을 써도 그게 대체 무슨 말인지 전혀 알아듣지 못할 사람도 많으리라 여겨진다. 살롱은 해외의 여러 나라에서 문예의 발상지이지 않았는가, 라며 내게 사납게 대드는 헛똑똑이들이, 내가 말하는 살롱인 것이다. 세상에 헛똑똑이만큼 무서운 것도 없다. 그들은 10년 전에 외운 정의를 그대로 암기하고 있는 것일 뿐이다. 그리고 새로운 현실을 자신이 외우고 있는 그 한 가지 정의 속에 억지로 끼워 맞추려 한다. 안 돼요, 할머니. 어차피 맞지 않는다니까요.

자신을 틀렸다고 생각할 줄 아는 사람은 그것만으로도 이미 존경할 만한 인물이다. 헛똑똑이는 영원히 유들유들 부끄러움을 모르는 법이다. 천재의 성실함을 그릇되게 전달하는 것이 이런 사람들이다. 그리고 오히려 속물의 위선에 지지를 보내는 것이 이런 사람들이다. 일본에는 헛똑똑이들만 바글바글해서 국토를 전부 메웠다고 해도 과언은 아닐 것이다.

더욱 나약해져라! 훌륭한 것은 네가 아니다! 학문 따위, 그런 것은 내버려라!

자신을 사랑하듯 네 이웃을 사랑하라. 그런 다음이 아니고서는 이렇게도 저렇게도 되지 않는다.

이렇게 말하면 또, 예의 살롱의 헛똑똑이들은, 그 사상은 운운하며 한심한 논의를 시작하리라. 도무지 부끄러움을 모르는 사람들이다. 당해낼 재간이 없다.

대체 내가 말하는 살롱이란 무엇일까? 여러 외국의 문예의 발상지라 일컬어지고 있는 살롱과 일본의 살롱은 근본적으로 어떤 차이가 있을까. 황실, 혹은 왕실과 직접적인 연관이 있는 살롱과 기업가, 혹은 관리와 연결되어 있는 살롱은 어떻게 다를까. 너희들의 살롱은 금방 속내가 들어나는 서툰 연극이라는 건 어떤 이유에서일까. 지금 여기서 하나하나 너희들이 알아들을 수 있도록 설명을 해주면 좋을지 모르겠지만, 그런 일에 노력을 기울이다 보면 너희들이 이상한 색기를 부려, 다자이도 살롱에 들어가서 무참하게도 미라가 되어버릴 염려가 크기에 나는 이 이상의 봉사는 사양하겠다. 뭐, 괜찮은 녀석에게는 말하지 않아도 잘 알고 있을 테니.

나는 지금 내 창작연표라고 할 수 있을 만한, 불에 타다 남아 지저분한 수첩의 페이지를 넘기며 여러 가지 회상에 잠겨 있다. 내가 처음으로 도쿄에서 작품을 발표한 1933년부터 1945년까지, 그 12년 동안 나는 그 살롱의 무리들과 전혀 다른 걸음걸이로 걸어왔다. 그러니 그 사람들과 영원히 화합하지 못하는 것도 당연한 일이다. 그것은 1927, 8년 무렵의 일이었을까? 나는 아직 히로사키 고등학교의 문과생으로 종종 도쿄의 형(이 형은 몸이 약한 조각가로, 27세에 병으로 세상을 떠났다)네 집에 놀러 갔었는데, 그 형을 따라서 찻집이라는 곳에 들어가 보면 거기에는 대부분 꼴사납게 폼을 잡고 있는 허여멀 겋고 유약한 사내들이 있어서 형이 조그만 목소리로 저 사람은 신진

작가인 누구라고 내게 가르쳐주었고, 나는 정말 어리석고 경박해 보이는 사내라며 질려버려서 예술가라는 종족의 인간을 진심으로 혐오했다.

나는 고상한 예술가에게 의심을 품었고 '아름다운' 예술가를 부정했다. 촌놈인 내게 그런 것은 아무래도 아니꼬워서 견딜 수가 없었던 것이다.

바다의 요괴 등을 즐겨 그린 뵈클린3)이라는 화가에 대해서는 누구나 알고 계시리라 생각한다. 그 사람의 그림은 그야말로 약간 서툴러서 결코 좋은 것은 아니지만, 틀림없이 「예술가」라는 제목의 그림 하나가 있다. 그것은 대해의 고도에 푸른 잎이 무성하고 굵직한 나무가 한 그루 서 있고, 그 나무 뒤에 몸을 숨긴 채 작은 피리를 불고 있는 참으로 더럽고 이상한 생물이 그려진 그림이다. 그는 자신의 더러운 몸을 숨긴 채 피리를 불고 있다. 고도의 물가에 아름다운 인어들이 모여 넋을 놓고 그 피리 소리에 귀를 기울이고 있다. 만약 그녀들이 잠시라도 그 피리소리의 주인을 보았다면, 꺅 하고 외치며 정신을 잃었을 것임에 틀림없다. 예술가는 그렇기 때문에 자신의 몸은 극력 숨긴 채 그저 그 피리소리만을 들려준다.

여기에 예술가의 비참하고 고독한 숙명도 있는 것이고, 몸이 잘리는 것 같은 예술의 참된 아름다움, 고상함, 에잇 뭐라고 해야 좋을지,

---

3) 아르놀트 뵈클린(Arnold Böcklin, 1827~1901). 스위스의 상징주의 화가로 고대 로마신화에서 영감을 얻어 죽음에 대한 천착과 풍부한 상상력, 세련된 색채감각이 어우러진 독특한 화풍을 창조하여 20세기 초현실주의 화가들에게 커다란 영향을 주었다.

그러니까 예술, 그것이 있는 것이다.

나는 단언하겠다. 참된 예술가는 추한 법이다. 찻집의 그 잘난 척하는 미남은, 가짜다. 안데르센의 「미운 오리 새끼」라는 이야기를 알고 있으리라. 작고 귀여운 오리 새끼들 속에, 아주 못생기고 추한 새끼가 한 마리 섞여 있어서 모두의 학대와 조소의 표적이 되었다. 의외로 그건 백조의 새끼였다. 거장의 청년 시절은 예외 없이 추하다. 그것은 결코 살롱에서 좋아하는 귀여운 맛이 있는 것이 아니다.

고상하신 살롱은, 인간이 가장 두려워해야 할 타락이다. 그렇다면 어디의 누구를 가장 먼저 규탄해야 할까. 자신이다. 나다. 다자이 오사무라고 칭하는, 이 묘하게 잘난 척하는 사내다. 생활은 질서 있게, 새하얀 시트에서 잠을 잔다는 것은 매우 좋은 일이지만, (거기에는 누가 뭐래도 부정할 수 없는 매력이 있다!) 그러나 자기 혼자서 애써 노력해서 그 경지를 획득한 순간 갑자기 사람이 변하고 잘난 척하는 사내가 되어 전에는 그렇게 증오하던 살롱에도 출입하고, 아니 출입 정도가 아니라 자신이 초라한 살롱을 개설해서 헛똑똑이들의 선생이 되지는 않을지. 워낙 마음이 약하고 칠칠치 못한 주제에 허영심도 상당히 강해서 사람들이 추켜세우면 들떠 무슨 짓을 할지 알 수 없는 사내니까.

나는 그와 같은 결과를 극도로 두려워하고 있었다. 내가 만약 살롱적인 고상한 가정생활을 획득한다면 그것은 분명히 누군가를 배신하는 일이 되리라 생각하고 있었다. 나는 혐오스러울 정도로 소심한 채무가와 같은 것이었다.

나는 나의 가정생활을 차례차례로 파괴했다. 파괴해야겠다는 강한 의지가 없어도 차례차례로 붕괴되었다. 내가 1930년에 히로사키의 고등학교를 졸업하고 대학에 들어가 도쿄에서 살게 된 이후 지금까지, 대체 이사를 몇 번이나 했는지. 그 이사도 결코 평범한 형식이 아니었다. 나는 대체로 전부를 잃고 몸 하나만 빠져나와, 새로이 또 다른 곳에서 조금씩 생활에 필요한 물건들을 마련해 나가곤 했다. 도쓰카. 혼조. 가마쿠라의 병실. 고탄다. 도보초. 이즈미초. 가시와기. 신토미초(新富町). 핫초보리. 시로가네산코초. 이 시로가네산코초에 있는 커다란 빈집의 별채에서 나는 「추억」 등을 썼다. 아마누마 3번가. 아마누마 1번가. 아사가야의 병실. 교도의 병실. 지바 현 후나바시. 이타바시의 병실. 아마누마의 아파트. 아마누마의 하숙. 고슈의 미사카토우게. 고후 시의 하숙. 고후 시 교외의 집. 도쿄 미타카마치. 고후 미나토초(水門町). 고후 신야나기초(新柳町). 쓰가루.

잊어버린 곳이 있을지도 모르겠으나 이것만으로도 이미 25번이나 이사를 했다. 아니, 25번의 파산이다. 나는 1년에 2번씩 파산하고는 다시 새 출발해서 살아온 셈이 되는 것이다. 그리고 앞으로 나의 가정생활이 어떻게 될지는 전혀 짐작도 할 수가 없다.

위에서 든 25군데 가운데서 나는 지바 후나바시마치의 집에 가장 애착이 깊었다. 나는 거기서 「다스 게마이네(ダス ゲマイネ)」라는 것과, 또 「허구의 봄(虛構の春)」 등과 같은 작품을 썼다. 무슨 일이 있어도 그 집에서 떠날 수밖에 없었던 날 나는, 부탁이야! 하룻밤만 더 이 집에서 자게 해줘, 현관의 협죽도도 내가 심은 거야, 정원의

벽오동도 내가 심은 거야, 라고 어떤 사람에게 부탁하며 엉엉 울어버렸던 일을 잊지 못한다. 가장 오래 살았던 곳은 미타카마치 시모렌자쿠(下連雀)의 집일 것이다. 세계대전 전부터 살고 있었는데 올 봄에 폭탄으로 부서져 고후 시 미나토초에 있는 아내의 본가로 이사했다. 그런데 이사한 지 3일째 되던 날 그 집이 소이탄에 전부 불타버려서 동구 밖 신야나기초에 있는 어떤 집으로 잠시 물러났다가, 그 후 어차피 죽을 바에는 고향에서, 라는 마음이 들어 아이들 둘을 데리고 쓰가루의 생가로 온 것인데, 온 지 2주일째 되었을 때 그 방송[4]이 있었다는 것이 지금까지의 내 방랑생활의 대략적인 경위이다.

나는 이미 37세가 되어 있다. 그리고 다시 무일푼으로 재출발하지 않으면 안 된다. 역시 살롱사상을 혐오하는 마음을 가지고.

창작연표라고도 할 수 있을 만한 수첩을 뒤적여보니 지난 십 몇 년 동안 어느 해에나 아주 비참한 일들만 겪어왔다는 사실을 잘 알 수 있었다. 대체로 우리 세대 사람들은 지난 20년 동안 가혹한 일들만 겪어왔다. 그야말로 성난 파도 위의 나뭇잎이었다. 엉망진창이었다. 스무 살이 될까 말까한 시기에 우리의 대부분은 이미 그 계급투쟁에 참가하여 어떤 자는 투옥되고, 어떤 자는 학교에서 쫓겨나고, 어떤 자는 자살을 했다. 도쿄에 와보니 네온의 숲이었다. 가라사대 배 안의 배. 가라사대 검은 고양이. 가라사대 미인 극장[5]. 뭐가 뭔지, 그 무렵

---

4) 일본의 무조건 항복을 선언한 천황의 방송.
5) '검은 고양이', '배 안의 배', '미인 극장' 모두 당시 긴자에 있던 대형 카페들의 이름이다.

의 긴자, 신주쿠(新宿)의 흥청거림. 절망의 난무였다. 놀지 않으면 손해라는 듯 눈빛을 반짝이며 술을 마셨다. 뒤이어 만주사변6), 5·1 57)네, 2·268)이네, 아무런 재미도 없는 사건만 일어났고 마침내 중 일전쟁이 발발하여 내 나이쯤 되는 사람들은 모두 전쟁에 나가지 않으면 안 되었다. 전쟁은 언제까지고 질질 계속되어 장제스(蔣介 石)를 상대해야 하네, 말아야 하네 떠들어대다, 결국은 어떤 형태로 도 매듭을 짓지 못하고, 이번에는 미국과 영국이 적이라며 일본의 남녀노소 모두가 죽을 각오를 했다.

실로 좋지 않은 시대였다. 그 기간에 애정문제네, 신앙이네, 예술 이네 하며 자신의 깃발을 지키기란 참으로 어려운 일이었다. 앞으로 도 편하지는 않을 것이다. 이런 상태에서는 어쩔 수가 없다. 다시 십 몇 년 전의 배의 배 시대로 돌아가서는 의미가 없다. 전쟁 시대가 그나마 나았다는 소리를 듣게 된다면, 비참할 것이다. 까딱 잘못했다 가는, 그렇게 될 겁니다요. 혼란한 틈을 타서 한몫 잡으려는 짓은, 지금부터 그만두기로 하세. 아무런 도움도 되지 않으니.

1942년, 1943년, 1944년, 1945년, 우리에게 있어서는 참으로 가 혹한 시대였다. 나는 세 번이나 점호를 받았는데 그때마다 죽창을

---

6) 滿洲事變. 1931년에 일어난 일본 관동군의 만주에 대한 침략전쟁.
7) 1932년에 있었던 5·15사건을 말한다. 농촌의 궁핍과 정부의 부패에 분 노한 해군 청년장교들이 우익과 결탁하여 일어났다. 수상 관저와 일본 은행 등을 습격, 수상이 살해당했다.
8) 1936년 2월 26일에 황도파의 영향을 받은 육군 청년장교들이 1,483명 의 하사관을 이끌고 일으킨 쿠데타 미수사건. 이후 군의 내각 개입의 단서가 되었다.

들고 돌격하는 맹훈련이 있었으며, 새벽 동원이네 뭐네, 그 짬짬이 소설을 써서 발표하면 그것이 정보국의 주목을 받고 있다는 둥의 소문이 퍼졌고, 1943년에는 「우다이진 사네토모(右大臣実朝)」라는 300매짜리 소설을 발표했더니 '유대인 사네토모'라고 한심하기 짝이 없는 해석을 해서, 다자이는 사네토모를 유대인 취급했다며 무슨 소린지도 모를, 그저 악의로만 가득 해서 나를 비국민9) 취급하며 탄핵하려 한 우열한 '충신'도 있었다. 나의 한 40매짜리 소설10)은 발표 직후, 처음부터 끝까지 전문 삭제 명령을 받았다. 또 어떤 200매 이상의 신작 소설11)은 출판 불가 판정을 받은 적도 있었다. 그래도 나는 소설 쓰기를 그만두지 않았다. 이렇게 된 이상 끝까지 견디며 소설을 써나가지 않는다면, 거짓이라고 생각했다. 그것은 더 이상 논리적으로 설명할 수 있는 것이 아니었다. 시골뜨기의 똥고집이었다. 하지만 나는 여기서 누구처럼, '나는 애초부터 전쟁을 바라지 않았다. 나는 일본 군벌의 적이다. 나는 자유주의자다.'라며 전쟁이 끝나자마자 갑자기 도조12)를 욕하고, 전쟁책임 운운하며 떠들어대는 신형 편승주의를 발휘할 생각은 없다. 지금은 이미, 사회주의조차 살롱사상으로 타락해버렸다. 나는 이러한 시류에도 역시 따라갈

---

9) 非國民. 매국노.

10) 「불꽃놀이(花火)」를 말함.

11) 「종다리의 목소리(雲雀の声)」를 말함. 후에 「판도라의 상자(パンドラの匣)」로 발표했다. 우리나라에는 2010년에 처음으로 번역 · 출간되었다. 『판도라의 상자』(현인)

12) 도조 히데키(東条英機, 1884~1948)를 말함. 1941년에 수상으로 취임하여 태평양전쟁을 추진했으며 전후 A급 전범으로 교수형에 처해졌다.

117

수가 없다.

나는 전쟁 중 도조에게 정나미가 떨어졌으며, 히틀러를 경멸했고, 그것을 모두에게 떠들어댔다. 그래도 나는 그 전쟁에 있어서는 크게 일본 편을 들어야겠다고 생각했다. 나 같은 것이 편을 들어봐야 조금도 도움이 되지 않을 것이라 생각했지만, 그래도 일본을 편들 생각이었다. 이 점을 명확히 해두고 싶다. 이 전쟁에는, 물론 처음부터 아무런 희망도 가질 수 없었지만, 그래도 일본은 시작해버린 것이다.

1939년에 쓴 나의 「불새(火の鳥)」라는 미완의 장편소설에 다음과 같은 한 구절이 있다. 이것을 읽으면 내가 조금 전에 잠깐 이야기한 '파산하기에 이르러 궁지에 몰린 아버지가 속이 빤히 들여다보이는 구차한 거짓말을 한다 할지라도, 자식이 그 사실을 폭로할 수 있겠는가? 운명이 다했다고 체념하고 함께 죽어야지.'라는 말의 의미를 더욱 분명히 알 수 있으리라 여겨진다.

즉,

〈(전략) 기다란 화로를 사이에 두고, 노모는 도자기로 만든 장식품처럼 단정하게, 앙증맞게 앉아서, 시선을 약간 아래로 떨어뜨리고, 마침내 이야기하기를, —저 아이는, 제 외아들로, 저렇게 괴물 같은 사내입니다만, 저는 믿고 있습니다. 저 아이의 아버지는, 올해로, 벌써, 7년 전에 세상을 떠났습니다. 이거, 옛일을 자랑하는 듯해서 죄송합니다만, 아버지가 건강하셨을 때에는 마에바시(前橋)에서, 네, 고향은 조슈(上州)입니다. 마에바시에서도 일류 중의 일류 요릿집이었습니다. 대신님도, 사단장님도, 지사님도, 마에바시에서 노실 때는, 반드시, 저희 집에, 늘 계셨습니다. 그 무렵에는, 좋았습니다. 저도, 매일매일, 신이 나서, 몸도 돌보지 않고 일했습니다. 그런데, 저 아이의 아버지가, 쉰 살이 되었을 때, 좋지 않은 놀이를 배워서 말입니다, 미두13)입니다. 무너지기 시작하면, 빠른 법입니다. 번쩍 정신을 차리고 보니, 알거지. 아무것도, 남지 않은. 우스운 일입니다. 아버지는, 모두에게 면목이 없었던 거겠지요. 그렇게 되어서도, 여전히 허세를 부리며, 괜찮아, 내게는 몰래 숨겨놓은 산이 있어. 금이 나오는 산을 하나 가지고 있어, 라며 마치, 어린아이 같은, 터무니없는 거짓말을 하기 시작했는데, 남자는, 괴로운 법이에요, 오랜 세월 함께 살아온 할망구에게까지 어떻게든 억지로 허세를 부리지 않으면 안 되니까요, 저희에게, 아주 자세하고 세세하게 그 금이 있는 산에 대해서 진지한 얼굴로 가르쳐주었습니다. 거짓말인 줄 알고 있었던 만큼 듣고 있는 쪽이, 한심하기도 하고, 딱하기도 하고, 애처롭기도 하고, 눈물이 나서 어쩔 줄 몰랐습니다. 아버지는, 저희가, 그다지 귀 기울여 듣지 않는다는 사실을 깨닫고는, 더욱, 열을 올려서, 자세히, 정말인 양, 지도네 뭐네 가득 꺼내놓고, 열심히 조곤조곤 설명하다, 마침내, 지금부터 모두 그 산으로 가지 않겠느냐, 고까지 말했는데, 거기에는, 저, 당황하고 말았습니다. 동네의 이 사람 저 사람 아무나 데리고 와서는, 그 금산에 대해서 말했기에, 저는 창피해서 죽고 싶을 정도였습니다. 동네 사람들의 웃음거리가 되었고, 아사타

---

13) 현물 없이 쌀을 팔고 사는 일종의 투기행위.

로(朝太郎)는, 그 무렵 아직 도쿄의 대학에 막 들어갔을 때였습니다만, 저는, 너무나도 난처해서, 아사타로에게 편지로 사정 전부를 알려주었습니다. 그때, 아사타로는 훌륭했습니다. 바로 도쿄에서 달려와, 아주 기쁜 척하며, 아버지, 그런 좋은 산을 가지고 있으면서, 왜 제게 지금까지 숨기셨습니까, 그런 좋은 것이 있다면, 저는, 학교 같은 데, 한심하니, 부디 학교를 그만두게 해주십시오, 이런 집, 팔아치우고, 지금부터 당장, 그 산의 금광을 살펴보러 갑시다, 라고, 아버지의 손을 잡아끌다시피 하며 재촉해댔고, 또, 저를, 가만히 조용한 곳으로 불러서, 어머니, 잘 들어, 아버지는, 이제 오래 사시지 못해, 몰락한 사람을, 창피하게 해서는 안 돼, 라고 저를, 호되게 야단쳤습니다. 저도, 그 말을 듣고, 비로소, 아아 그렇구나 라고 깨달아서, 제 아들이지만, 두 손을 모아 절하고 싶을 정도였습니다. 거짓말, 이라고 분명히 알고 있었으면서도, 기차에 올라, 마차를 타고, 눈길을 걸어서, 저희 세 식구, 시나노(信濃)의 외진 곳까지, 갔습니다. 지금, 생각해봐도, 견딜 수 없는 심정입니다. 시나노 깊은 산골의 온천에 숙소를 잡고, 그로부터 만 1년 동안, 저 아이는, 눈이 오나 비가 오나 아버지를 모시고 산을 돌아다니다, 해가 저물면 숙소로 돌아와, 아버지가 하시는 말씀, 정말 연극이라고 여겨지지 않을 만큼, 열심히 듣고, 둘이서 무엇인가 연구하고, 상의하고, 내일은 문제없다, 내일은 문제없다고, 서로 격려를 하고, 그런 다음 잠자리에 들었다가, 다시 아침 일찍, 산으로 가서, 여기저기 아버지에게 끌려다니며, 엉터리 설명을 한껏 듣고, 그래도, 일일이 크게 고개를 끄덕이다, 녹초가 되어 돌아왔습니다. 모든 것이, 아사타로 덕입니다. 아버지는, 산의 숙소에서 1년, 의욕에 넘치는 날들을 계속할 수 있었고, 아내, 자식에게도, 훌륭하게 체면을 유지한 채, 부끄러운 모습을 보이지 않고 안락한 죽음을 맞이하셨습니다. 네, 시나노의, 그 산속 숙소에서 돌아가셨습니다. 우리 산은 희망이 있어, 언제, 재산이 스무 배가 될 거야, 라고 허세를 부리며, 돌아가셨습니다. 그 전부터, 심장이, 아주 안 좋았었습니다. 삭풍이 무서울 정도로 센 아침이었습니다. 가엾은 이야기지요? 하지만 저 아이에게는, 장래성이 있습니다. 그 이후, 모자 둘이서, 도쿄로 와서, 고생을 했습니다. 저는, 주발을 들고 두부 한 모를 사러 가는 것이, 가장 괴로웠습니다. 지금은, 그럭저럭, 아사타로도, 여러분 덕분에, 글을 써서 돈을 얻을 수 있게 되었고, 저는, 아사타로가, 이제, 어떤, 한심한 짓을 해도, 믿고 있습니다. 예전에, 저 아이가 아버지를 그렇게 소중하게 감싸주었던 일을 생각하면, 저 아이가, 고마워서, 어찌 해야 좋을지 몰라, 저 아이에 대해서라면, 무슨 일이 있어도, 설령 그것이, 살인이라 할지라도, 저는, 저 아이를 믿고 있습니다. 저 아이는, 정이 많은 아이입니다. (후략)〉

이와 같은 사상을 낡은 인정주의야, 라고 말하며, 헤헷 웃어넘기는, 자칭 '과학정신의 소유자'와 나는 영원히 일을 같이 할 수 없다. 나는 전쟁 중에, 만약 이런 꼴사나운 모습으로 일본이 이긴다면 일본은 신의 나라가 아니라 악마의 나라라고 생각하고 있었다. 그래도 나는 일본 필승을 말하고, 일본을 편들 생각이었다. 질 게 뻔한 사람을, 뒤에서 소곤소곤 질 거야, 질 거야, 라고 자기 혼자서만 알고 있다는 듯한 얼굴로 속삭이며 돌아다니는 사람의 얼굴도 그다지 고결하지는 않다.

나는 그처럼 '일본 편'을 들 생각이었지만, 그래도 역시 당시의 정부에게는 아무래도 믿음이 없었던 모양이다. 정보국의 주의인물이라는 소문이 돌아, 내게 원고를 의뢰하는 출판사가 없어져버리게 되었다. 쩨쩨한 소리를 하는 것 같지만 생활비는 점점 오르고, 아이는 늘어나고, 거기에 수입이 전혀 없었기에 한없이 불안했다. 당시는 나뿐만 아니라 이른바 순문예를 하는 사람들 전부가 발등에 불이 떨어진 모습을 하고 있었던 모양이다. 그러나 다른 사람들에게는 대부분 서화, 골동품 등과 같은 재산이 있어서 그것을 팔아 어떻게든 살아온 듯했으나, 내게 그런 재산다운 것은 아무것도 없었다. 거기에 내가 출정이라도 하게 된다면 가족은 아주 난처해지리라 생각했으나, 어떤 이유에서인지 내게는 결국 소집영장이 오지 않았다. 섣불리 이런 말을 입에 담고 싶지는 않지만, 신의 배려라는 생각을 하지 않을 수 없다. 어쨌든 계속해서 소설을 썼다.

전쟁 덕에 벼락부자가 된 사람 외에 지금은 누구나 힘들 테니 나 혼자만의 생활고는 말하지 않으리라 생각하고 극력 쾌활한 척했으나, 그래도 너무 불안했기에 한 선배에게 이런 내용의 편지를 써서 보낸 적이 있었다.

〈배계. 이 편지는 당신에게 무엇인가 부탁하는 편지도 아니고,

또 호소하려는 편지도 아니고, 또 누군가를 비난하려는 편지도 아닙니다. 저는 집안사람에게도 털어놓지 않은 사실을 하다못해 당신 한 사람만이라도 알아두셨으면 해서 이 편지를 쓰는 것입니다. 하지만 당신이 이 사실을 알았다고 해서 무엇인가를 해주실 필요도 없습니다. 제게 그런 기대는 없습니다. 단지, 이 사실을 알아두시기만 한다면 그것으로 충분합니다. 그리고 이 편지를 읽고 나신 뒤에는 말없이 찢어버리시기 바랍니다. 부탁입니다. 다른 사람에게도 말씀하지 마시기를.

저는 지금 자살을 생각하고 있습니다. 하지만 참고 있습니다. 처자가 불쌍하다기보다는, 저는 일본 국민으로서 제 자살이 외국의 선전 재료 등에 쓰이는 것은 참을 수 없다, 또 전장에 가 있는 저의 젊은 친구들이 저의 자살을 듣고 어떤 마음이 들지, 그것을 생각해서 참고 있습니다. 어째서 자살 외에는 길이 없을까. 그건 당신도 알고 계실 것입니다. 단지, 제게는 재산이 없어서 다른 사람보다도 괴로움이 강하게 왔습니다. 저의 올해 수입은 ××엔입니다. 그리고 지금 수중에 남아 있는 돈은 ××엔입니다. 하지만 저는 누구에게도 돈을 빌리지 않을 생각입니다. 참지 못하고 고향의 형님에게 돈을 빌려달라고 청하는 편지를 보낼까 생각한 밤도 있었습니다만, 그만두었습니다. 이렇게 된 이상 똥고집입니다. 저는 죽기 전날 밤까지 아주 활기찬 얼굴로 떠들썩하게 지낼 생각입니다. 그리고 어디까지나 소설만을 써나가겠습니다. 하지만 설마 전쟁예찬 소설 같은 걸 쓸 마음은 없습니다.

단지 이것이 전부입니다만, 당신이 알아두셨으면 합니다. 제 몸에도 언제, 무슨 일이 있을지 알 수 없으니. 이 편지에는 답장도 무엇도 필요치 않습니다. 읽으신 뒤에는 바로 파기해주시기 바랍니다. 이상.〉

대충 이런 의미의 편지를 그 선배에게 가만히 보낸 적이 있었다. 불평을 털어놓기만 해도 비국민 취급을 받아야 했으니, 생각해보면 가혹한 시대였다.

그런 편지를 보내고 1개월쯤 지났을 무렵, 나는 그 선배를 신주쿠에서 우연히 만났다. 우리는 아무런 말도 하지 않고 묵묵히 함께 걸었다. 잠시 후 그 선배가 말했다.

"자네의 그 편지 읽었네."

"그렇습니까. 바로 찢으셨습니까?"

"응, 찢었어."

그것뿐이었다. 그 선배도 역시 그 무렵에는 나 이상으로 괴로운 입장에 놓여 있었던 모양이다.

어쨌든 그런 생활을 언제까지고 계속할 수는 없었다. 어떻게 해서든 궁핍한 생계의 혈로를 뚫지 않으면 안 되었다.

나는 한 출판사로부터 여비를 받아 쓰가루 여행을 기획했다. 그 무렵 일본에서는 남쪽으로, 남쪽으로, 모두의 관심이 오로지 그 방면으로만 집중되어 있었으나, 나는 그와는 정반대로 혼슈14)의 북쪽 끝을 향해서 여행을 떠났다. 내 몸도 언제 어떻게 될지 모른다. 지금이라도 내가 태어나고 자란 쓰가루를 잘 봐둬야겠다고 생각한 것이었다.

나는 이른바 순수한 쓰가루의 농민으로 태어나 소학교, 중학교, 고등학교, 20년 동안이나 쓰가루에서 자랐으면서 대여섯 군데의 쓰가루 소도시, 마을만을 알고 있을 뿐이었다. 중학 시절의 여름, 겨울 방학에는 우리 집에서 뒹굴뒹굴하며 형님들의 장서를 닥치는 대로 읽어대느라 어디로 여행을 가려고도 하지 않았으며, 또 고등학교 시절의 방학에는 도쿄에 있는 조각가 형님 댁에 놀러 가서 생가에는 거의 돌아가지 않았고, 도쿄의 대학에 들어가게 된 뒤부터는 그대로 10여 년 동안 귀향하지 않았기에 쓰가루라는 지방에 대해서는 전혀 알지 못한다고 해도 좋았다. 나는 각반을 두르고 태어나서 처음으로 쓰가루 지방을 구석구석까지 돌아다녀보았다. 가니타(蟹田)에서 아오모리까지, 작은 증기선의 지붕 위에 초라한 복장으로 하늘을 보고 누워, 가랑비가 내려 옷이 젖어도 그대로 누운 채 가니타의 기념품인 게다리를 아삭아삭 씹으며 암울하게 낮은 하늘을 바라보았을 때의 쓸쓸함은, 잊을 수가 없다. 결국 내가 이 여행에서 찾아낸 것은 '쓰가루의 변변찮음'이었다. 졸렬함이었다. 어설픔이었다. 문화에 대한 표현방법이 없다는 당혹감이었다. 나는 또 자신에게서도 그것을 느꼈다. 하지만 나는 동시에 거기서 건강을 느꼈다. 여기서 어떤 전혀 새로운 문화(나는 문화라는 말에 소름이 돋는다. 예전에는 문화〈文

---

14) 本州. 일본 열도 가운데 주가 되는 가장 큰 섬.

花〉라고 썼었던 듯하다.) 그런 것이 태어나는 것 아닐까. 사랑의 새로운 표현이 태어나는 것 아닐까. 나는 내 핏속의 순수한 쓰가루 기질에서, 자신감과도 같은 것을 느끼고 귀경했다. 다시 말해서 나는 쓰가루에 문화 같은 것은 없고, 따라서 쓰가루 사람인 나 역시 조금도 문화인이 아니었다는 사실을 발견하고 속이 시원했던 것이다. 그 이후의 내 작품은 조금 변한 듯한 느낌이 든다. 나는 「쓰가루」라는 여행기 같은 장편소설을 발표했다. 그 다음에는 『신석 제국(諸國) 이야기』라는 단편집을 출판했다. 그리고 그 다음으로 『석별(惜別)』 이라는, 노신(魯迅)의 일본 유학시절을 제재로한 장편과 『오토기조 시(お伽草紙)』라는 단편집을 만들어냈다. 그때 죽는다 해도 나는 일본의 작가로서 상당한 작품을 남겼다고 말해도 좋으리라 생각했 다. 다른 사람들은 시원찮았다.

그 사이에 나는 2번이나 재난을 당했다. 「오토기조시」를 완성해 그 인세를 미리 받아서 우리는 마침내 쓰가루의 생가로 와버렸다.

고후에서 2번째 재해를 입어 갈 곳이 없어진 우리 식구 넷은 쓰가 루를 향해 출발했는데, 그로부터 나흘 밤낮을 꼬박 걸려서 간신히 쓰가루의 생가에 도착했다.

그 도중의 고난은 상당한 것이었다. 7월 28일 아침에 고후를 출발 했는데 오쓰키(大月) 부근에서 경계경보, 오후 2시 반 무렵 우에노 역에 도착, 바로 기다란 줄 속으로 들어가 8시간 동안의 기다림, 오후 10시 10분발 오우우(奧羽) 선 경유 아오모리행에 타려 했으나 마침 운 나쁘게도 개찰 직전에 경보가 나서 구내는 한순간에 암흑천지가 되었고 이제는 줄도 순번도 없는 것과 마찬가지여서 이상하고 커다란 규환과 함께 군중이 개찰구로 쇄도, 우리는 각자 어린아이를 한 명씩 데리고 있었기에 금방 져서 간신히 열차에 이르렀을 때에는 이미 만원으로 창으로도, 그 어디로도 들어갈 틈이 없었다. 플랫폼에 멍하니 서 있자니 열차가 한숨과도 같은 기적을 울리고 귀찮다는 듯 덜컹 움직였다. 우리는 그날 밤, 우에노 역의 개찰구 앞에서 등걸 잠을 잤다. 확성기는 새벽 가까이까지 아오모리 방면의 소이탄 공격 모습을 알리고 있었다. 그래도 우리는 어쨌든 아오모리 방면으로 가지 않으면 안 되었다. 어떤 열차든 상관없으니 조금이라도 북쪽으로 가는 열차에 타야겠다고 생각해서 이튿날 아침 5시 10분, 시라카와(白河)행 기차에 올랐다. 10시 반, 시라카와 도착. 거기서 내렸고 2시간 플랫폼에서 기다려 오후 1시 반, 조금 더 북쪽에 있는 고고타(小牛田)행 기차에 올랐다. 창으로 탔다. 도중에 고오리야마(郡山) 역 폭격. 오후 9시 반, 고고타 역 도착. 다시 역의 개찰구 앞에서 1박. 3일분 정도의 식량을 가지고 왔으나 워낙 여름의 더운 때였기에 주먹밥이 전부 상하기 시작해서 밥 알갱이가 생청국장처럼 실을 늘어뜨렸고 입에 넣으면 끈적끈적해서 도저히 삼킬 수가 없었다. 고고타 역에서 밤을 새고 쌀을 1되 정도 가지고 있었기에 그 쌀을 주먹밥과 교환해줄 곳을 찾아서 아내는 어두컴컴할 때부터 역 부근의 집들을 두드려 깨우며 돌아다녔다. 간신히 한 집에서 바꿔주었다. 상당히 커다란 주먹밥이 4개였다. 나는 주먹밥을 덥석 베어물었다. 으드득 입 안에서 소리가 났다. 뱉어 보니 매실 장아찌였다. 나는 그 씨를 씹어 깨뜨린 것이었다. 이가 좋지 않은 내가 매실 장아찌의 그 딱딱한 씨를 씹어 깨뜨린 것이었다. 소름이 돋았다.

그러나 이것도 아직 고향까지 가는 전 여정의 3분의 1 정도밖에 오지 않은 것이다. 독자도 지긋지긋하리라. 그 후에도 역시 여러 가지 비참한 일을 겪었지만, 그만 쓰기로 하겠다. 어쨌든 그런 일을 겪으며 고향에 도착하고 보니, 고향 역시 함재기(艦載機)의 폭격으로 일대 소동이 벌어져 있었다.

하지만 이제는 죽어도 고향에서 죽는 것이니 행복한 편일지 모르겠다고 생각했다. 그리고 얼마 지나지 않아서 일본의 무조건 항복이었다.

그로부터 이미 5개월 가까이 지났다. 나는 신문연재를 위한 장편 하나와 단편소설 몇 개를 썼다. 단편소설에는 독자적인 기법이 있는 듯 여겨진다. 단지 짧기만 하다고 해서 단편이라고 할 수 있는 것은 아니다. 외국에도 멀리로는 데카메론 부근에서부터 시작해서 근세에는 메리메, 모파상, 도데, 체호프 등 여러 사람들이 있었지만, 일본은 특히 이 기술이 옛날부터 발달한 나라로 무슨무슨 이야기 하는 것들의 거의 전부가 그랬고, 또 근세에는 사이카쿠(西鶴)라는 거물이 나왔으며 메이지 시대15)에는 오가이가 뛰어났고, 다이쇼 시대16)에는 나오야(直哉)네 젠조(善藏)네 류노스케네 기구치 간(菊池寛)이네 단편소설의 기법을 알고 있는 사람도 적지 않았으나, 쇼와 시

---

15) 明治時代(1868~1912).
16) 大正時代(1912~1926).

대17) 초기에는 이부세 씨가 발군인 듯 여겨진 정도였을 뿐, 최근에 이르러서는 완전히 엉망이 되었다. 모두 그저 분량이 짧기만 한 것들 뿐이다. 전쟁이 끝나서 이번에는 좋아하는 것을 써도 좋다고 하기에 나는 이 단편소설의 쇠퇴한 기법을 부활시켜야겠다는 생각으로 서너 개 써서 잡지사에 보내곤 하는 동안, 왠지 아주 우울해지기 시작했다.

또다시 마구 화가 나서 홧술을 마시고 싶어졌다. 일본의 문화가 다시 한 번 더 타락할 것 같은 분위기를 본 것이다. 요즘의 이른바 '문화인'이 외치는 무슨무슨 주의 전부가 내게는 예의 살롱사상과 같은 냄새가 나는 듯해서 견딜 수가 없다. 시치미 뚝 떼고 거기에 편승하면 나도 혹은 '성공자'가 될지 모르겠으나, 시골 촌놈인 나는 부끄러워서 그럴 수가 없다. 나는 자신의 감각을 속일 수가 없다. 그들 주의가 발명되었던 당초의 진실은 잃은 채, 마치 이 세계의 새로운 현실과 유리되어 헛돌고 있는 것 같다는 느낌밖에 들지 않는다.

새로운 현실.

전혀 새로운 현실. 아아, 이것을 더더욱 크게, 강하게 말하고 싶다!

거기서 달아나서는 안 된다. 얼버무려서는 안 된다. 쉽지 않은 고뇌다. 얼마 전에 한 청년이 나를 찾아와서 식량부족의 우울함을 이야기했다. 나는 말했다.

---

17) 昭和時代(1926~1989).

"거짓말 하지 마. 자네의 우울은 식량부족보다 도덕적 번민 때문이잖아."

청년은 수긍했다.

지금 우리의 마음에 가장 걸리는 일, 가장 떳떳하지 못한 것, 그것을 지금 일본의 '신문화'는 그냥 지나친 채 뛰어갈 것 같다는 느낌이 들어 견딜 수가 없다.

나는 역시 '문화'라는 것을 전혀 모르는, 머리가 나쁜 쓰가루의 농민에 지나지 않을지도 모른다. 둥구니신[18]을 신고 눈길을 걸어가는 내 모습은, 그야말로 촌놈의 모습 그대로이다. 그러나 나는 지금부터야말로 그 촌놈의 요령 없음, 졸렬함, 둔한 이해력, 단순한 의문으로 밀어붙여 봐야겠다고 생각한다. 지금의 내가 스스로에게 기댈 만한 구석이 있다고 한다면 오직 그 '쓰가루 농민'이라는 점 하나뿐이다.

15년간 나는 고향에서 떨어져 있었지만 고향도 변하지 않았고, 또 나 역시 조금도 촌티를 벗지 못해 도회인다워지지 못했으며, 아니 더욱 세련되지 못하고 촌스럽게 되어갈 뿐이다. '살롱사상'은 나와 더욱 멀어질 것이다.

요즘 나는 센다이(仙台)의 신문[19]에 「판도라의 상자」라는 장편소설을 쓰고 있는데, 그 한 구절을 다음에 싣는 것으로 이 악몽과도 같은 15년간의 추억에 대한 수기를 마무리 짓기로 하겠다.

---

18) 눈 오는 날 미끄러지는 것을 막기 위해 신었던 짚신.
19) 가호쿠(河北) 신보.

〈(전략) 폭풍 때문인지 아니면 초라한 불빛 때문인지 그날 밤에는 우리 방 사람들 네 명이 에치고의 사자의 촛불을 중심으로 모여 오랜만에 마음을 터놓고 이야기를 나눴다네.

"자유주의자란 대체 어떤 사람들을 말하는 겁니까?"하고 갓포레가 무슨 이유에서인지 목소리를 아주 죽여서 물었다네.

"프랑스에서는,"이라고 건빵이 영어 쪽은 이제 질려버린 탓인지 이번에는 프랑스 쪽의 지식을 자랑했다네. "리베르탱이라 불리는 녀석들이 있어서 그 사람들이 자유주의 사상을 구가하며 상당히 소란을 피웠었습니다. 17세기의 일이었다고 하니 지금으로부터 300년쯤 전의 일이었습니다만."이라고 미간을 찡그리며 잘난 척을 했다네. "이들은 주로 종교의 자유를 부르짖으며 소란을 피운 듯합니다."

"뭐야, 난봉꾼이란 말인가?"라며 갓포레가 의외라는 표정으로 말했다네.

"네, 그렇게 말할 수도 있는 셈이죠. 대부분은 무뢰한 같은 생활을 했었습니다. 연극으로 유명한, 그 왜 코가 큰 시라노, 네, 그 사람도 당시의 리베르탱 중 한 사람이었다고 말할 수 있을 겁니다. 당대의 권력에 반항하여 약한 사람을 돕는다. 당시 프랑스의 시인들도 대부분은 그런 사람들이었을 겁니다. 에도 시대의 오토코다테[20]와 약간 비슷한 부분이 있었던 듯합니다."

---

20) 男伊達. 협객.

"세상에 그럴 수가,"라고 갓포레가 웃음을 터뜨렸다네. "그럼 반즈이인(幡隨院)의 초베에[21]도 자유주의자였단 말입니까?"

하지만 건빵은 조금도 웃지 않고,

"그야, 그렇게 말해도 상관없다고 생각합니다. 물론 요즘의 자유주의자는 성격이 약간 다른 듯하지만 프랑스의 17세기 무렵의 리베르탱은 대략 그런 사람들이었습니다. 하나가와도[22]의 스케로쿠[23]와 네즈미코조지로키치[24]도 어쩌면 그랬을지도 모릅니다."

"에헤헤, 얘기가 그렇게 되는 겁니까?"라며 갓포레가 아주 기뻐했다네.

에치고의 사자도 슬리퍼의 뜯어진 곳을 꿰매면서 빙그레 웃었다네.

"무릇 이 자유사상이라는 것의,"이라고 건빵이 더욱 진지한 얼굴로 "본래의 모습은 반항정신입니다. 파괴사상이라고 해도 좋을지 모르겠습니다. 압제나 속박이 제거되었을 때 비로소 생겨나는 사상이 아니라 압제와 속박에 대한 반동으로 그것들과 동시에 발생하여 투쟁하는 성질의 사상입니다. 흔히 드는 예이기는 합니다만, 어느 날 비둘기가 신에게 청했습니다. '제가 날 때 공기가 방해가 돼서 앞으로 빨리 나갈 수가 없습니다. 부디 공기라는 것을 없애 주시기 바랍니다.' 신은 그 소원을 들어 주었습니다. 그런데 비둘기는 아무

---

21) 長兵衛. 협객으로 유명하다.
22) 花川戸. 아사쿠사 부근의 옛 지명.
23) 助六. 협객.
24) 鼠小僧次郎吉. 우리나라의 홍길동 같은 의적.

리 날갯짓을 해도 날아오를 수가 없었습니다. 다시 말하자면 그 비둘기가 자유사상인 것입니다. 공기의 저항이 있어야만 비둘기도 비로소 날 수 있는 것입니다. 투쟁의 대상이 없는 자유사상은 그야말로 진공관 속에서 날갯짓을 하는 비둘기와 같은 것으로 전혀 비상할 수가 없습니다."

"비슷한 이름의 사나이가 있지 않나."라며 에치고의 사자가 슬리퍼 꿰매던 손을 멈추고 말했다네. "아,"라고 건빵이 머리 뒤쪽을 긁으며 "그런 뜻에서 말한 것은 아닙니다. 이건 칸트의 예증입니다. 전현대 일본의 정치계에 관해서는 하나도 모릅니다."

"하지만 조금은 알아두지 않으면 안 될 걸세. 앞으로는 젊은 사람 모두에게 선거권과 피선거권이 주어진다고 하니."라고 에치고가 우리의 장로답게 침착하기 짝이 없는 태도로 말하고 "자유사상의 내용은 그 순간, 순간에 따라서 전혀 달라지는 것이라고 말해도 좋을 거야. 진리를 추구하기 위해 싸운 천재들은 모두 자유사상가라고 할 수 있지. 난 자유사상의 근본은 예수라고까지 생각하고 있다네. 근심하지 말라, 공중의 새를 보라 심지도 않고 거두지도 않고 창고에 모아들이지도 아니하되, 라는 것도 멋진 자유사상 아닌가? 나는 서양 사상은 전부 예수의 정신을 근저로 해서 혹은 그것을 부연하고, 혹은 그것을 비근(卑近)으로 삼고, 혹은 그것을 회의(懷疑)하고, 사람들 저마다 각 설을 주장했지만 결국은 성경 한 권에 귀결되는 것이라 생각하네. 과학도 그와 무관하지 않아. 과학의 기초를 이루고 있는 것은 물리학계에 있어서도, 화학계에 있어서도 전부 가설이야. 육안으로 볼 수 없는 가설에서 출발을 하지. 이 가설을 신앙하는 곳에서부터 모든 과학이 발생하는 거야. 일본인은 서양의 철학, 과학을 연구하기에 앞서 우선 성경 한 권을 연구했어야만 했어. 나는 특별히 기독교인은 아니지만, 일본이 성경은 연구하지도 않고 그저 무턱대고 서양 문명의 표면만을 공부했다는 점에 일본이 패배한 참된 원인이 있다고 생각해. 자유사상도 그렇고 어떤 사상도 예수의 정신을 모르면 절반도 이해할 수가 없어." (중략)

"10년을 하루 같이 변하지 않는 정치사상이란 미몽(迷夢)에 지나지 않아. 예수도 절대로 약속을 하지 말라고 말했어. 내일의 일은 생각하지 말라고도 말했어. 참으로 자유사상가의 대선배 아닌가? 여우도 굴이 있고 공중의 새도 거처가 있으되 인자는 머리 둘 곳이 없다는 말 역시 자유사상가의 한탄이라 해도 좋을 거야. 하루도 안주할 수 없다는 것이지. 그 주장은 나날이 새로워야만 하고, 또 매일 새로워져야만 해. 일본에서 지금 새삼스럽게 어제의 군벌관료를 공격해본들 그건 더 이상 자유사상이 아니야. 그야말로 진공관 속의 비둘기지. 참으로 용기 있는 자유사상가라면 지금 무엇보다도 외치지 않으면 안 될 것이 있어. 천황폐하 만세! 이 외침이라네. 어제까지는 낡은 것이었지. 낡은 정도가 아니라 사기였어. 그러나 오늘날에 있어서는 가장 새로운 자유사상이야. 10년 전의 자유와 지금의 자유는 내용이 다르다는 건 이걸 말하는 거야. 그건 더 이상 신비주의가 아니야. 인간 본연의 사랑이야. 미국은 자유의 나라라고 하더군. 틀림없이 일본의 이 참된 자유의 외침을 인정해 줄 거야." (후략)〉

134

고뇌의 연감(苦悩の年鑑)

시대는 조금도 변하지 않았다고 생각한다. 일종의 바보스러운 느낌이다. 이런 것을 말의 등에 여우가 올라탄 것 같다고 말하는 것 아닐까?

지금은 나의 처녀작이 되어 있는 「추억」이라는 100매 정도의 소설의 서두는 다음과 같이 되어 있다.

〈황혼 무렵 나는 숙모와 나란히 문가에 서 있었다. 숙모는 누군가를 업고 있었던 듯, 포대기를 두르고 있었다. 당시 어둑어둑했던 가로(街路)의 고요함을 나는 잊지 않고 있다. 숙모는 천자(天子)님이 돌아가신 거야, 라고 내게 가르쳐주고 살아 있는 신, 이라고 덧붙였다. 살아 있는 신, 이라고 나도 흥미롭게 중얼거린 듯한 느낌이 든다. 그런 다음 나는 어떤 불경한 말을 한 듯하다. 숙모는, 그런 말 해서는 안 된다, 돌아가셨다고 해야 한다, 고 나를 나무랐다. 어디로 돌아가신 걸까, 라고 나는 알고 있으면서도 일부러 이렇게 물어 숙모를 웃게 만들었던 일이 떠오른다.〉

이것은 메이지 천황이 붕어하셨을 때의 추억이다. 나는 1909년 여름에 태어났으니 이때는 4살이었을 것이다.

또 그 「추억」이라는 소설 속에는 이런 것도 있다.

〈만약 전쟁이 일어난다면. 이런 주제를 받았을 때는 지옥, 번개, 화재, 아버지, 그 이상으로 무서운 전쟁이 일어난다면 우선 산 속으로라도 도망을 치자, 도망을 칠 때는 선생님도 모시고 가자, 선생님도 인간, 나도 인간, 전쟁이 무섭기는 마찬가지일 것이다, 라고 썼다. 이때는 교장선생님과 교감선생님, 둘이서 나를 조사했다. 어떤 마음으로 이것을 쓴 것이냐고 묻기에 나는 그저 재미삼아 쓴 것이라고 적당히 둘러댔다. 교감선생님은 수첩에 '호기심'이라고 썼다. 그런 다음 나와 교감선생님은 약간의 논쟁을 시작했다. 선생님도 인간, 나도 인간이라고 했는데 인간은 모두 같은 것이냐고 그가 물었다. 그렇게 생각한다고 나는 머뭇머뭇하며 대답했다. 나는 대체로 입이 무거운 편이었다. 그렇다면 자신과 여기에 계신 교장선생님은 같은 인간인데 왜 월급이 다르냐고 그가 물었기에 나는 한동안 생각에 잠겼다. 그리고 그건 일이 다르기 때문이 아닐까, 라고 대답했다. 가느다란 얼굴에 금속 테로 된 안경을 낀 교감선생님은 나의 그 말을 바로 수첩에 적었다. 나는 예전부터 이 선생님에게 호의를 품고 있었다. 그런 다음 그는 내게 이런 질문을 했다. 네 아버지와 우리는 같은 인간인가? 나는 곤혹스러워서 아무런 대답도 하지 못했다.〉

이것은 내가 10살이나 11살 무렵의 일이었으니 1918, 1919년이었다. 지금으로부터 10년 가까이 전의 이야기다.

그리고 또 이런 부분도 있다.

〈소학교 4, 5학년 무렵에 막내 형에게서 데모크라시라는 사상을 들었으며, 어머니까지 데모크라시 때문에 세금이 갑자기 올라서 거둔 쌀의 거의 대부분을 세금으로 내야 한다고 손님들에게 불평하는 것을 들었기에 나는 마음 약하게도 그 사상에 흔들렸다. 그리고 여름에는 하인들이 정원의 풀 베는 것을 돕기도 하고, 겨울에는 지붕의 눈 쓰는 것을 돕기도 하면서 하인들에게 데모크라시 사상을 가르쳤다. 그러다 하인들이 내 도움을 별로 달가워하지 않는다는 사실을 곧 알게 되었다. 내가 풀을 벤 곳은 나중에 그들이 다시 베어야만 했던 모양이다.〉

이것도 같은 시대인 1918, 1919년의 일이었다.

이렇게 보면 지금으로부터 30년 가까이 전에 일본 혼슈의 북쪽 끝자락에 위치한 한촌의 일개 아동에게까지 침윤해 있던 사상과, 지금 이 1946년의 신문, 잡지에서 칭송하고 있는 '신사상'은 그다지 차이가 없는 것 아닐까 여겨진다. 일종의 바보스러운 느낌이란 이를 두고 하는 말이다.

그 1918, 1919년의 사회정세는 어땠는지, 그리고 그 후의 데모크라시 사조는 일본에서 어떻게 되었는지, 그것은 전부 그에 적합한 문헌을 살펴보면 알 수 있을 테지만, 그러나 지금 그것을 보고하는 것은 나의 이 수기의 목적이 아니다. 나는 시정(市井)의 작가다. 내가 이야기하는 내용은 언제나 나라는 작은 개인의 역사 범위 안에 머문다. 이를 답답하게 여기고, 혹은 게으르다고 호통을 치고, 혹은 비속하다고 비웃는 사람도 있을지 모르겠으나, 그러나 후세에 우리들의 이 시대사조를 탐구함에 있어서 이른바 '역사가'의 글보다 우리들이 언제나 쓰고 있는 것과 같은 한 개인의 변변치 못한 생활 묘사가 더 의지할 만한 것이 되는 경우가 있을지도 모른다. 무시할 수 없는 일이다. 그렇기 때문에 나는 참으로 다양한 사회사상가들의 깊은 연구나 결론에 구애받지 않고 내 개인적 사상의 역사를 여기에 적어두어야겠다고 생각한다.

이른바 '사상가'들이 쓴 '나는 왜 무슨무슨 주의자가 되었는가.'라는 사상발전의 회상록, 혹은 선언서를 읽어도 내게는 속이 빤히 들여다보이는 듯해서 견딜 수가 없다. 그들이 그 무슨무슨 주의자가 된 데에는 반드시 어떤 한 가지 계기라는 것이 있다. 그리고 그 계기라는 것은 대부분 드라마틱하다. 감격적이다.

나는 그것이 거짓인 듯 여겨져 견딜 수가 없다. 믿고 싶어서 발버둥을 쳐도 내 감각이 허락을 하지 않는다. 실제로 그 드라마틱한 계기에는 할말을 잃어버리고 마는 것이다. 소름이 돋는 것 같은 느낌이 든다.

어설픈 핑계에 지나지 않는다는 느낌이 드는 것이다. 그렇기에 지금부터 내 사상의 역사를 쓰기에 앞서 나는, 그런 속이 빤히 들여다보이는 핑계만은 피해야겠다고 생각하고 있다.

나는 '사상'이라는 말에조차 반발심을 느낀다. 하물며 '사상의 발전'이라는 것에 이르러서는 더욱 짜증이 난다. 서툰 연극 같다는 느낌이 드는 것이다.

차라리 이렇게 말해주고 싶다.

"제게 사상이라고 할 만한 것은 없습니다. 좋고 싫음만이 있을 뿐입니다."

나는 지금부터 내게 잊을 수 없는 사실들만을 단편적으로 기술해 나가겠다. 단편과 단편을 연결하기 위해서 그 사상가들은 속이 빤히 들여다보이는 거짓 설명에 몸이 수척해질 정도로 애를 쓰고 있는데, 속물들에게는 그 간격을 메우고 있는 악질적인 허위의 설명이 또한 견딜 수 없이 기쁜 것인 듯 속물의 찬탄과 갈채는 대체로 그 부근에서 일어나는 것 같다. 나는 참으로 짜증을 내지 않을 수 없다.

"그런데,"라고 속물은 묻는다. "당신의 그 어렸을 때의 데모크라시는, 그 후 어떤 형태로 발전했습니까?"

나는 얼빠진 얼굴로 대답한다.

"글쎄요, 어떻게 되었는지 모르겠습니다."

×

내가 태어난 집에는 자랑할 만한 계보도 아무것도 없다. 어딘가에서 흘러들어와 이 쓰가루의 북쪽 끝에 자리 잡은 농민이 우리들의 조상임에 틀림없다.

나는 무지하고 입에 근근이 풀칠을 하던 빈농의 자손이다. 우리 집이 아오모리 현 안에서 다소나마 이름을 알리기 시작한 것은 증조부 소스케(惣助) 때부터였다. 그 무렵 예의 다액납세[1] 귀족원의원 유자격자는 1개 현에 네다섯 명 정도였던 듯하다. 증조부는 그 가운데 한 명이었다. 작년에 고후 시[2]의 성 옆에 있는 헌책방에서 메이지 초년(1868)의 신사록을 펼쳐보았더니 그 증조부의, 참으로 촌스럽고 그야말로 농민 그대로의 모습인 사진이 게재되어 있었다. 이 증조부는 양자였다. 할아버지도 양자였다. 아버지도 양자였다. 여자가 많은 가계였다. 증조모도 할머니도 어머니도 모두 각자의 남편보다 오래 살았다. 증조모는 내가 10살이 될 무렵까지 살아 있었다. 할머니는 90세로 지금도 건강하시다. 어머니는 70세까지 사시다 몇 해 전에 돌아가셨다. 여자들은 모두 절을 아주 좋아했다. 특히 할머니의 신앙은 이상할 정도라고 해도 좋을 정도여서, 가족들의 웃음을 자아내는 이야깃거리조차 되어 있다. 절은 정토진종(淨土眞宗)이다. 신란[3] 스님이 연 종파다. 우리들도 어렸을 때부터 진력이 날 정도로 절에 다녀야 했다. 불경도 외워야만 했다.

---

1) 직접 국세를 다액 납부하는 일. 구헌법하의 귀족원령에서는, 다액납세자 의원을 호선(互選)하는 자격을 가진 30세 이상의 남자를 다액납세자라고 했다.
2) 다자이 오사무의 아내인 미치코의 고향. 이 작품을 발표한 것은 1946년 인데, 다자이 오사무는 1945년 4월에 폭격으로 도쿄의 집이 파손되어 고후에 있던 아내의 본가로 피난을 갔었다.
3) 親鸞(1173~1262). 가마쿠라 시대 초기의 승려로 정토진종의 개조.

우리 집안에는 한 명의 사상가도 없다. 한 명의 학자도 없다. 한 명의 예술가도 없다. 공무원, 장군조차도 없다. 참으로 범속한, 그저 시골의 대지주일 뿐이었다. 아버지는 대의사에 한 번, 그리고 귀족원[4])에도 나갔었으나 특별히 중앙의 정계에서 활약했다는 얘기는 듣지 못했다. 이 아버지는 굉장히 큰 집을 지었다. 풍취도 아무것도 없이 그냥 크기만 한 집이다. 칸수가 서른 칸 가까이는 되리라. 그것도 10첩, 20첩 되는 방이 많다. 아주 튼튼하게 만들어진 집이기는 하나, 아무런 정취도 없다.

서화, 골동품 가운데서 중요 미술 수준의 물건은 하나도 없었다.

이 아버지는 연극을 좋아하는 듯했으나 소설은 전혀 읽지 않았다. 『사선을 넘어서[5]』라는 장편을 읽고, 쓸데없이 시간만 낭비했다며 불평하시던 것을 나는 어렸을 때 들어서 기억하고 있다.

그러나 그 가계에 복잡하고 어두운 면은 하나도 없었다. 재산분쟁 등과 같은 일도 없었다. 요컨대 누구도 추태를 보이지 않았다. 쓰가루 지방에서 가장 품위 있는 집안 가운데 하나로 꼽혔던 듯하다. 이 가계에서 사람들에게 손가락질 받을 만한 어리석은 행동을 한 것은

---

4) 貴族院. 구헌법 아래 제국의회의 일원(一院). 2원제의 상원에 해당한다.
5) 가가와 도요히코(賀川豊彦, 1888~1960)의 기독교 사회주의사상을 배경으로 한 자전적 사회소설. 가가와 도요히코가 고베(神戶)의 슬럼가에서 가난한 사람들과 함께 생활했던 경험을 바탕으로 쓴 대작. 초판 5,000부는 그날로 전부 팔렸고 150판을 찍었다.

나 한 사람뿐이었다.

×

내가 어렸을 때, (라고 글을 시작하는 것은 예의 사상가들의 회상록에서 흔히 볼 수 있는 것으로 내가 다음에 쓰려고 하는 내용도 자칫 잘못했다가는 사상가의 회상록처럼 이상하게 뭔가 있어 보이려는 것이 되지 않을까 너무나도 걱정이 된 나머지, 에잇, 차라리 그처럼 잘난 척하는 듯한 글로 시작을 해버리자, 라고 다시 말해서 독으로 독을 다스리는 형태를 취한 것인데, 하지만 아래에 써내려갈 내용은 결코 허식의 글이 아니다. 그것은 정말로 사실이다.) 아침에 눈을 뜰 때부터 밤에 잠들 때까지 내 옆에 책이 없었던 적은 없었다고 해도, 조금도 과장은 아닌 듯한 느낌이 든다. 닥치는 대로, 정말 잘도 읽었다. 하지만 나는 2번 되풀이해서 읽는 일은 거의 없었다. 하루에 네 권이고 다섯 권이고 차례차례로 읽어나갔다. 일본의 옛날이야기보다는 외국의 동화를 좋아했다. 「세 가지 예언」이었는지 「네 가지 예언」이었는지 지금은 잊어버렸지만, 너는 몇 살에 사자가 구해주고, 몇 살에 강적을 만나고, 몇 살에 거지가 된다는 등의 예언을 얻으나 그것을 조금도 믿지 않았는데 과연 그 예언대로 되어가는 남자의 생애를 묘사한 동화는 아주 마음에 들어서 두어 번 거듭 읽었던 사실을 기억하고 있다. 그리고 한 가지 더, 내 어렸을 때의 독서 가운데 가장 기묘하게 마음에 스민 이야기는 금의 배였는지 붉은 별이었는

143

지, 어쨌든 그런 이름의 동화잡지에 실려 있던 아무런 재미도 없는 이야기로, 한 소녀가 병에 걸려 입원해 있었는데 깊은 밤에 목이 아주 말라서 머리맡의 컵에 조금 남아 있던 설탕물을 마시려 했더니 같은 병실의 할아버지 환자가 물, 물, 하고 신음하고 있었다. 소녀는 침대에서 내려와 자신의 설탕물을 그 할아버지에게 전부 마시게 한다는 것뿐인 이야기였으나 나는 그 삽화까지 지금도 희미하게 기억하고 있다. 그것은 참으로 마음에 스몄다. 그리고 그 이야기의 제목 옆에는 이렇게 적혀 있었다. 너희는 자신을 사랑하듯 네 이웃을 사랑하라.

그러나 나는 이와 같은 회상을 내 사상에 억지로 갖다 붙일 생각은 없다. 나의 이런 추억담을 우리 집안의 종파인 신란의 가르침에 갖다 붙이고, 그런 다음 또 이후의 그 데모크라시에 갖다 붙인다면 그것은 마치 아무개 선생의 '나는 어떻게 해서 무슨무슨 주의자가 되었나'와 마찬가지로 속이 빤히 들여다보이는 글이 되어버릴 것이다. 나의 이 독서에 관한 회상은 어디까지나 단편이다. 어디에 갖다 붙이려 해도 억지스러운 일이 된다. 거짓이 있다.

×

자, 그렇다면 드디어 나의 그 데모크라시는 그 이후 어떻게 되었을까? 이렇게도 저렇게도 되지 않았다. 그건 그대로 그냥 사라져버린 듯하다. 앞에서도 말해두었던 것처럼 나는 지금 여기서 당시의 사회정세를 보고하려 하는 것이 아니다. 내 육체 감각의 단편을 나열해보려는 것일 뿐이다.

×

박애주의. 눈 내리는 네거리에 한 사람은 등롱을 든 채 웅크려 있고, 한 사람은 가슴을 편 채, 오오 신이시여를 연발한다. 등롱을 든 사람은, 아아멘이라고 중얼거린다. 나는 웃음이 터져나왔다.

구세군. 그 음악대의 요란스러움. 자선냄비. 어째서 냄비가 아니면 안 되는 걸까. 냄비에 더러운 지폐와 동전을 넣다니 불결하지 않은가. 그 여자들의 뻔뻔스러움. 복장은 어떻게 좀 안 되는 걸까. 꼴사나워라.

인도주의. 루바시카6)라는 게 유행하고, 카츄샤 가엾어라, 하는 노래7)가 유행하고, 굉장히 같잖아져 버렸다.

나는 이들 풍조를 그냥 흘려보냈다.

×

프롤레타리아 독재.

---

6) rubashka. 블라우스와 비슷한 러시아의 남성용 상의.
7) 1914년에 발표된 가요곡. 연극 『부활』의 극중에 나오는 노래로 '카츄샤 가엾어라 이별의 괴로움'이라는 가사가 폭발적인 유행어가 되었다.

여기에는 틀림없이 새로운 감각이 있었다. 협조가 아니다. 독재다. 상대방을 예외 없이 내리치는 것이다. 부자는 모두 악이다. 귀족은 모두 악이다. 돈이 없는 일개 천민만이 옳다. 나는 무장봉기에 찬성했다. 기요틴이 없는 혁명은 의미가 없다.

그러나 나는 천민이 아니었다. 기요틴에 목을 걸어야 하는 역할 쪽이었다. 나는 열아홉 살의 고등학교 학생이었다. 학급에서는 나 혼자 눈에 띄는 화려하고 아름다운 복장을 하고 있었다. 마침내 이건 죽을 수밖에 없다고 생각했다.

나는 칼모틴을 다량 삼켰지만 죽지 않았다.

"죽을 필요 없어. 너는 동지야."라고 한 학우가 나를 '장래성 있는 사내'로 보고 여기저기 끌고다녔다.

나는 돈을 내는 역할을 맡았다. 도쿄의 대학에 와서도 나는 돈을 냈으며, 그렇게 동지의 숙소나 식사를 돌보는 역할을 떠맡게 되었다.

이른바 '거물'이라 불리는 사람들은 대체로 제대로 된 사람들이었다. 그러나 잔챙이들에게는 질려버리고 말았다. 허풍만 떨어댔고, 그리고 함부로 사람을 공격하며 대단한 척했다.

사람을 속이고, 그리고 그것을 '전략'이라고 칭했다.

프롤레타리아 문학이라는 것이 있었다. 나는 그것을 읽으면 소름이 돋고 눈시울이 뜨거워졌다. 억지스럽고 한심한 글을 접하면 나는 무슨 이유에서인지 소름이 돋고, 그리고 눈시울이 뜨거워진다. 자네에게는 글재주가 있는 듯하니 프롤레타리아 문학을 해서 원고료를 받아 당의 자금으로 쓸 수 있게 해보지 않겠느냐고 동지가 말하기에 익명으로 써본 적도 있었으나, 쓰면서 눈시울이 뜨거워져서 제대로 된 글은 쓸 수 없었다. (이 무렵에 재즈문학이라는 것이 있어서 이것과 대항하고 있었는데, 이것은 또 눈시울이 뜨거워지기는커녕 횡설수설하는 것이었다. 우습지도 않았다. 나는 끝끝내 리뷰[8])라는 것을 이해할 수 없었다. 모던 정신을 이해할 수 없었던 것이다. 그러고 보면 당시 일본의 풍조는 미국풍과 소련풍이 교착된 상태였다. 1920년대 중반 무렵이었다. 지금으로부터 20년 전이었다. 댄스홀과 스트라이크. 굴뚝사내[9])라는 떠들썩한 사건도 있었다.)

결국 나는 본가를 속여서, 즉 '전략'을 써서 돈과 옷가지 등 여러 가지를 보내게 한 뒤, 그것을 동지들과 서로 나누는 것 외에는 재주가 없는 사내였다.

×

만주사변이 일어났다. 폭탄 3용사(三勇士). 나는 그 미담에 조금도 감탄하지 않았다.

나는 종종 유치장에 갇히곤 했는데 취조를 맡은 형사가 나의 얌전하기 짝이 없는 태도에 질려서 "너 같은 부르주아의 도련님이 혁명을

---

8) revue. 대중적인 오락연예를 말한다. 장치, 의상, 조명 등 시각적 요소에 중점을 두고 음악, 무용, 촌극, 곡예 등을 공연한다.

9) 1930년에 가와사키의 방적공장에서 노동쟁의가 일어났을 때 쟁의에 대한 지원활동으로 공장의 굴뚝에 올라가 6일 동안 머물렀던 사건을 일으킨 사내에게 붙인 별명.

할 수 있을 거 같아? 진짜 혁명은 우리가 할 거야."라고 말했다.

그 말에는 묘한 현실감이 있었다.

후에 이르러 이른바 청년장교와 손을 잡고 이상한, 교양 없는, 불길한 변태혁명을 흉포하게 수행한 사람들 가운데 그 사람도 섞여 있었던 듯한 기분이 드는 것을 억누를 길이 없다.

동지들은 하나둘 투옥되었다. 거의 전부 투옥되었다.

중국을 상대로 한 전쟁은 계속되고 있었다.

×

나는 순수를 동경했다. 보수를 바라지 않는 행위. 이기적인 마음이 조금도 없는 생활. 하지만 그것은 지극히 어려운 일이었다. 나는 단지 홧술을 마실 뿐이었다.

내가 가장 증오했던 것은, 위선이었다.

×

그리스도. 나는 그 사람의 고뇌만을 생각했다.

×

간토10) 지방 일대에 드물게도 큰 눈이 내렸다. 그날 2·26 사건이라는 것이 일어났다. 나는 불끈 화가 치밀었다. 어쩌겠다는 것인지. 뭘 하겠다는 것인지.

참으로 불쾌했다. 바보 같은 놈이라고 생각했다. 격노와 비슷한 기분이었다.

플랜이 있는가? 조직이 있는가? 아무것도 없었다.

광인의 발작에 가까웠다.

조직이 없는 테러리즘은 가장 악질적인 범죄다. 바보라고도 뭐라고도 표현할 방법이 없다.

이 자의적 어리석은 행동의 냄새가 이른바 대동아전쟁11)이 끝날 때까지 감돌고 있었다.

도조의 배후에 뭔가 있나 싶었으나 이렇다 할 것도 없었다. 텅텅 비어 있었다. 괴담과 비슷하다.

그 2·26사건의 반면에 일본에서는 같은 시기에 오사다 사건12)이라는 것이 있었다. 오사다는 안대를 하고 변장을 했다. 옷을 갈아입는 계절이었기에 오사다는 달아나면서 겹옷을 홑옷으로 갈아입었다.

×

---

10) 關東. 도쿄와 그 주변의 6개 현으로 이루어진 지방.
11) 大東亞戰爭. 제2차 세계대전의 일부로 1941년~1945년에 일본과 연합국 사이에서 벌어졌던 태평양전쟁을 당시 일본에서 이르던 말.
12) オサダ事件. 예기와 창부 등을 하며 각지를 돌아다니던 아베 사다(安部定)가 1936년 5월 18일에 성교 중이던 애인의 목을 졸라 죽이고 성기를 절단한 사건.

어떻게 될지. 나는 그때까지 벌써 4번이나 자살미수를 저질렀다. 그리고 역시 사흘에 한 번은 죽음을 생각했다.

×

중국과의 전쟁은 언제까지고 계속되었다. 대부분의 사람들이 이 전쟁은 무의미하다고 생각하게 되었다. 전환. 적은 미국과 영국이 되어버렸다.

×

지리힌13)이라는 말을 대본영의 장군들은 아주 진지하게 가르치고 있었다. 유머로 그러는 것도 아닌 듯했다. 하지만 나는 그 말을 웃음을 동반하지 않고는 말할 수가 없었다. 이 일전(一戰) 무슨 일이 있어도 끝까지 완수하겠다는 노래를 장군들은 장려했으나 조금도 유행하지 않았다. 민중도 역시 창피해서 부를 수 없었던 모양이다. 장군들은 또 철통(鐵桶)이라는 말을 신문인들에게 닥치는 대로 쓰게 했다. 하지만 그것은 관<棺桶>을 연상시켰다. 전진(轉進)이라는, 어딘가 데굴데굴 굴러가는 공을 연상시키는 말도 발명되었다. 적은 내 뱃속에 있다고 말하며 빙그레 기분 나쁜 웃음을 지어 보이는 장군

---

13) ジリ貧. 상황이 조금씩 악화되어 간다는 뜻의 속어.

도 나타났다. 우리는 벌 한 마리라도 품속에 들어오면 이리 데굴 저리 데굴 한바탕 소동을 벌이지 않을 수 없는데, 이 장군은 적의 대부대를 전부 품속에 넣고, 이젠 됐다고 말하고 있었다. 짓눌러 죽여 버릴 생각이었던 걸까? 덴노잔14)은 도처의 각지로 옮겨갔다. 어째서 또 덴노잔을 꺼내든 것일까? 세키가하라15)여도 상관없을 듯한데. 덴노잔을 잘못 안 것인지 어떤지, 덴모쿠잔16)이 어떻다고 말하는 장군도 나타났다. 덴모쿠잔은 말도 되지 않는다. 그것은 실로 이해할 수 없는 비유였다. 어떤 참모장교는 이번의 우리 작전은 적의 의표 밖으로 벗어나지 않는다, 고 말했다. 그것이 그대로 신문에 실렸다. 참모도 신문사도 유머로 그러는 것은 아닌 듯했다. 아주 진지했다. 의표 밖으로 벗어났다면 굴러 떨어질 수밖에 없었으리라. 너무 심한 비약이었다.

지도자는 전부 배우지 못한 사람들이었다. 상식의 수준에조차 도 달해 있지 못했다.

---

14) 天王山. 승패를 결판 짓는 싸움이라는 뜻. 오다 노부나가(織田信長) 사후, 1582년에 도요토미 히데요시(豊臣秀吉)와 아케치 미쓰히데(明智 光秀)가 오사카(大阪)와 교토(京都)의 경계에 있는 이 산의 선점을 놓 고 다투었는데 도요토미 히데요시가 점령하여 승패가 결정되었다.
15) 関ヶ原. 1600년에 도요토미 히데요시 사후, 실권을 쥔 도쿠가와 이에 야스(德川家康)와 이시다 미쓰나리(石田三成)가 세키가하라에서 벌인 전쟁. 이 전쟁에서의 승리로 도쿠가와 이에야스가 패권을 쥐게 되었다.
16) 天目山. 야마나시(山梨) 현에 있는 산. 1582년에 오다 노부나가 군의 공격을 받아 다케다 가쓰요리(武田勝頼)가 이 산의 기슭에서 일족과 함께 자결했다. 전하여 어떤 일의 최후.

×

　그러나 그들은 협박했다. 천황의 이름을 사칭해서 협박했다. 나는 천황을 좋아한다. 아주 좋아한다. 하지만 하룻밤 남몰래 그 천황을 원망한 적조차 있었다.

×

　일본은 무조건 항복했다. 나는 그저 창피했다. 아무런 말도 할 수 없을 만큼 창피했다.

×

　천황을 욕하는 자들이 급격하게 늘기 시작했다. 하지만 그렇게 되고 보니 나는 지금까지 천황을 얼마나 깊이 사랑했는지를 알게 되었다. 나는 보수파를 친구들에게 선언했다.

×

　10세의 민주파, 20세의 공산파, 30세의 순수파, 40세의 보수파. 그리고 역시 역사는 되풀이되는 것일까? 나는 역사는 되풀이되어서는 안 된다고 생각한다.

×

    완전히 새로운 사조의 대두를 기다린다. 이 말을 꺼내기 위해서는 무엇보다 먼저 '용기'가 필요하다. 내가 지금 몽상하는 경지는 프랑스 모럴리스트들의 감각을 기조로 하고, 그 윤리적 본보기를 천황에 두고, 우리의 생활은 자급자족하는 아나키즘풍의 도원(桃源)이다.

인간실격(人間失格)

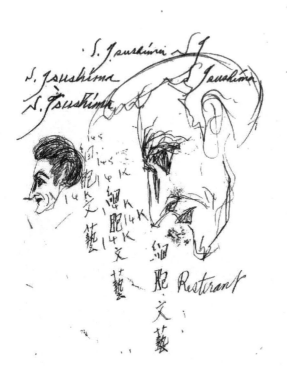

서 문

나는 그 남자의 사진을 세 장, 본 적이 있다.

한 장은, 그 남자의, 유년시절, 이라고나 해야 할까, 10세 전후로
추정되는 무렵의 사진인데, 그 아이가 수많은 여자들에게 둘러싸여,
(그것은, 그 아이의 누나들, 여동생들, 그리고 여자 사촌들이라 생각
된다.) 정원의 연못가에, 거친 줄무늬 하카마를 입고 서서, 고개를
30도 정도 왼쪽으로 기울여, 보기 흉하게 웃고 있는 사진이다. 보기
흉하게? 하지만, 둔감한 사람들(즉, 미추 따위에 관심이 없는 사람
들)은, 심드렁한 얼굴로,

"귀여운 도련님이네요."

라고 적당히 인사치레 말을 해도, 그냥 공치사로만은 들리지 않을
정도의, 말하자면 통속적인 '귀여움' 같은 구석도 그 아이의 웃는
얼굴에 없는 것도 아니지만, 그러나, 조금이라도, 미추에 대한 훈련을
받아온 사람이라면, 얼핏 보고 바로,

"뭐, 이런 애가 다 있어?"

라며 매우 불쾌하다는 듯 중얼거리고, 송충이라도 털어내는 듯한

손놀림으로, 그 사진을 내던질지도 모른다.

정말, 그 아이의 웃는 얼굴은, 가만히 보면 볼수록, 어딘지 모르게, 기분 나쁘고 으스스한 것이 느껴진다. 도무지, 그것은, 웃는 얼굴이 아니다. 이 아이는, 조금도 웃고 있는 것이 아니다. 그 증거로, 이 아이는, 양 주먹을 힘껏 쥐고 있다. 인간은, 주먹을 힘껏 쥐고 웃을 수 있는 법이 아니다. 원숭이다. 원숭이의 웃는 얼굴이다. 그저, 얼굴에 보기 흉한 주름을 잡고 있을 뿐이다. '쪼그랑 도련님'이라고 말하고 싶어질 정도로, 정말 기묘한, 그리고, 어딘지 불결하고, 이상하게 사람을 화나게 만드는 표정의 사진이었다. 나는 지금까지, 이런 이상한 표정의 아이를 본 적이, 한 번도 없었다.

두 번째 사진의 얼굴은, 이건 또, 깜짝 놀랄 정도로 심하게 변해 있었다. 학생의 모습이다. 고등학교 시절의 사진인지, 대학 시절의 사진인지, 분명하지 않지만, 어쨌든, 굉장한 미모의 학생이다. 그러나, 이것도 역시, 이상하게도, 살아 있는 인간이라는 느낌은 들지 않았다. 학생복을 입고, 가슴 주머니로 하얀 손수건을 내보이고, 등나무 의자에 앉아서 다리를 꼬고, 그리고, 역시, 웃고 있다. 이번의 웃는 얼굴은, 주름투성이 원숭이의 웃음이 아니라, 상당히 교묘하게 웃는 얼굴이 되어 있기는 했지만, 그러나, 인간의 웃음과, 어딘가 다르다. 피의 무게, 라고 해야 할지, 생명의 깊이, 라고 해야 할지, 그런 충실감은 조금도 없으며, 그야말로, 새처럼이 아니라, 깃털처럼 가볍고, 단지 백지 한 장, 그리고, 웃고 있다. 즉, 하나에서부터 열까지 만들어진 것 같은 느낌이다. 아니꼽다는 말로도 부족하다. 경박하다는 말로도 부족하다. 간들거림이라는 말로도 부족하다. 세련됨이라는 말로도, 물론 부족하다. 게다가, 가만히 보고 있으면, 역시 이 미모의 학생에게서도, 어딘가 괴담과도 같은 으스스함이 느껴져 오는 것이다. 나는 지금까지, 이처럼 이상한 미모의 청년을 본 적이, 한 번도 없었다.

또 한 장의 사진은, 가장 기괴한 것이다. 그것은 전혀, 나이를 짐작할 수 없다. 머리는 약간 새치인 듯하다. 그것이, 굉장히 더러운 방(방의 벽이 세 군데 정도 허물어져 있는 것이, 그 사진에 분명하게 찍혀 있다.)의 구석에서, 조그만 화로에 두 손을 얹고, 이번에는 웃고 있지 않다. 아무런 표정도 없다. 말하자면, 앉아서 화로에 두 손을 쬐며, 자연스럽게 죽어 있는 것 같은, 참으로 불쾌하고, 불길한 냄새가 나는 사진이었다. 기괴한 것은, 그것뿐만이 아니다. 그 사진에는, 비교적 얼굴이 크게 찍혀 있었기에, 나는 자세히 그 얼굴의 구조를 살펴볼 수가 있었는데, 이마는 평범, 이마의 주름도 평범, 눈썹도 평범, 눈도 평범, 코도 입도 턱도, 아아, 이 얼굴에는 표정이 없을 뿐만 아니라 인상조차 없다. 특징이 없는 것이다. 예를 들어서, 내가 이 사진을 보고, 눈을 감는다. 벌써 나는 이 얼굴을 잊어 버렸다. 방의 벽이나, 조그만 화로는 생각해낼 수 있지만, 그 방 주인공의 얼굴의 인상은, 슥 순식간에 흔적도 없이 사라져, 아무래도, 어떻게 해도 생각이 나지 않는다. 그림이 되지 않는 얼굴이다. 만화도 그 무엇도 되지 않는 얼굴이다. 눈을 뜬다. 아, 이런 얼굴이었구나, 생각났다, 와 같은 기쁨조차 없다. 극단적으로 말하자면, 눈을 떠서 그 사진을 다시 보아도, 생각이 나지 않는다. 그리고, 단지 불쾌, 화가 나서, 나도 모르게 시선을 돌려버리고 싶어진다.

이른바 '죽은 자의 얼굴'에도, 좀 더 어떤 표정이라거나 인상이라는 것이 있는 법일 테지만, 인간의 몸에 짐말의 얼굴이라도 붙여놓으면, 이런 느낌이 들게 될까, 어쨌든, 왠지 모르게, 보는 사람으로 하여금, 소름이 돋게 하고, 으스스한 기분을 느끼게 하는 것이다. 나는 지금까지, 이처럼 이상한 남자의 얼굴을 본 적이, 역시, 한 번도 없었다.

첫 번째 수기

부끄러움 많은 생애를 보내왔습니다.

제게는, 인간의 생활이라는 것이, 감이 잡히지 않습니다. 저는 도호쿠(東北)의 시골에서 태어났기 때문에, 기차를 처음으로 본 것은, 상당히 성장한 뒤였습니다. 저는 정차장의 다리를, 오르고, 내리고, 그리고 그것이 선로를 건너기 위해 만들어진 것이라는 사실은 전혀 깨닫지 못하고, 단지 그것은 정차장의 구내를 외국의 유희장처럼, 복잡하고 즐겁게, 하이칼라하게 만들기 위해서, 설비된 것이라고만 생각했습니다. 그것도, 상당히 오랜 기간 그렇게 생각하고 있었습니다. 다리를 오르내리는 것은, 제게는 오히려, 굉장히 세련된 유희로, 그것은 철도의 서비스 중에서도, 가장 마음에 드는 서비스 중 하나라고 생각하고 있었는데, 후에 그것은 단지 여객이 선로를 건너기 위한 지극히 실리적인 계단에 지나지 않는다는 사실을 발견하고, 갑자기 흥이 깨져버렸습니다.

또한, 저는 어렸을 때, 그림책에서 지하철도라는 것을 보고, 그것도 역시, 실리적인 필요에서 안출된 것이 아니라, 지상의 차를 타는 것보다, 지하의 차를 타는 것이 더 색다르고 재미있는 놀이이기 때문, 인 줄로만 생각하고 있었습니다.

저는 어렸을 때부터 병약해서, 곧잘 앓아눕곤 했는데, 누워서, 요의 껍데기, 베개의 커버, 이불의 커버를, 참으로, 촌스러운 장식이라고 생각했지만, 그것이 의외로 실용품이라는 사실을, 스무 살 가까이가 되어서야 알고, 인간의 살뜰함에 암연(黯然)하여, 슬프다는 생각이 들었습니다.

또한, 저는, 배고픔이라는 것을 몰랐습니다. 아니, 그것은, 제가 의식주를 걱정하지 않아도 되는 집에서 자랐다는 사실을 의미하는 것이 아니라, 그런 한심한 의미가 아니라, 저는 '배고픔'이라는 감각이 어떤 것인지, 전혀 알지 못했던 것입니다. 이상한 말이지만, 배가 고파도 저 스스로는 그것을 깨닫지 못합니다. 소학교, 중학교, 제가 학교에서 돌아오면, 주위 사람들이, 아이고, 배고프겠다, 우리도 그랬었어, 학교에서 돌아왔을 때의 배고픔은 정말 심하다니까, 아마낫토[1] 먹을래? 카스텔라하고, 빵도 있단다, 라는 등의 말로 소란을 떨었기에, 저는 타고난 아첨 정신을 발휘하여, 배가 고프다, 고 중얼거리며, 아마낫토를 열 개 정도 입 안에 던져 넣었지만, 배고픔이란, 어떤 것인지, 조금도 알지 못했습니다.

저 역시, 그야 물론, 먹을 것을 많이 먹지만, 그러나, 배고픔 때문에, 무엇인가를 먹은 기억은, 거의 없습니다. 진귀한 것이라 여겨지는

---

1) 甘納豆. 콩류를 삶아 달게 졸여 설탕을 뿌린 과자.

것을 먹습니다. 호화로운 것이라 여겨지는 것을 먹습니다. 또한, 다른 사람의 집에 가면 내주는 것도, 억지로라도, 거의 다 먹습니다. 그랬기 때문에, 어렸을 때 제게 있어서, 가장 고통스러운 시간은, 실로, 우리 집의 식사시간이었습니다.

저희 시골집에서는, 열 명 정도의 가족이 전부, 자신의 밥상을 두 줄로 마주보게 늘어놓고, 막내인 저는, 물론 가장 끝자리였는데, 그 식사하는 방은 어둑어둑하여, 점심을 먹을 때, 열 몇 명의 가족이, 그저 묵묵히 밥을 먹는 모습에는, 저는 언제나 섬뜩함을 느꼈습니다. 거기다 시골의 보수적인 집안이었기 때문에, 반찬도, 대체로 정해져 있어서, 진귀한 것, 호화로운 것, 그런 것은 기대할 수도 없었기에, 저는 더욱 식사시간을 공포스럽게 느꼈습니다. 저는 그 어둑어둑한 방의 끝자리에서, 추위에 몸을 벌벌 떠는 기분으로 입에 밥을 조금씩 가져가, 밀어 넣고, 인간은, 어째서 하루 삼시 세 끼 밥을 먹는 것일까, 실로 모두 엄숙한 얼굴로 먹고 있다, 이것도 일종의 의식과 같은 것으로, 가족이 하루 삼시 세 끼, 시간을 정해놓고 어둑어둑한 방에 모여, 밥상을 순서에 따라 늘어놓고, 먹고 싶지 않아도 말없이 밥을 씹으며, 고개를 숙여, 집안에 꿈틀거리고 있는 영혼들에게 기도를 하기 위한 것일지도 모르겠다, 고까지 생각한 적이 있었을 정도였습니다.

밥을 먹지 않으면 죽는다, 는 말은, 저의 귀에는, 단지 듣기 싫은 협박으로밖에는 들리지 않았습니다. 그 미신은, (지금까지도 제게는, 어딘가 미신인 것 같다는 생각이 들어 견딜 수가 없는데) 하지만,

언제나 제게 불안과 공포를 주었습니다. 인간은, 밥을 먹지 않으면 죽기 때문에, 그 때문에 일해서, 밥을 먹지 않으면 안 된다, 는 말만큼 제게 난해하고 난삽(難澁)하고, 그리고 협박 같은 울림을 느끼게 하는 말은, 없었습니다.

다시 말해서 저는, 인간이 영위하는 삶이라는 것을 지금도 여전히 무엇 하나 알지 못한다, 고 말해야 할 것 같습니다. 저의 행복에 대한 관념과, 세상 모든 사람들의 행복에 대한 관념이, 완전히 어긋나 있는 것 같다는 불안, 저는 그 불안 때문에 밤이면 밤마다, 전전하고, 신음하고, 발광 직전까지 간 적조차 있었습니다. 저는, 과연 행복한 걸까요. 저는 어렸을 때부터 참으로 자주, 행복한 사람이라는 말을 남들에게서 들어왔지만, 저는 언제나 지옥에 있는 느낌이고, 오히려, 저를 행복한 사람이라고 말하는 사람들이, 비교도 그 무엇도 되지 않을 정도로 훨씬 훨씬 더 안락한 것처럼 제게는 보였습니다.

제게는, 덩어리 같은 재앙이 10개 있어서, 그중 하나라도, 이웃사람이 짊어지게 되면, 그 하나만으로도 충분히 이웃사람에게는 치명적인 것이 되지 않을까, 생각한 적조차 있었습니다.

다시 말해서, 모르는 것이다. 이웃사람들의 고통의 성질, 정도를, 전혀 짐작도 하지 못하는 것이다. 프랙티컬[2]한 괴로움, 단지, 밥을 먹을 수만 있다면 그것으로 해결되는 괴로움, 그러나, 그것이야말로 가장 강한 고통이어서, 나의 10개의 고통 따위, 단번에 날아가 버릴

---

2) practical. 실용적.

정도로, 처참한 아비지옥일지도 모른다, 그것은, 알 수가 없다, 그러나, 그에 비해서는, 잘도 자살도 하지 않고, 발광도 하지 않고, 정당을 논하고, 절망하지 않고, 굴하지 않고 생활을 위한 싸움을 계속해 나가고 있다, 괴롭지 않은 것 아닐까? 완전히 에고이스트가 되어, 게다가 그것을 당연한 일이라고 확신하여, 한 번도 자신을 의심한 적이 없는 것 아닐까? 그렇다면, 편하다, 하지만, 인간이라는 것은, 모두 그런 것이고, 또한 그것으로 만점인 것 아닐까, 모르겠다, ……밤에는 깊이 잠들고, 아침에는 상쾌하게 일어나는 것일까, 어떤 꿈을 꾸고 있는 걸까, 길을 걸으며 무엇을 생각하고 있는 걸까, 돈? 설마, 그것만도 아니겠지, 인간은, 밥을 먹기 위해서 살아 있는 것이다, 라는 설은 들은 적이 있는 듯한 느낌이 들지만, 돈을 위해서 살아 있다, 는 말은 들어본 적이 없다, 아니, 하지만, 경우에 따라서는, ……아니, 그것도 모르겠다, …… 생각하면 생각할수록, 저는, 더욱 알 수가 없어져, 저 혼자서만 전혀 다른 것 같은, 불안과 공포에 휩싸일 뿐입니다. 저는 이웃과, 거의 대화를 나누지 못합니다. 무엇을, 어떻게 얘기해야 좋은 건지, 알지 못하는 것입니다.

그래서 생각해낸 것이, 익살이었습니다.

그것은, 저의, 인간에 대한 마지막 구애였습니다. 저는, 인간을 극도로 두려워하면서, 그러면서도, 인간을, 아무래도 생각하지 않을 수 없었던 모양입니다. 그렇게 해서 저는, 이 익살이라는 한 가닥 끈으로 간신히 인간과 연결될 수 있었던 것입니다. 겉으로는, 끊임없이 웃음을 지으면서도, 내심으로는 필사의, 그야말로 천 번에 한 번

성공할까 말까 한 위기일발의, 진땀을 흘리며 하는 서비스였습니다.

저는 어렸을 때부터, 저희 가족들에 대해서조차, 그들이 얼마나 괴롭고, 또 어떤 것을 생각하며 살아가고 있는지, 전혀 조금도 짐작을 하지 못하고, 단지 두려워서, 그 어색함을 견딜 수가 없어서, 일찍부터 익살에 능숙하게 되었던 것입니다. 다시 말해서, 저는, 어느 사이엔가, 한마디도 사실을 말하지 않는 아이가 되어 있었던 것입니다.

그 무렵의, 가족들과 함께 찍은 사진을 보면, 다른 사람들은 모두 진지한 얼굴을 하고 있지만, 저 혼자, 반드시 기묘하게 얼굴을 일그러뜨려 웃고 있습니다. 이것도 역시, 저의 어리고 슬픈 익살의 일종이었습니다.

또한 저는, 부모님께 무슨 말을 듣고, 말대답을 한 적이 한 번도 없었습니다. 그 사소한 잔소리가, 제게는 벽력처럼 느껴져, 정신이 이상해질 것처럼 되어, 말대답은커녕, 그 사소한 잔소리야말로, 말하자면 영원히 이어져 내려오는 인간의 '진리'라는 것임에 틀림없다, 내게는 그 진리를 행할 힘이 없으니, 더는 인간과 함께 살아갈 수 없는 것이 아닐까, 라고 생각하게 되었던 것입니다. 따라서 제게는, 말다툼도 자기변호도 할 수 없었던 것입니다. 사람들로부터 잘못되었다는 소리를 들으면, 정말, 맞는 말이다, 내가 터무니없는 착각을 하고 있는 것이라는 생각이 들어, 언제나 그 공격을 말없이 받고, 내심, 미쳐버릴 정도의 공포를 느꼈습니다.

그야 누구나, 사람들로부터 비난을 받거나, 질타를 받으면 좋은 기분이 들 리 없을지 모르겠지만, 저는 화를 내고 있는 인간의 얼굴에서, 사자보다도 악어보다도 용보다도, 더욱 무시무시한 동물의 본성을 보기 때문에, 평소에는, 그 본성을 감추고 있는 듯하지만, 어떤 기회에, 예를 들자면, 소가 초원에 한가로운 모습으로 누워 있다가, 갑자기, 꼬리로 찰싹 하고 배에 있는 등에를 때려죽이는 것처럼, 느닷없이 인간의 무시무시한 정체를, 화를 통해서 폭로하는 모습을 보면, 저는 언제나 머리카락이 곤두설 정도의 전율이 느껴지고, 이 본성도 역시 인간이 살아가는 자격 중 하나일지도 모르겠다는 생각이 들어, 거의 제 자신에게 절망감을 느끼곤 했습니다.

인간에 대해서, 언제나 공포에 떨며, 또한, 인간으로서의 자신의 언동에, 조금도 자신을 갖지 못하고, 그래서 자기 혼자만의 오뇌는 가슴 속 조그만 상자에 감춰두고, 그 우울, 너버스네스3)를, 꼭꼭 숨겨놓고, 오로지 천진난만한 낙천성을 가장하여, 저는 익살스러운 괴짜로, 점차 완성되어가고 있었습니다.

무엇이든 상관없으니, 웃게만 하면 된다, 그러면, 인간들은, 내가 그들의 이른바 '생활'의 바깥에 있어도, 그것을 그다지 마음에 두지 않지 않을까, 어쨌든 그들 인간들의 눈에 거슬려서는 안 된다, 나는 무(無)다, 바람이다, 공(空)이다, 라는 생각들만 깊어져, 나는 익살로 가족을 웃기고, 또한, 가족보다도, 더욱 알 수 없고 무시무시한 하인이나 하녀들에게까지, 필사적으로 익살을 서비스했습니다.

저는 여름에, 유카타4) 안에 빨간 털실로 된 스웨터를 입고 마루를

---

3) nervousness. 신경질.
4) 浴衣. 목욕 후나 여름에 입는 일본의 홑옷.

돌아다녀, 집안사람들을 웃겼습니다. 잘 웃지 않는 큰형도, 그것을 보고 웃음을 터트리며,

"얘, 요조(葉藏), 그건 안 어울린다."

라고, 귀여워서 견딜 수 없다는 투로 말했습니다. 아니, 저라고, 한여름에 털실로 된 스웨터를 입고 돌아다닐 정도로, 아무리 그래도, 그렇게, 더위와 추위를 모를 정도로 이상한 사람은 아닙니다. 누나의 레깅스를 양 팔에 끼워, 유카타의 소매 끝으로 보이게 해, 그렇게 해서 스웨터를 입은 것처럼 보였던 것입니다.

저희 아버지는, 도쿄에 볼일이 많은 사람이었기에, 우에노의 사쿠라기초(桜木町)에 별장을 가지고 있어, 한 달의 태반은 도쿄의 그 별장에서 살았습니다. 그리고 집에 올 때는 가족들, 또 친척들에게까지, 참으로 헤아릴 수도 없이 선물을 사오는 것이, 그러니까, 아버지의 취미 같은 것이었습니다. 언젠가 아버지가 상경하시기 전날 밤, 아버지는 자식들을 객실에 모아놓고, 이번에는 돌아올 때, 어떤 선물이 좋을지, 한 사람 한 사람에게 웃으며 물었고, 거기에 대한 자식들의 답을 일일이 수첩에 적었습니다. 아버지가, 이렇게 자식들을 다정하게 대하는 것은, 드문 일이었습니다.

"요조는?"

이라는 물음에, 저는, 대답하지 못하고 우물쭈물했습니다.

무엇이 갖고 싶냐고 물으면, 순간, 아무것도 갖고 싶지 않아지는 것이었습니다. 아무래도 상관없다, 어차피 나를 즐겁게 해주는 것은 없다는 생각이, 얼핏 움직이는 것입니다, 그와 동시에, 사람들이 주는

것을, 아무리 제 취향에 맞지 않아도, 그것을 거부하는 일도 하지 못했습니다. 싫은 것을, 싫다고 말하지 못하고, 또한, 좋은 것도, 머뭇머뭇 훔치듯, 극도로 씁쓸하게 맛보고, 그리고 말로 표현할 수 없는 공포감에 몸부림치는 것이었습니다. 다시 말해서, 제게는, 양자택일의 힘조차 없었던 것입니다. 그것이, 훗날에 이르러, 결국 저의 이른바 '부끄러움 많은 생애'의, 중대한 원인이 되는 성벽 중 하나였던 듯 여겨집니다.

제가 말도 못하고, 우물쭈물하고 있었기에, 아버지는 약간 언짢은 얼굴이 되어,

"역시, 책이냐? 아사쿠사의 나카미세5)에서 정월에 추는 사자춤의 사자, 아이들이 쓰고 놀기에 적당한 크기를 팔고 있던데, 갖고 싶지 않냐?"

갖고 싶지 않냐, 는 말을 들으면, 그것으로 끝장입니다. 익살스러운 대답도 할 수 없게 됩니다. 익살꾼은, 완전히 낙제였습니다.

"책이, 좋지 않을까요?"

큰형이, 진지한 얼굴로 말했습니다.

"그러냐."

아버지는, 기분 상한 듯한 얼굴로 수첩에 적지도 않고, 탁 하고 수첩을 닫았습니다.

이 무슨 실수, 나는 아버지를 화나게 했다, 아버지의 복수는, 틀림

---

5) 仲店. 절이나 신사의 경내에 있는 가게.

없이, 무시무시할 것이다, 그 전에 어떻게든 해서 만회할 수는 없을까, 라고 그날 밤, 이불 속에서 벌벌 떨며 생각하다, 가만히 일어나 객실로 가서, 아버지가 조금 전, 수첩을 넣어두었을 책상 서랍을 열어, 수첩을 꺼내, 팔락팔락 넘겨서, 주문받은 선물을 기입한 곳을 찾아, 수첩의 연필을 핥은 뒤, 사자춤, 이라고 쓰고 잤습니다. 저는 그 사자춤의 사자는 조금도 갖고 싶지 않았습니다. 차라리, 책이 더 좋았을 정도였습니다. 그러나, 저는, 아버지가 그 사자를 제게 사주고 싶어 하신다는 사실을 깨닫고, 아버지의 그 의향에 영합하여, 아버지의 상한 심기를 되돌리고 싶었기에, 심야, 살금살금 객실로 가는 모험을, 굳이 행한 것이었습니다.

그런데, 저의 이 비상수단은, 과연 생각한 대로 대성공을 거두었습니다. 얼마 후, 아버지가 도쿄에서 돌아오셔서, 어머니에게 커다란 소리로 말하는 것을, 저는 제 방에서 들었습니다.

"나카미세의 장난감 가게에서, 이 수첩을 펼쳐보았더니, 여기, 여기에, 사자춤, 이라고 적혀 있지. 이건 내 글씨가 아니야. 어라? 하고 고개를 갸우뚱거리며, 생각해보았지. 이건 요조의 장난이야. 녀석, 내가 물을 때는, 히죽히죽하며 입을 다물고 있더니, 나중에, 무슨 일이 있어도 사자가 갖고 싶어 견딜 수 없어졌던 것이겠지. 워낙, 아무튼, 녀석은, 별난 꼬맹이니까. 시치미를 떼더니, 버젓이 적혀 있더군. 그렇게 갖고 싶었으면, 그렇다고 말하면 될 것을. 나는, 장난감 가게 앞에서 웃음이 터졌어. 요조를 얼른 이리 데려와."

또 한편, 저는, 하인과 하녀들을 양실(洋室)에 모아놓고, 하인 중

한 명에게 닥치는 대로 피아노 건반을 두드리게 한 뒤, (시골이기는 했지만, 그 집에는, 대부분의 것들이, 갖춰져 있었습니다.) 저는 그 엉터리 곡에 맞춰, 인디언 춤을 추어 보여, 모두를 크게 웃게 했습니다. 작은 형이, 플래시를 터뜨려, 저의 인디언 춤을 촬영했는데, 그 사진이 나온 것을 보니, 제가 허리에 두른 포대기(그것은 사라사로 만든 보자기였습니다.)의 이음매 사이로, 조그만 고추가 보였기에, 그것이 다시 집안의 커다란 웃음거리가 되었습니다. 제게 있어서, 이것 역시 뜻밖의 성공이었다고 해야 할 것일지도 모르겠습니다.

저는 매달, 새로 나오는 소년 잡지를 열 권 이상이나, 구독하고 있었고, 또 그 외에도, 여러 가지 책을 도쿄에 주문해서 말없이 읽고 있었기에, 엉망진창 박사님이나, 또, 뭐야뭐야 박사님과는, 아주 친숙했으며, 또, 괴담, 강담, 만담, 에도의 짧고 재미있는 이야기 등과 같은 것도, 상당히 잘 알고 있었기에, 우스꽝스러운 이야기를 진지한 얼굴로 해서, 집안사람들을 웃게 만드는 데는 부족함이 없었습니다.

하지만, 아아, 학교!

저는, 거기서는, 거의 존경을 받을 뻔했습니다. 존경받는다는 관념도 역시, 굉장히 저를, 떨게 했습니다. 거의 완전함에 가깝게 사람들을 속이지만, 그러나, 어떤 한 전지전능한 자에게 간파당해, 산산조각이 날 정도로 당해, 죽음 이상의 수치심을 느끼는 것, 그것이 '존경받는' 상태에 대한 저의 정의였습니다. 인간을 속여서, '존경받'아도, 누군가 한 사람이 알고 있다, 그렇게 해서, 인간들도, 곧, 그 한 사람에게서 이야기를 들어, 속았다는 사실을 깨달았을 때, 그때의 인간들의 분노, 복수는, 대체, 아아, 어떤 것일까요? 생각만 해도, 온몸의 털이 곤두설 것 같은 느낌이 듭니다.

저는, 부잣집에서 태어났다는 사실보다, 흔히들 말하는 '공부 잘하는 아이'라는 사실로 인해, 학교에서 존경을 얻을 것 같이 되었습니다. 저는, 어렸을 때부터 병약해서, 곧잘 한 달 두 달, 혹은 한학년 가까이나 앓아누워 학교를 쉰 적도 있었지만, 그래도, 병을 앓고 난 몸으로 인력거를 타고 학교로 가, 학년말 시험을 보면, 반의 누구보다도 말하자면 '잘한' 모양이었습니다. 몸이 괜찮을 때에도, 저는, 전혀 공부하지 않았으며, 학교에 가서도 수업시간에 만화 따위를 그렸고, 쉬는 시간에는 그것을 반 아이들에게 설명해주어, 웃게 만들었습니다. 글짓기에는 우스운 이야기만을 써서, 선생님께 주의를 받았지만, 그래도, 저는, 그만두지 않았습니다. 선생님은, 사실은 은근히 저의 그 우스운 이야기를 기대하고 있다는 사실을 저는, 알고 있었기 때문이었습니다. 어느 날, 저는, 평소와 다름없이, 제가 어머니를 따라서 상경하던 기차에서, 객차의 통로에 있는 가래통에 오줌을 누어버렸던 실패담(그러나, 그 상경 때에, 저는 가래통이라는 것을 모르고 한 일이 아니었습니다. 어린이의 순수함을 뽐내듯, 일부러, 그렇게 한 것이었습니다.)을, 참으로 슬프다는 듯한 필치로 써서 제출했고, 선생님은, 틀림없이 웃을 것이라는 자신감이 있었기 때문에, 교무실로 돌아가는 선생님의 뒤를, 몰래 따라갔더니, 선생님은, 교실에서 나서자마자, 저의 그 글짓기를, 반의 다른 아이들의 글짓기 속에서 골라내, 복도를 걸으며 읽기 시작하더니, 킬킬 웃으며, 직원실로 들어가 드디어 다 읽었는지, 얼굴을 새빨갛게 해가지고 커다란 소리를 올리며 웃고, 다른 선생님에게, 바로 그것을 읽게 하는 모습을 지켜보고, 저는, 아주 만족스러웠습니다.

장난꾸러기.

저는, 이른바 장난꾸러기로 보이는 데 성공했습니다. 존경받는 것에서, 벗어나기에 성공했습니다. 통신표는 전 학과 모두 10점이었지만, 품행이라는 것만은, 7점을 받기도 하고, 6점을 받기도 해서, 그것도 역시 집안의 커다란 웃음거리가 되었습니다.

그러나 저의 본성은, 그런 장난꾸러기와는, 무릇 대조적인 것이었습니다. 그 무렵, 이미 저는, 하녀나 하인들로부터, 슬픈 일을 배웠고, 욕을 당하기도 했습니다. 어린 아이에게, 그런 일을 하는 것은, 인간이 행할 수 있는 범죄 중에서도 가장 추악하고 하등하고, 잔혹한 범죄라고, 지금 저는 생각하고 있습니다. 그러나, 저는, 참았습니다. 그것으로 또 하나, 인간의 특질을 본 것 같다는 느낌조차 들어, 그래서, 힘없이 웃었습니다. 만약 저에게, 사실을 이야기하는 습관이 있었다면, 주눅 들지 않고, 그들의 범죄를 아버지나 어머니에게 호소할 수 있었을지 모르겠지만, 그러나, 저는, 그 아버지와 어머니조차도 전부는 이해할 수 없었습니다. 인간에게 호소한다, 저는, 그 수단에는 조금도 기대를 걸지 못했습니다. 아버지에게 호소해도, 어머니에게 호소해도, 순경에게 호소해도, 정부에 호소해도, 결국은 처세에 능한 사람에게, 세상 사람들이 듣기에 좋은 변명을 한껏 떠들게 하는 것뿐은 아닌지.

틀림없이 공평하지 않을 것이라는 점을, 잘 알고 있다. 어차피, 인간에게 호소해봐야 소용없는 일이다. 저는 역시, 사실은 아무것도 말하지 못하고, 참으며, 그렇게 익살을 계속해나갈 수밖에, 없다는 생각이 들었습니다.

뭐야, 인간에 대한 불신을 말하는 거냐? 그래? 너 언제부터 기독교인이 된 거냐, 라고 비웃을 사람이 혹시 있을지 모르겠지만, 그러나, 인간에 대한 불신이, 반드시 바로 종교의 길로 통해 있는 것이라고는 말할 수 없다고, 제게는 생각됩니다만. 실제로 그 비웃는 사람들까지도 포함해서, 인간은, 서로의 불신 속에서, 여호와고 뭐고 염두에 두지 않고, 아무렇지도 않게 살아가고 있지 않습니까? 역시, 제가 어렸을 때의 일이었는데, 아버지가 속해 있던 어떤 정당의 유명한 사람이, 우리 마을에 연설을 하러 왔는데, 저는 하인들과 함께 극장으로 들으러 갔었습니다. 만원이었고, 그리고, 우리 마을의 특히 아버지와 친하게 지내는 사람들의 얼굴은 모두, 보였는데, 힘차게 박수 등을 쳤습니다. 연설이 끝나자, 청중은 눈 내리는 밤길을 삼삼오오 짝을 지어 집으로 돌아갔는데, 형편없이 오늘 밤의 연설회에 대한 험담을 하는 것이었습니다. 그중에는, 아버지와 특히 친하게 지내는 사람의 목소리도 섞여 있었습니다. 아버지의 개회사도 서툴렀고, 그 유명한 사람의 연설도 뭐가 뭔지, 모르겠다, 며 그 이른바 아버지의 '동지들'이 호통에 가까운 목소리로 말하는 것이었습니다. 그런데 그 사람들은, 우리 집에 들러 객실로 들어와, 오늘 밤의 연설회는 대성공이었다고, 진심으로 기쁘다는 듯한 얼굴로 아버지에게 말했습니다. 하인들까지, 오늘 밤 연설회는 어땠냐고 어머니가 묻자, 아주 재미있었다, 고 말하며 시치미를 뚝 떼는 것이었습니다. 연설회만큼 재미없는 것도 없다, 고 돌아오는 길에, 하인들은 한탄을 했었습니다.

　그러나, 이런 것은, 아주 사소한 일례에 지나지 않습니다. 서로가 서로를 속이고, 그런데도 신기하게 아무런 상처도 받지 않고, 서로가 속이고 있다는 사실조차 깨닫지 못하는, 참으로 선명한, 그야말로 맑고 밝고 명랑한 불신의 예가, 인간의 생활에 충만해 있는 것 같다는 생각이 듭니다. 그러나, 저는, 서로를 속이고 있다는 사실에는, 그렇게 특별한 흥미도 없습니다. 저도 역시, 익살로, 아침부터 밤까지 인간들을 속이고 있습니다. 저는, 수신(修身) 교과서적인 정의네 뭐네 하는 도덕에는, 별로 관심이 없습니다. 제게는, 서로를 속이고 있으면서, 맑고 밝고 명랑하게 살고 있는, 혹은 살아갈 자신을 가지고 있는 그런 인간이 난해하게 느껴졌습니다. 인간은, 끝내 저에게 그 묘체(妙諦)를 가르쳐주지 않았습니다. 그것만 알았다면, 저는, 인간을 이처럼 두려워하지 않고, 또한, 필사의 서비스 따위 하지 않아도, 됐을 것입니다. 인간의 생활과 대립하게 되어, 밤이면 밤마다 지옥과도 같은 이 정도의 괴로움을 맛보지 않아도 되었을 것입니다. 다시 말해서, 제가 하인과 하녀들의 증오해야 할 그 범죄조차, 아무에게도 호소하지 않았던 것은, 인간에 대한 불신 때문이 아니라, 또 물론 기독교주의 때문도 아니라, 인간이, 요조라는 저에게 대해서 신용의 껍질을 굳게 닫고 있었기 때문이라고 생각합니다. 부모님조차, 제게는 난해한 모습을, 때때로, 보이는 적이 있었으니.

그리고, 그 누구에게도 호소하지 않는, 제 고독의 냄새를, 많은 여성들이, 본능적으로 맡아, 훗날 여러 가지로, 저의 허점을 이용하는 한 원인이 된 듯한 느낌이 들기도 합니다.

　다시 말해서, 저는, 여성에게 있어서, 사랑의 비밀을 지킬 수 있는 남자였던 셈입니다.

두 번째 수기

바다의, 물가라고 해도 좋을 정도로 바다와 가까운 바닷가에, 새카만 나무껍질을 가진 산벚나무의, 꽤나 커다란 것이 스무 그루 이상이나 늘어서 있어, 새로운 학년이 시작되면, 산벚나무는, 갈색의 끈적해 보이는 어린잎과 함께, 푸른 바다를 배경으로 하여, 그 찬란한 꽃잎을 피우고, 머지않아, 꽃잎이 눈처럼 흩날릴 때에는, 꽃잎이 수없이 바다에 떨어져, 해면 여기저기 흩어져 떠다니다, 파도를 타고 다시 물가로 되돌아온다. 그 벚나무 해변이, 그대로 교정으로 사용되고 있는 도호쿠의 한 중학교에, 저는 수험공부도 제대로 하지 않았는데, 그럭저럭 무사히 입학할 수 있었습니다. 그리고, 그 중학교 제모(制帽)의 휘장과, 제복의 단추에도, 벚꽃이 도안화 되어 피어 있었습니다.

그 중학교 바로 가까이에, 우리 집안과 먼 친척뻘인 사람의 집이 있었는데, 그런 이유도 있었기에, 아버지가 그 바다와 벚꽃의 중학교를 제게 골라준 것이었습니다. 저는, 그 집에 맡겨져, 어차피 학교 바로 옆이었기에, 조례를 알리는 종소리를 듣고, 뛰어서 등교하는, 상당히 나태한 중학생이었지만, 그래도, 그 익살로 인해, 하루하루

반 친구들의 인기를 얻고 있었습니다.

태어나서 처음으로, 이른바 타향으로 나간 것인데, 제게는, 그 타향이, 제가 태어난 고향보다, 훨씬 더 편안한 곳이라 여겨졌습니다. 그건, 저의 익살도 그 무렵에는 더욱 몸에 익기 시작해서, 사람을 속이는 데 예전처럼 고생을 필요로 하지 않게 되었기 때문, 이라고 해설해도 상관은 없을 테지만, 그러나, 그보다, 부모님과 타인, 고향과 타향, 거기에는 도저히 벗어날 수 없는 연기의 난이도의 차이가, 그 어떤 천재에게도, 설령 신의 아들인 예수에게조차, 존재하고 있는 법 아닐까요. 배우에게 있어서, 가장 연기하기 힘든 장소는, 고향의 극장으로, 게다가 육친권속 전부 모여 앉아 있는 공간 속에서는, 아무리 명배우라 할지라도 제대로 연기하지 못하게 되는 것 아닐까요. 하지만 저는 연기해 왔습니다. 더구나, 그것이, 상당한 성공을 거두었습니다. 그 정도로 보통내기가 아닌 사람이, 타향에 나와서, 만에 하나라도 연기에 실수를 한다는 건 있을 수 없는 일이었습니다.

저의 인간에 대한 공포는, 그야 전보다 더하면 더했지 덜하지는 않을 정도로 격렬하게 가슴속에서 꿈틀거리고 있었지만, 그러나, 연기는 실로 물이 오르기 시작해서, 교실에서는, 언제나 반 아이들을 웃겼으며, 선생님도, 이 반은 오바(大庭)만 없으면, 아주 좋은 반인데, 라고 말로는 탄식하면서도, 손으로 입을 가려 웃고 있었습니다. 저는 그 천둥 같이 야만스러운 소리를 내지르는 배속장교6)조차도,

---

6) 配屬將校. 1925년에 공포된 법령에 따라 중등학교 이상에 배속되었던 육군 장교.

실로 간단히 웃음을 터뜨리게 할 수 있었습니다.

이제는, 저의 정체를 완전히 은폐한 것이 아닐까, 라고 안심하려던 순간, 저는 실로 뜻밖에도 뒤에서부터 한방 얻어맞고 말았습니다. 그것은, 뒤에서부터 한방 먹이는 사내는 언제나 그렇듯, 반에서도 가장 빈약한 몸을 하고, 얼굴도 푸르뎅뎅하게 부었으며, 그리고 틀림 없이 부형이 입던 것이라 여겨지는 소매가 쇼토쿠(聖德) 태자의 소매처럼 아주 긴 상의를 입고, 학과는 전혀 못하고, 교련이나 체조는 언제나 견학을 하는 백치와 다를 바 없는 학생이었습니다. 저조차도 설마, 그 학생에게까지 경계할 필요는 느끼지 못하고 있었습니다.

그날, 체조 시간에, 그 학생(지금 성은 기억이 나지 않지만, 이름은 다케이치<竹一>였던 것으로 기억하고 있습니다.) 그 다케이치는, 평소와 다름없이 견학, 저희는 철봉연습을 하고 있었습니다. 저는, 일부러 가능한 한 엄숙한 얼굴을 하고, 철봉을 향해, 에잇 하고 외치 며 뛰어, 그대로 멀리뛰기처럼 앞으로 날아가 버려, 모래 위에 쿵 하고 엉덩방아를 찧었습니다. 모든 것이, 계획적인 실수였습니다. 아니나 다를까 모두 크게 웃었고, 저도 씁쓸하게 웃으며 자리에서 일어나 바지의 모래를 털고 있자니, 언제 그곳으로 왔는지, 다케이치 가 내 등을 찌르며, 낮은 목소리로 이렇게 속삭였습니다.

"일. 부. 러."

저는 떨었습니다. 일부러 실수했다는 사실을, 다른 사람도 아니고, 다케이치에게 간파당할 줄은 전혀 생각지도 못했던 일이었습니다. 저는, 세계가 순간적으로 지옥의 업화(業火)에 휩싸여 불타오르는 것을 눈앞에서 본 듯한 느낌이 들어, 와앗! 하고 외치며 발광할 것 같은 기분을 필사의 힘으로 억눌렀습니다.

그 뒤부터 나날의, 저의 불안과 공포.

표면으로는 변함없이 애달픈 익살을 연기하여 모두를 웃게 만들었지만, 문득 나도 모르게 답답한 한숨이 나오고, 어떤 행동을 하든 전부 다케이치에게 속속들이 간파당하고 있으며, 그리고 그는, 머지 않아 틀림없이 모두에게, 그것을 떠들고 다닐 것이 분명하다, 는 생각이 들면, 이마에 축축하게 진땀이 배어나와, 미친 사람처럼 묘한 눈길로, 주위를 두리번두리번 덧없이 둘러보았습니다. 가능하다면, 아침, 점심, 저녁, 하루 종일, 다케이치 곁에서 떠나지 않고 그가 비밀을 말하지 못하도록 감시하고 싶은 마음이었습니다. 그리고, 제가, 그에게 달라붙어 있는 동안에, 저의 익살은, 이른바 '일부러'가 아니라, 진짜였다고 생각하도록 온갖 노력을 기울여, 운이 좋으면, 그와 둘도 없는 친구가 되고 싶다, 만약, 그 일이 모두, 불가능하다면, 이제는, 그의 죽음을 비는 수밖에 없다, 고까지 생각하게 되었습니다. 그러나, 과연, 그를 죽여야겠다는 마음만은 들지 않았습니다. 저는, 지금까지의 생애에 있어서, 다른 사람에게 살해당하고 싶다고 바란 적은 몇 번이고 있었지만, 사람을 죽이고 싶다고 생각한 적은, 한 번도 없었습니다. 그것은, 무시무시한 적에게, 오히려 행복을 주는 일일 뿐이라고 생각했기 때문이었습니다.

저는, 그를 포섭하기 위해, 우선, 얼굴에 거짓 크리스천 같이 '다정한' 미소(媚笑)를 머금고, 머리를 30도 정도 왼쪽으로 기울여, 그의 조그만 어깨를 가볍게 안고, 그런 다음 달래는 듯한 달콤한 목소리로, 그를 제가 기숙하고 있는 집에 놀러 오게 하려고 종종 권해봤지만, 그는, 언제나, 멍한 눈빛으로, 말이 없었습니다. 그런데, 저는, 어느 날의 방과 후, 틀림없이 초여름의 일이었습니다, 저물녘에 소나기가 하얗게 내려, 학생들은 어떻게 집에 가야 할지 난처해하고 있었지만, 저는 집이 바로 옆이었기 때문에 아무렇지도 않게 밖으로 뛰쳐나가려 하다가, 문득 신발장 옆에, 다케이치가 오도카니 서 있는 것을 발견하고, 가자, 우산을 빌려줄게, 라고 말해, 겁먹은 다케이치의 손을 잡아당겨, 함께 소나기 속을 달려, 집에 도착하여, 두 사람의 상의를 아주머니께 말려달라고 부탁하고, 다케이치를 이층에 있는 제 방으로 불러들이는 데 성공했습니다.

그 집은, 오십이 넘은 아주머니와, 서른 정도의, 안경을 쓴, 병에 걸린 듯한 키가 큰 언니(이 딸은, 한 번 다른 집으로 시집을 갔다가, 그 후에 다시, 집으로 돌아온 사람이었습니다. 저는, 이 사람을, 그 집안사람들처럼, 아네사〈アネサ〉라고 불렀습니다.) 그리고, 최근에 여학교를 갓 졸업한 듯한, 셋짱(セッちゃん)이라는 언니와는 달리 키가 작고 얼굴이 동그란 동생, 세 사람만의 가족으로, 아래층의 가게에는, 문방구와 운동용구를 약간 늘어놓았지만, 주요한 수입은, 세상을 떠난 남편이 세워놓고 간 대여섯 동의 나가야[7]의 집세였던 듯했습니다.

---

7) 長屋. 일본식 연립주택.

"귀가 아파."

다케이치는, 선 채로 그렇게 말했습니다.

"비를 맞았더니, 아파졌어."

제가, 살펴보니, 양쪽 귀 모두에서, 심하게 고름이 나왔습니다.
고름이, 지금 당장이라도 귓바퀴 바깥으로 흘러나오려 하고 있었습니다.

"이거, 큰일인데. 아플 만도 해."

라고 저는 과장스럽게 놀란 척한 뒤,

"비가 내리는데, 억지로 끌어내서, 미안해."

라고 여자들이 쓰는 것과 같은 말투로 '다정하게' 사과하고, 그런
다음, 밑으로 가서 솜과 알코올을 받아가지고 와서, 다케이치를 제
무릎을 베고 눕게 한 뒤, 정성스럽게 귀를 닦아주었습니다. 다케이치
도, 설마, 이것이 위선적인 악계(惡計)인 줄은 눈치채지 못한 듯,

"분명히, 여자가, 네게 반할 거야."

라고 제 무릎베개를 하고 누운 채, 무지(無智)한 인사말을 했을 정도
였습니다.

그러나 그것은, 아마, 그 다케이치조차도 의식하지 못했을 정도의,
무시무시한 악마의 예언과도 같은 것이었다는 사실을, 저는 훗날에
이르러서야 깨달았습니다. 자신이 반했다고도 하고, 상대방이 반했
다고도 하는데, 그 말은 매우 천박하고, 장난스럽고, 참으로, 우쭐거
리는 듯한 느낌으로, 아무리 이른바 '엄숙'한 장소라 할지라도, 거기
에 이 말이 한마디라도 얼굴을 내밀면, 순식간에 우울함의 가람(伽

藍)이 붕괴되어, 그저 밋밋한 것이 되어 버릴 것 같은 기분이 들지만, 상대방이 반한 데서 오는 괴로움, 등과 같은 속어가 아니라, 사랑받는 불안, 이라고 하는 문학용어를 사용하면, 반드시 우울함의 가람을 무너뜨리는 결과로는 이어지지 않을 듯도 하니, 기묘하다는 생각이 듭니다.

제가, 다케이치의 귓속 고름을 닦아내고 나자, 여자가 네게 반할 것이라는 멍청한 칭찬을 했고, 저는 그때, 그저 얼굴을 붉히고, 아무런 대답도 하지 않았지만, 그러나, 사실은, 어렴풋이 짚이는 데가 있기도 했습니다. 그러나, '여자가 반할 것'이라는 야비한 말에 의해서 생겨나는 우쭐한 분위기에 대해서, 그런 말을 들으면, 짚이는 데가 있기도 하다, 는 등의 말을 쓰는 것은, 만담 속 어리석은 도련님의 대사도 되지 못할 만큼, 우스운 감회를 띠는 것으로, 설마, 저는, 그런 장난스러운, 우쭐한 마음으로, '짚이는 데가 있기도 했'던 것은 아닙니다.

제게는, 인간의 여성이, 남성보다 몇 배나 더 난해했습니다. 저희 가족은, 여성이 남성보다 숫자가 많고, 또 친척 중에도, 여자아이들이 많고, 또한 앞서 이야기했던 '범죄'의 하녀들도 있었기에, 저는 어렸을 때부터, 여자하고만 놀며 자랐다고 말해도 과언은 아니라고 생각하는데, 그것은, 또, 그러나, 실로, 살얼음판을 밟는 것 같은 기분으로, 그 여자들과 지내온 것입니다. 거의, 전혀 짐작이, 가질 않습니다. 오리무중으로, 그리고 때때로, 호랑이의 꼬리를 밟은 것과 같은 실수를 해서, 지독한 상처를 입는데, 그것이 또, 남성에게서 받는 채찍과는 달리, 내출혈처럼 극도로 불쾌하게 내공(內攻)하여, 좀처럼 치유되지 않는 상처였습니다.

여자는 끌어당겼다가, 밀쳐낸다, 혹은 또한, 여자는, 사람이 있는 곳에서는 나를 업신여기고, 매정하게 대하다가, 아무도 없을 때는, 와락 끌어안는다, 여자는 죽은 것처럼 깊이 잠든다, 여자는 잠을 자기 위해서 살아 있는 것이 아닐까, 그 외에, 여자에 대한 여러 가지 관찰을, 저는 이미, 유년 시절부터 얻었는데, 같은 인류인 듯하면서도, 남자와는 또, 전혀 다른 생물이라는 느낌이고, 그리고 또, 이 이해할 수 없고 방심할 수 없는 생물은, 기묘하게 저를 보살피는 것이었습니다. '반한다'는 말도, 또 '좋아한다'는 말도, 저의 경우에는 조금도, 어울리지 않으며, '보살핌을 받다'라고 말하는 편이, 그나마 실상의 설명에 적합한 것일지도 모르겠습니다.

여자는, 남자보다 더욱, 익살에는, 편안함을 느끼는 듯했습니다. 제가 익살을 부려도, 남자는 과연 언제까지고 껄껄 웃고 있지는 않으며, 게다가 저도 남자에 대해서, 너무 신이 나서 익살을 지나치게 부리면 실패를 하게 된다는 사실을 알고 있었기 때문에, 반드시 적당한 선에서 마무리하도록 주의를 기울이고 있었지만, 여자는 적당한 선이라는 것을 모르고, 언제까지고 언제까지고, 저에게 익살을 요구하며, 저는 그 끝도 없는 앙코르에 응해서, 녹초가 되어버리는 것입니다. 참으로, 잘 웃습니다. 대체로, 여자는, 남자보다도 쾌락을 더욱 탐욕스럽게 먹어치울 수 있는 듯합니다.

제가 중학교 때 신세를 졌던 그 집의 언니도, 동생도, 틈만 나면,

이층에 있는 제 방으로 찾아와, 저는 그때마다 펄쩍 뛰어오를 듯 흠칫하여, 그리고 두렵기만 해서,

"공부?"

"아니."

라고 미소 지으며 책을 덮고,

"오늘 말이지, 학교에서 말이지, 몽둥이라는 지리 선생님이 말이지."

라며 입에서 술술 흘러나오는 것은, 마음에도 없는 우스갯소리였습니다.

"요조, 안경을 써봐."

어느 날 밤, 동생인 셋짱이, 아네사와 함께 제 방으로 놀러 와서, 제게 한껏 익살을 부리게 한 뒤에, 그런 말을 했습니다.

"왜?"

"잔말 말고, 써봐. 아네사의 안경을 빌려."

언제나, 이처럼 난폭하게 명령하는 듯한 어조로 말하는 것이었습니다. 익살꾼은, 얌전하게 아네사의 안경을 썼습니다. 순간, 두 딸은, 웃으며 나뒹굴었습니다.

"똑같아. 로이드랑, 똑같아."

당시 해럴드 로이드라는 외국 영화의 희극 배우가, 일본에서 인기가 있었습니다.

저는 자리에서 일어나 한쪽 손을 들고,

"제군."

이라고 말하고,

"금번, 일본 팬 여러분에게, ……."

라고 한바탕 인사를 하여, 더욱 커다랗게 웃게 만들고, 그 다음부터
는, 로이드의 영화가 그 마을 극장에 올 때마다 보러 가서, 남몰래
그의 표정 등을 연구했습니다.

그리고, 어느 가을 밤, 제가 누워서 책을 읽고 있는데, 아네사가
새처럼 잽싸게 방으로 들어와서, 갑자기 제 이불 위에 쓰러져 울기
시작하더니,

"요조가, 나를 도와줄 거지? 그렇지? 이런 집, 함께 나가버리는
편이 좋아. 도와줄 거지? 도와줘."

라고, 격한 말을 입에 담은 뒤, 다시 우는 것이었습니다. 그러나,
저는, 여자가, 이런 태도를 보인 것은, 이것이 처음이 아니기 때문에
아네사의 과격한 말에도, 그렇게 놀라지 않고, 오히려 그 진부함,
내용 없음에 흥이 깨진 듯한 마음으로, 가만히 이불에서 빠져나와,
책상 위에 있던 감의 껍질을 벗겨, 그 한 조각을 아네사에게 건네주었
습니다. 그러자, 아네사는, 훌쩍이며 그 감을 먹고,

"뭐 재밌는 책 좀 없어? 빌려줘."

라고 말했습니다.

저는 소세키(漱石)의 『나는 고양이로소이다』라는 책을, 책장에서
골라 주었습니다.

"잘 먹었어."

아네사는, 수줍은 듯 웃으며 방에서 나갔는데, 이 아네사뿐만 아니

라, 대체 여자는, 어떤 기분으로 살아 있는 걸까를 생각하는 일은, 제게 있어서, 지렁이의 생각을 살피는 것보다, 까다롭고, 번거롭고, 기분이 좋지 않은 것이라 느껴졌습니다. 그러나, 저는, 여자가 그렇게 갑자기 울기 시작하는 경우, 뭔가 달콤한 것을 건네주면, 그것을 먹고 기분이 좋아진다는 사실만은, 어렸을 때부터, 제 경험을 통해서 알고 있었습니다.

또한, 동생인 셋짱은, 자기 친구들까지 제 방으로 데리고 와서, 제가 평소와 다름없이 공평하게 모두를 웃기고, 친구들이 돌아가면, 셋짱은, 반드시 그 친구의 험담을 하는 것이었습니다. 저 사람은 불량 소녀이니, 조심하라고, 언제나 말하는 것이었습니다. 그렇다면, 일부러 데려오지 않으면, 좋을 것을, 덕분에 제 방의 손님, 거의 전부가 여자, 가 되어버렸습니다.

그러나, 그것은, 다케이치의 '여자가 반하는' 것의 실현은 아직 결코 아니었습니다. 다시 말해서, 저는, 일본 도호쿠의 해럴드 로이드에 지나지 않았던 것입니다. 다케이치의 무지한 칭찬이, 불길한 예언으로, 생생하게 살아남아서, 불길한 형모(形貌)를 드러내기 시작한 것은, 그로부터 다시, 몇 년이 지난 뒤의 일이었습니다.

다케이치는, 그리고, 저에게 또 한 가지, 중대한 선물을 했습니다.

"괴물 그림이야."

언젠가 다케이치가, 저의 이층으로 놀러 왔을 때, 가지고 온, 한 장의 원색판 권두화(卷頭畵)를 자랑스럽게 내게 보이며, 그렇게 설명했습니다.

어라? 싶었습니다. 그 순간, 제가 최종적으로 갈 길이 결정된 것 같은, 훗날에 이르러, 그런 느낌이 강하게 들었습니다. 저는, 알고 있었습니다. 그것은 고흐의 그 자화상에 지나지 않는다는 사실을 알고 있었습니다. 저희들의 소년 시절에는, 일본에서 프랑스의 이른 바 인상파의 그림이 크게 유행해서, 서양화 감상의 첫 걸음을, 대부분 이 부근에서부터 시작했기 때문에, 고흐, 고갱, 세잔느, 르누아르 등과 같은 사람의 그림은, 시골의 중학생이라도, 대부분 그 사진판을 보고 알고 있었습니다. 저도, 고흐의 원색판을 상당히 많이 봐서, 터치의 흥미로움, 색채의 선명함에 흥취를 느끼고 있기는 했지만, 그러나, 괴물 그림, 이라고는, 한 번도 생각한 적이 없었습니다.

"그럼, 이런 건, 어때? 역시, 괴물 같을까?"

저는 책장에서 모딜리아니의 화집을 꺼내, 햇볕에 그을린 적동(赤銅)과도 같은 피부의, 그 나부의 상을 다케이치에게 보여주었습니다.

"굉장한데."

다케이치는 눈을 둥그렇게 뜨고 감탄했습니다.

"지옥의 말 같아."

"역시, 괴물 같아?"

"나도, 이런 괴물 그림을 그리고 싶어."

너무나도 인간을 두려워하는 사람들은, 오히려, 더욱 더욱, 무시무시한 요괴를 확실하게 자신의 눈으로 보고 싶다고 소망하기에 이르는 심리, 신경질적인, 무엇인가에 겁먹기 쉬운 사람일수록, 폭풍우가 한층 더 강해지기를 비는 심리, 아아, 이 한 무리의 화가들은, 인간이라는 괴물에게 상처를 입고, 위협을 받은 끝에, 결국에는 환영을 믿고, 백주의 자연 속에서, 생생하게 요괴를 본 것이다, 게다가 그들은, 그것을 익살 따위로 속이지 않고, 본 그대로 표현하기에 노력한 것이다, 다케이치가 말한 것처럼, 엄연하게 '괴물 그림'을 그린 것이다, 여기에 미래의 내, 친구가 있다, 라며 저는 눈물이 흘렀을 정도로 흥분하여,

"나도 그릴게. 괴물의 그림을 그릴게. 지옥의 말을, 그릴게."
라고, 어떤 이유에서인지, 목소리를 아주 낮춰서, 다케이치에게 말했습니다.

저는, 소학교 시절부터, 그림을 그리는 것도, 보는 것도 좋아했습니다. 그러나, 제가 그린 그림은, 제가 쓴 작문만큼, 주위의 평판이, 좋지는 않았습니다. 저는, 애초부터 인간의 언어를 전혀 신용하고 있지 않았기 때문에, 작문 따위는, 제게 있어서, 그저 익살의 입문과 같은 것으로, 소학교, 중학교, 계속해서 선생님들을 광희(狂喜)하게 만들어왔지만, 그러나, 저는, 조금도 재미있지 않았으며, 그림에만은, (만화는 별개지만) 그 대상의 표현에, 어리지만 제 나름대로, 다소 고심을 했습니다. 학교 도화(圖畵)의 본보기는 재미가 없었고, 선생님의 그림은 서툴렀기에, 저는, 참으로 제멋대로 여러 가지 표현법을 스스로 궁리하여 시험해보지 않으면 안 되었습니다. 중학교에 들어가서, 저는 유화 도구도 한 벌 가지고 있었지만, 그러나, 그 터치의 본보기를, 인상파의 화풍에서 찾으려 해도, 제가 그린 것은, 마치

지요가미8)로 접은 세공품처럼 밋밋하여, 쓸 만한 것이 될 것 같지 않았습니다. 그런데 저는, 다케이치의 말로 인해, 저의 이전까지의 회화에 대한 마음가짐이, 완전히 틀렸음을 깨달았습니다. 아름답다고 느낀 것을, 그대로 아름답게 표현하려 노력했던 안일함, 어리석음. 거장들은, 아무것도 아닌 사물을, 주관적으로 아름답게 창조하고, 혹은 추한 것에 구역질을 느끼면서도, 그것에 대한 흥미를 숨기지 않고, 표현의 기쁨에 빠져 있다, 다시 말해서, 사람들의 생각에 조금도 의지하고 있지 않은 듯하다는, 화법의 유치한 입문편을, 다케이치로부터, 전수받아, 그 여자 손님들에게는 비밀로, 조금씩, 자화상의 제작에 몰두해보았습니다.

제 자신도, 오싹해질 정도로, 음참(陰慘)한 그림이 완성되었습니다. 그러나, 이것이야말로 가슴속에 꼭꼭 숨겨두고 숨겨두었던 나의 정체다, 겉으로는 밝게 웃고, 또 사람을 웃기기도 하지만, 사실은, 이런 음울한 마음을 나는 가지고 있는 것이다, 어쩔 수 없다, 고 남몰래 긍정하고, 하지만 그 그림은, 다케이치 이외의 사람에게는, 설마 누구에게도 보이지 않았습니다. 제 익살의 밑바닥에 있는 음참을 꿰뚫어보아, 갑자기 치사하게 경계를 받게 되는 것도 싫었으며, 또한, 이것을 저의 정체인 줄도 모르고, 역시 새로운 취향의 익살이라 받아들여, 커다란 웃음거리로 여겨질지도 모른다는 두려움도 있었고, 그것은 무엇보다도 괴로운 일이었기에, 그 그림은 바로 벽장 깊은

---

8) 千代紙. 꽃 등 여러 가지 무늬를 인쇄한 일본 종이.

곳에 넣어두었습니다. 또한, 학교의 도화 시간에도, 저는 그 '괴물식 수법'은 숨기고, 지금까지처럼 아름다운 것을 아름답게 그리는 식의 범용한 터치로 그렸습니다.

저는 다케이치에게만은, 전에부터 저의 상처받기 쉬운 신경을 아무렇지도 않게 보였기에, 이번의 자화상도 안심하고 다케이치에게 보여, 크게 칭찬을 들었고, 다시 두 장 세 장, 괴물의 그림을 계속 그려, 다케이치로부터 또 하나의,

"너는, 훌륭한 화가가 될 거야."

라는 예언을 얻었습니다.

여자가 반할 것이라는 예언과, 훌륭한 화가가 될 것이라는 예언, 이 두 가지 예언을 멍청한 다케이치에 의해 각인 받고, 곧, 저는 도쿄로 나오게 되었습니다.

저는, 미술학교에 들어가고 싶었지만, 아버지는, 예전부터 저를 고등학교에 넣어, 결국에는 관리로 만들 심산이었고, 제게도 그렇게 말해두었기 때문에, 말대답 하나 하지 못하는 성격인 저는, 멍하니 그것에 따랐습니다. 4학년 때부터 시험을 봐라, 라고 하시기에, 저도 벚나무와 바다의 중학교에는 이제 슬슬 싫증이 나서, 5학년에 진급하지 않고, 4학년 수료인 채로, 도쿄의 고등학교 시험을 봐서 합격했기에, 바로 기숙사 생활에 들어갔지만, 그 불결함과 난폭함에 질려버려서, 익살이 문제가 아니었기에, 의사에게 폐침윤 진단서를 작성해 받다가, 기숙사에서 나와, 우에노 사쿠라기초에 있는 아버지의 별장으로 옮겼습니다. 저는, 단체 생활이라는 것을, 도무지 할 수가

없습니다. 또 거기다, 청춘의 감격이라거나, 젊은이의 자부심이라는 말은, 들으면 한기가 느껴져, 도저히, 그, 하이스쿨 스피릿이라는 것을, 따라갈 수가 없었던 것입니다. 교실도 기숙사도, 일그러진 성욕의, 쓰레기장 같다는 느낌조차 들어, 저의 완벽에 가까운 익살도, 거기서는 아무런 도움이 되지 않았습니다.

아버지는 의회가 없을 때는, 한 달에 일주일이나 이주일밖에 그 집에 머물지 않았기 때문에, 아버지가 안 계실 때는, 상당히 넓은 그 집에, 별장지기인 노부부와 저 세 사람뿐으로, 저는, 종종 학교를 쉬고, 그렇다고 도쿄 구경을 할 마음도 일지 않았기에(저는 끝내, 메이지〈明治〉 신궁도, 구스노키 마사시게〈楠正成〉의 동상도, 센가쿠지〈泉岳寺〉 47사〈士〉의 무덤도 보지 못하고 말 것 같습니다.) 집에서 하루 종일, 책을 읽기도 하고 그림을 그리기도 했습니다. 아버지가 상경을 하시면, 저는, 매일 아침 허둥지둥 등교를 했지만, 그러나, 혼고 센다기초에 있는 서양화가, 야스다 신타로(安田新太郎) 씨의 그림학원으로 가서, 세 시간이고 네 시간이고, 데생 연습을 하는 적도 있었습니다. 고등학교 기숙사에서 나왔더니, 학교 수업에 들어가도, 저는 마치 청강생 같은 특별한 위치에 있는 듯한, 그것은 저의 일그러진 생각일지도 모르겠지만, 아무튼 저 스스로 서먹한 마음이 들어서, 학교에 가기가 더욱, 무서워졌습니다. 저는, 소학교, 중학교, 고등학교를 통해서, 결국 애교심이라는 것을 이해하지 못한 채 끝나고 말았습니다. 교가 등과 같은 것도, 한 번도 외우려 한 적이 없었습니다.

저는, 곧 그림학원에서, 어떤 미술학도로부터, 술과 담배와 매음부와 전당포와 좌익사상을 배웠습니다. 묘한 조합이지만, 그러나, 그것은 사실이었습니다.

　그 미술학도는, 호리키 마사오(堀木正雄)라고 하는데, 도쿄에서 태어났으며, 저보다 여섯 살 연장자로, 사립 미술학교를 졸업하고, 집에 아틀리에가 없기 때문에, 이 미술학원에 다니며, 서양화 공부를 계속하고 있는 것이라고 합니다.

　"5엔, 빌려주지 않을래?"

　서로 그저 얼굴만 알고 있을 뿐, 그때까지 한마디도 이야기를 나눈 적이 없었습니다. 저는 당황하여 어쩔 줄 모르고 5엔을 내밀었습니다.

　"좋았어, 마시자. 내가, 너한테 한턱낼게. 잘 생기기도 했지."

　저는 끝내 거부하지 못하고, 그 미술학원 근처에 있는, 호라이초(蓬莱町)의 카페로 끌려 들어간 것이, 그와의 교우의 시작이었습니다.

　"예전부터, 너를 눈여겨보고 있었어. 그래그래, 그 수줍은 듯한 미소, 그게 장래성이 있는 예술가 특유의 표정이야. 사귐을 위한 징표로, 건배! 기누(キヌ) 씨, 이 녀석 미남이지? 반해서는 안 돼. 이 녀석이 학원에 온 덕분에, 안타깝게도 나는, 두 번째 미남이 되어버렸어."

　호리키는, 피부가 거뭇하고 단정한 얼굴이었는데, 미술학도로는 보기 드물게, 제대로 된 양복을 입고, 넥타이의 취향도 수수했으며,

그리고 머리도 포마드를 발라 가운데서 찰싹 갈랐습니다.

저는 낯선 장소이기도 하고, 그저 무섭기만 해서, 팔짱을 끼기도 하고 풀기도 하며, 그야말로, 수줍은 듯한 미소만 짓고 있었는데, 맥주를 두어 잔 마시는 동안, 묘하게 해방된 듯한 가벼움이 느껴지기 시작했습니다.

"저는, 미술학교에 들어갈 생각이었지만, ……."

"아니, 따분해. 그런 곳은, 따분해. 학교는, 따분해. 우리의 교사는, 자연 속에 있다! 자연에 대한 파스트9)!"

그러나, 저는, 그의 말에서 조금도 경의를 느끼지 못했습니다. 바보 같은 사람이다, 그림도 틀림없이 서툴 것이다, 그러나, 놀기에는, 좋은 상대일지도 모르겠다고 생각했습니다. 다시 말해서, 저는 그때, 태어나서 처음으로, 도회의 진짜 한량을 본 것입니다. 그것은, 저와 형태는 다르지만, 역시, 이 세상 인간의 삶에서 완전히 유리되어버려, 당황하고 있다는 점에서만은, 틀림없이 같은 부류였던 것입니다. 그렇게 해서, 그는 그 익살을 의식하지 못한 채 행하며, 게다가, 그 익살의 비참함을 전혀 깨닫지 못하고 있다는 것이, 저와 본질적으로 다른 점이었습니다.

단지 노는 것일 뿐이다, 놀이 상대로 사귀고 있는 것일 뿐이다, 라며 언제나 경멸하고, 때로는 그와의 교우를 부끄럽다고까지 생각하면서도, 그와 함께 돌아다니는 동안, 결국, 저는, 그 남자에게조차

---

9) Pathos. 강렬한 정열. 격정.

깨져버리고 말았습니다.

그러나, 처음에는, 이 남자를 좋은 사람, 드물게 볼 수 있는 좋은 사람이라고만 생각했기에, 그토록 인간 공포에 걸려 있던 저도 완전히 방심을 하여, 도쿄의 좋은 안내자가 생겼다, 정도로 생각하고 있었습니다. 저는, 사실은, 혼자서는, 전차를 타면 차장이 무섭고, 가부키 극장에 들어가고 싶어도, 그 정면 현관의 주황색 융단이 깔려 있는 계단 양쪽에 나란히 서 있는 안내 아가씨들이 무섭고, 레스토랑에 들어가면, 제 뒤에 가만히 서서, 접시가 비기를 기다리는 급사인 보이가 무섭고, 특히 계산을 할 때, 아아, 어색하기만 한 저의 손놀림, 저는 물건을 사고 돈을 건네줄 때는, 인색함 때문이 아니라, 너무 긴장한 나머지, 너무 부끄러운 나머지, 너무 불안한 나머지, 공포로, 어질어질 현기증이 나고, 세상이 새카만 어둠이 되고, 거의 반 미친 기분이 들어버려, 값을 깎기는커녕, 거스름돈 받는 것을 잊을 뿐만 아니라, 산 물건을 가져오는 것조차 잊은 적도 종종 있었을 정도였기 때문에, 도저히, 혼자서 도쿄의 거리를 걷지 못하고, 그래서 어쩔 수 없이, 하루 종일 집 안에서, 데굴데굴하고 있었다는 속사정도 있었습니다.

그런데, 호리키에게 지갑을 건네주고 함께 돌아다니면, 호리키는 크게 값을 깎고, 게다가 잘 논다고 해야 하는 건지, 적은 돈으로 최대의 효과를 거두는 지불 방법을 발휘하고, 또한, 비싼 엔타쿠10)는

---

10) 円タク. 1엔 균일로 시내 일정 지역을 운행하던 택시.

멀리하고, 전차, 버스, 소형 선박 등, 각각을 구별하여 이용해, 최단시간에 목적지에 도착하는 수완을 발휘했으며, 매음부가 있는 곳에서 아침에 돌아가는 도중에는, 무슨무슨 요정에 들러서 아침 목욕을 하고, 따뜻한 두부로 가볍게 술을 마시는 것이, 싼 데 비해서, 사치스러운 기분이 드는 법이라며 현장 교육을 해주기도 하고, 그 외에, 노점의 소고기덮밥 닭꼬치는 값이 싸고 자양이 풍부하다는 사실을 주장, 술기운이 빨리 도는 것은, 전기브랜11)보다 빠른 것이 없다고 보장했으며, 어쨌든 그 계산에 대해서는 제게, 한 번도 불안, 공포를 심어준 적이 없었습니다.

그리고 또, 호리키와 함께 있으면 안심이 되는 것은, 호리키가 듣는 사람의 생각 따위는 애초부터 무시한 채, 그 이른바 정열이 분출하는 대로, (어쩌면, 정열이란, 상대방의 입장을 무시하는 것일지도 모르지만) 하루 종일, 하찮은 이야기를 계속해서, 그, 둘이서 돌아다니다 지쳐서, 어색한 침묵에 빠질 위험이, 전혀 없다는 점이었습니다. 사람과 접하며, 그 무시무시한 침묵이 그 자리에 나타나는 것을 경계하여, 원래는 입이 무거운 제가, 여기가 고비라고 필사적으로 익살을 부려온 것인데, 지금 이 멍청한 호리키가, 의식하지 못한 채, 그 익살꾼 역할을 스스로 나서서 해주기 때문에, 저는, 대답도 제대로 하지 않고, 그저 흘려듣고, 때때로, 설마, 라는 등의 말을 하며 웃기만 하면, 되었습니다.

---

11) 電氣ブラン. 브랜디와 비슷한 잡술의 상품명.

술, 담배, 매음부, 그것은 모두, 인간 공포를, 비록 일시적이기는 하나, 잊게 해줄 수 있는 매우 좋은 수단이라는 사실을, 곧 저도 알게 되었습니다. 그 수단들을 얻기 위해서라면, 제가 가지고 있는 것 전부를 매각해도 아깝지 않다는 기분조차, 품게 되었습니다.

제게는, 매음부라는 것이, 인간도, 여성도 아닌, 백치나 광인처럼 보여, 그 품속에서, 저는 오히려 완전히 안심하고, 푹 잠을 잘 수가 있었습니다. 모두, 슬플 정도로, 실로 털끝만큼도 욕심이라는 것이 없었습니다. 그리고, 저에게서, 같은 부류의 친화감과도 같은 것을 느끼는지, 저는, 언제나, 그 매음부들로부터, 답답하지 않을 정도의 자연스러운 호의를 얻었습니다. 아무런 타산도 없는 호의, 강제적이지 않은 호의, 두 번 다시 오지 않을지도 모를 사람에 대한 호의, 저는, 그 백치나 광인의 매음부들에게서, 마리아의 원광(圓光)을 실제로 본 밤도 있었습니다.

그러나, 저는, 인간에 대한 공포에서 벗어나, 아련한 하룻밤의 휴양을 얻기 위해, 그곳으로 가서, 그야말로 저와 '같은 부류'의 매음부들과 노는 동안, 어느 틈엔가 무의식적인, 어떤 불길한 분위기가 신변에 언제나 감돌게 된 듯, 이것은 저조차 전혀 생각지도 못했던 이른바 '덤과 같은 부록'이었지만, 점차 그 '부록'이, 선명하게 표면에 부각되기 시작하여, 호리키에게 그것을 지적받아, 깜짝 놀라, 그래서, 혐오스러운 마음이 들었습니다. 옆에서 보기에, 세속적인 표현을 하자면, 저는, 매음부에 의해서 여자 수행을 하고 있는데, 그것도, 최근 눈에 띄게 수완이 좋아져, 여자 수행은, 매음부에 의한 것이 가장 엄격하며, 또 그런 만큼 효과가 있는 것이라는데, 제게는 이미, 그 '여자 다루기 선수'라는 냄새가 늘 따라다니고, 여성은, (매음부뿐만 아니라) 본능적으로 그것을 맡고 다가온다, 그와 같은, 비천하고 불명예스러운 분위기를, '덤과 같은 부록'으로 받았는데, 하지만 그쪽이, 저의 휴양보다도, 훨씬 더 눈에 띄어버리게 된 듯했습니다.

호리키는 그것을 절반은 공치사로 말한 듯하지만, 그러나, 제게도, 묵직하게 짚이는 데가 있어서, 예를 들자면, 찻집의 여자로부터 치졸한 편지를 받은 기억도 있으며, 사쿠라기초 집의 이웃인 장군의 스무 살 정도 되는 딸이, 매일 아침, 제가 등교할 시각이면, 볼일도 없는 듯한데, 자기 집 문을 옅은 화장을 하고 드나들기도 하고, 소고기를 먹으러 가면, 나는 가만히 있어도 그곳의 종업원이, ⋯⋯또, 언제나 담배를 사러 가는 담뱃가게의 딸로부터 건네받은 담배 상자 안에, ⋯⋯또, 가부키를 보러 가서 옆 자리의 사람에게, ⋯⋯또, 심야의 전차에서 제가 취해 잠들었을 때, ⋯⋯또, 뜻밖에도 고향 친척의 딸로부터, 생각 끝에 보낸 듯한 편지가 와서, ⋯⋯또, 누군지도 모를 아가씨가, 제가 집을 비운 사이에 손수 만든 듯한 인형을, ⋯⋯제가 극도로 소극적이기 때문에, 전부, 그것으로 끝, 그저 단편, 그 이상의 진전은 하나도 없었지만, 어쨌든 여자에게 꿈을 꾸게 하는 분위기가, 저의 어딘가에 맴돌고 있다는 점은, 그것은, 자랑이네 뭐네 하는 시시껄렁한 농담이 아니라, 부정할 수 없는 것이었습니다. 저는, 그것을 호리키 같은 녀석에게 지적당해, 굴욕과도 같은 씁쓸함을 느낌과 동시에, 매음부와 노는 것에도, 약간 흥미가 사라졌습니다.

호리키는, 또, 그 과시하기 좋아하는 모더니티 때문에, (호리키의 경우, 그 이상의 이유가, 저는 아직도 떠오르질 않는데) 어느 날, 저를 공산주의 독서회라는 (R·S라고 부른 듯했지만, 기억이 분명하지는 않습니다.) 그런, 비밀 연구회에 데리고 갔습니다. 호리키라는 인물에게 있어서는, 공산주의의 비밀회합도, 그 '도쿄 안내' 가운데 하나 정도에 지나지 않았던 것일지도 모릅니다. 저는 이른바 '동지'에게 소개되었으며, 팸플릿을 한 부 사야 했고, 그리고 윗자리의 얼굴이 굉장히 추한 청년으로부터, 마르크스 경제학 강의를 들었습니다. 그러나, 제게, 그것은 너무나도 뻔한 일처럼 여겨졌습니다. 그야, 물론 틀림없을 테지만, 인간의 마음에는, 좀 더 이유를 알 수 없는, 무시무시한 것이 있다. 욕망, 이라는 말로도, 전부 표현할 수 없는, 바니티[12], 라는 말로도, 전부 표현할 수 없는, 색(色)과 욕(慾), 이라고 이렇게 두 개를 늘어놓아도, 전부 표현할 수 없는, 뭔지는 저도 잘 모르겠지만, 인간 세상의 밑바닥에, 경제만이 아닌, 어딘지 괴담과도 같은 것이 있는 듯한 느낌이 들어, 그 괴담에 완전히 겁을 먹은 저는, 이른바 유물론을, 물이 낮은 곳으로 흐르는 것처럼 자연스럽게 긍정하면서도, 그러나, 그것으로 인해, 인간에 대한 공포에서 해방되어, 푸른 잎을 향하여 눈을 뜨고, 희망의 기쁨을 느끼는 등의 일은 불가능했습니다. 그래도, 저는, 한 번도 결석하지 않고, 그 R·S(라고 불렀던 듯하지만, 아닐지도 모릅니다.)라는 모임에 출석했고, '동지'

---

12) vanity. 허영심

들이, 아주 중요한 일처럼, 경직된 얼굴로, 일 플러스 일은 이, 와 같이, 거의 초등의 산술에 가까운 이론 연구에 몰두하는 것이 우습게 보여 견딜 수 없었기에, 저 특유의 익살로, 회합을 편안한 분위기로 만들기에 노력, 그 때문인지, 점차 연구회의 갑갑한 분위기도 풀어져, 저는 그 회합에 없어서는 안 될 인기인 같은 형태로까지 되어버린 듯했습니다. 이, 단순해 보이는 사람들은, 저를, 역시 이 사람들과 마찬가지로 단순하고, 그리고, 낙천적인 익살꾼 '동지' 정도로 생각하고 있었는지도 모르겠지만, 만약, 그랬다면, 저는 이 사람들을 하나에서부터 열까지, 속였던 셈입니다. 저는, 동지가 아니었던 것입니다. 그러나, 그 회합에 언제나 빠짐없이 참석하여, 모두에게 익살로 서비스를 해왔습니다.

좋았기 때문이었습니다. 제게는, 그 사람들이, 마음에 들었기 때문이었습니다. 그러나, 그것은 딱히, 마르크스에 의해 맺어진 친애감은 아니었습니다.

비합법. 제게는, 그것이 약간 즐거웠던 것입니다. 오히려, 마음이 편안했던 것입니다. 세상의 합법이라는 것이, 오히려, 무섭고, (거기서는, 깊이를 알 수 없는 강한 것이 느껴집니다.) 그 구조를 이해할 수 없어, 도저히 그 창문이 없고, 추위가 뼛속까지 스미는 듯한 방에는 앉아 있을 수가 없어, 바깥은 비합법의 바다라 할지라도, 거기로 뛰어들어 헤엄치다, 마침내 죽음에 이르는 편이, 제게는, 훨씬 더 편안한 듯했습니다.

숨어 사는 사람, 이라는 말이 있습니다. 인간의 세상에서, 비참한,

패배자, 악덕한 사람을 가리키는 말인 듯한데, 저는, 제가 태어났을 때부터 숨어 사는 사람인 듯한 느낌이 들어, 세상으로부터, 저 사람은 숨어 사는 사람이라며 손가락질을 받고 있을 정도의 사람을 만나면, 저는, 반드시, 다정한 마음이 듭니다. 그리고, 그 저의 '다정한 마음'은, 제 스스로가 넋을 잃을 정도로 다정한 마음이었습니다.

또한, 범인의식(犯人意識), 이라는 말도 있습니다. 저는, 이 인간 세상에서, 평생 그 의식에 괴로워하면서도, 그러나, 그것은 저의 조강지처와 같은 반려자로, 그것과 단둘이서 쓸쓸하게 유희하는 것도, 저의 살아 있는 자세 중 하나였을지도 모르며, 또한, 속되게, 정강이에 상처가 있는 몸[13], 이라는 말도 있는 듯한데, 그 상처는, 제가 갓난아기였을 때부터, 저절로 한쪽 정강이에 나타나, 성장함에 따라서 치유되기는커녕, 더욱 깊어질 뿐으로, 뼛속에까지 달해서, 매일 밤의 고통은 천변만화(千變萬化)의 지옥이라고 말하면서도, 그러나, (이것은, 매우 기묘한 표현이지만) 그 상처는, 점점 제 혈육보다도 친밀하게 되어, 그 상처의 아픔은, 곧 상처의 살아 있는 감정, 혹은 애정의 속삭임이라고까지 여겨지는, 그런 남자에게 있어서, 그 지하운동 그룹의 분위기가, 이상하게 안심이 되고, 편안해서, 즉, 그 운동 본래의 목적보다도, 그 운동의 성질이, 제게 맞았다는 느낌이었습니다. 호리키의 경우는, 그저 멍청이의 장난으로, 저를 소개한 회합에 한 번 나간 이후로는, 마르키스트는, 생산 면의 연구와 동시에,

---

13) 예전의 범행 등 숨기는 약점이 있다는 뜻.

소비 면의 시찰도 필요하다는 둥 어쭙잖은 말장난을 하며, 그 회합에는 다가가지 않고, 어쨌든 저를, 그 소비 면의 시찰 쪽으로만 인도하고 싶어 하는 것이었습니다. 생각해보면, 당시에는, 여러 가지 형태의 마르키스트가 있었습니다. 호리키처럼, 허영의 모더니티에서, 그것을 자칭하는 자도 있었으며, 또 저처럼, 그저 비합법의 냄새가 마음에 들어서, 거기에 눌러앉은 사람도 있었고, 만약 이들의 실체를, 마르크시즘의 참된 신봉자가 꿰뚫어 보았다면, 호리키도 저도, 크게 야단을 맞고, 비열한 배신자로서, 바로 추방당했을 것입니다. 그러나, 저도, 그리고, 호리키조차도, 제명처분을 받지 않았고, 특히 저는, 그 비합법의 세계에서는, 합법의 신사들의 세계에서보다, 오히려 생기 넘치게, 이른바 '건강'하게 행동할 수 있었기 때문에, 장래성 있는 '동지'로서, 웃음이 터져 나올 것 같이 과도하게 비밀인 양하는, 여러 가지 일들을 부탁받을 정도가 되었습니다. 또한, 실제로, 저는, 그런 일을 한 번도 거절한 적이 없었으며, 아무렇지도 않게 무슨 일이든 받아들였고, 쓸데없이 어색하게 행동하여, 개(동지들은, 경찰을 그렇게 불렀습니다.)에게 의심을 사서 불심신문 따위를 받아 실패하는 일도 없었으며, 웃으면서, 또, 사람들을 웃기면서, 그 위험(그 운동의 무리들이, 매우 중요한 일인 양 긴장해서, 탐정소설의 어설픈 흉내 같은 짓까지 해가며, 극도의 경계를 품고, 그렇게 해서 제게 부탁하는 일은, 그야말로, 어처구니가 없을 정도로, 하찮은 것이었지만, 그래도, 그들은, 그 일을, 한없이, 위험해하며 긴장을 하는 것이었습니다.)하다고, 그들이 칭하는 일을, 어쨌든 정확하게 해치웠습니다. 저의 그 당시의 기분으로는, 당원이 되어 체포당해, 설령 종신, 형무소에서 생활하게 된다 할지라도, 아무렇지도 않았던 것입니다. 세상 사람들의 '실생활'이라는 것을 두려워하며, 매일 밤 불면의 지옥에서 신음하기보다는, 차라리 감옥이, 편할지도 모르겠다고 생각하고 있었습니다.

아버지는, 사쿠라기초의 별장에서는, 손님이 찾아오기도 하고, 외출을 하기도 하고, 같은 집에 살면서도, 사흘이고 나흘이고 저와 얼굴을 마주치는 적이 없을 정도였는데, 그렇지만, 아무래도, 아버지가 거북하고, 무서워서, 이 집을 나가서, 어딘가에서 하숙이라도, 라고 생각하면서도 말을 하지 못하고 있던 차에, 아버지가 그 집을 팔 생각으로 있는 것 같다는 사실을 별장지기 할아범으로부터 들었습니다.

아버지의 의원 임기가 슬슬 만기에 가까워져, 여러 가지 이유가 있었음에 틀림없지만, 이것을 마지막으로 선거에 나갈 뜻도 없고, 게다가, 고향에 한 채, 은거할 집을 세우는 등, 도쿄에는 미련도 없는 듯, 기껏해야 고등학교의 일개 학생에 지나지 않는 저를 위해서, 저택과 하인을 제공하는 것도, 쓸데없는 일이라 생각한 것인지, (아버지의 마음도 역시, 세상 사람들의 기분과 마찬가지로, 제게는 잘 알 수 없는 것입니다.) 어쨌든, 그 집은, 곧 타인의 손에 넘어갔으며, 저는, 혼고 모리카와초(森川町)의 센유칸(仙遊館)이라는 낡은 하숙의, 어둑한 방으로 이사했고, 그래서, 곧 돈이 궁하게 되었습니다.

그때까지, 아버지로부터 다달이, 일정 금액의 용돈을 건네받아,

그것은 물론, 이삼일 만에 없어져도, 그러나, 담배도, 술도, 치즈도, 과일도, 언제나 집에 있었고, 책과 문방구와 그 외, 복장에 관한 것 등 모두, 언제라도, 동네 가게에서 이른바 '외상'으로 얻을 수 있었으며, 호리키에게 메밀국수나 튀김덮밥을 사줘도, 아버지가 후원하는 구역 내의 가게라면, 저는 말없이 그 가게를 나와도 상관없었습니다.

그러던 것이 갑자기, 하숙에서 혼자 살게 되어, 모든 것을, 매달 정해진 금액의 송금에 맞추지 않으면 안 되게 되어, 저는, 어찌할 바를 몰랐습니다. 송금은, 역시, 이삼일 만에 사라져버렸으며, 저는 섬뜩하고, 두려움 때문에 미칠 것처럼 되어, 아버지, 형, 누나 등에게 번갈아가며 돈을 부탁하는 전보와, 전문에 이은 편지(그 편지에서 호소하고 있는 사정은, 하나같이, 익살의 허구였습니다. 남에게 무엇인가를 부탁하려면, 우선, 그 사람을 웃기는 것이 상책이라고 생각하고 있었던 것입니다.)를 연발하는 한편, 또한, 호리키에게 배워서, 부지런히 전당포를 다니기 시작, 그래도, 언제나 돈이 부족했습니다.

애초부터, 제게는, 아무런 연고도 없는 하숙에서, 혼자 '생활' 해나갈 능력이 없었던 것입니다. 저는, 하숙의 그 방에서, 혼자 가만히 있는 것이, 두렵고, 당장이라도 누군가에게 습격을 받아, 일격을 당할 것 같은 기분이 들어, 거리로 뛰쳐나가서는, 그 운동을 돕기도 하고, 혹은 호리키와 함께 싸구려 술을 마시며 돌아다녀, 학업도 거의, 그리고 그림 공부도 방기한 채, 고등학교에 입학한 지, 2년째 되던 해의 11월, 저보다 나이 많은 유부녀와 정사(情死)사건을 일으키는 등, 저의 처지는, 일변했습니다.

학교에는 결석하고, 학과 공부도, 조금도 하지 않았지만, 그래도, 이상하게 시험의 답안은 요령껏 잘 작성한 듯, 그럭저럭 그때까지는, 고향의 육친을 속여 왔지만, 그러나, 이제는 슬슬, 출석일수 부족 등, 학교 쪽에서 은밀하게 고향의 아버지에게로 보고가 있었던 듯, 아버지의 대리로 큰형이, 엄격한 내용의 긴 편지를, 제게 보내게 되었습니다. 그러나, 그보다도, 저의 직접적인 고통은, 돈이 없다는 사실과, 그리고, 그 운동의 용건이, 도저히 절반은 재미라는 기분으로는 할 수 없을 정도로, 격해지고, 바빠졌다는 점이었습니다. 중앙 지구였는지, 다른 지구였는지, 어쨌든 혼고, 고이시카와, 시타야(下谷), 간다, 그 주변 학교 전부의, 마르크스 학생 운동대장이라는 자가, 저는 되어 있었던 것입니다. 무장봉기, 라는 말을 듣고, 조그만 나이프를 사서(지금 생각해보면, 그것은 연필을 깎기에도 부족한, 조그만 나이프였습니다.) 그것을, 레인코트 주머니에 넣고, 여기저기 뛰어다니며, 이른바 '연락'을 취했습니다. 술을 마시고, 푹 자고 싶다, 그러나, 돈이 없었습니다. 거기다, P(당을, 그런 은어로 불렀던 것으로 기억하는데, 어쩌면, 틀렸을지도 모릅니다.)로부터는, 차례차례 숨 돌릴 틈도 없을 만큼, 용건의 의뢰가 들어왔습니다. 저의 병약한 몸으로는, 도저히 해낼 수 있을 것 같지 않게 되었습니다. 처음부터, 비합법에 대한 흥미만으로, 그 그룹의 심부름을 하고 있었으며, 이렇게, 그야말로 농담이 진담이 된 것처럼, 눈코 뜰 새 없이 바빠지자, 저는, 남몰래 P의 사람들에게, 그건 잘못 짚은 겁니다, 당신들의 직계(直系)인 사람에게 시키는 것이 어떻겠습니까, 라는 분한 마음이 드는 것을 금할 길이 없어, 도망쳤습니다. 도망쳐서, 과연, 좋은 기분은 들지 않았기에, 죽기로 했습니다.

그 무렵, 제게 특별한 호의를 보이던 여자가, 세 명 있었습니다. 한 명은, 제가 하숙하고 있던 선유관의 딸이었습니다. 그 아가씨는, 제가 예의 운동을 돕느라 파김치가 되어 돌아와, 밥도 먹지 않고 자리에 누운 뒤에, 반드시 편지지와 만년필을 들고 제방으로 찾아와,

"죄송해요. 밑에서는, 동생들이 시끄러워서, 천천히 편지를 쓸 수가 없어요."

라며, 무엇인가 제 책상에 앉아서 한 시간 이상이나 쓰는 것이었습니다.

저도 또한, 모르는 척하고 누워 있으면 될 것을, 그 아가씨가 어쩐지 제가 말을 걸어주기를 기다리고 있는 듯한 모습이었기에, 저의 수동적 봉사정신을 발휘하여, 사실은 한마디도 말을 하고 싶지 않은 기분이었지만, 녹초가 되어 완전히 지쳐버린 몸에, 음 하고 기합을 넣어 엎드려, 담배를 피우며,

"여자에게서 온 러브레터로, 목욕물을 데워 목욕한 남자가 있다고 합니다."

"어머, 세상에. 당신이죠?"

"우유를 데워 마신 적은 있습니다."

"영광이네요, 마시세요."

빨리 이 사람, 나가줬으면 좋겠다, 편지라니, 속이 뻔히 들여다보이는데. 아침 먹고 땡, 점심 먹고 땡이라도 그리고 있는 것임에 틀림

없습니다.

"보여줘."

라고 죽어도 보고 싶지 않은 마음으로 그렇게 말하면, 어머, 싫어요, 어머, 싫어요, 라고 말하며, 그 기뻐하는 모습, 참으로 꼴사나워서, 흥이 깨질 뿐입니다. 그래서 저는, 심부름이라도 시켜야겠다, 고 생각합니다.

"미안하지만, 전찻길의 약국에 가서, 칼모틴을 사다주지 않을래? 너무 피곤하면, 얼굴이 뜨거워서, 오히려 잠을 잘 수가 없어. 돈은……."

"됐어요, 돈은."

기꺼이 일어납니다. 심부름을 시킨다는 건, 결코 여자를 풀이 죽게 만드는 일이 아니라, 오히려 여자는, 남자에게 심부름을 부탁받으면 기뻐하는 법이라는 사실도, 저는 잘 알고 있었습니다.

또 한 명은, 여자고등사범의 문과생인 이른바 '동지'였습니다. 이 사람과는, 그 운동의 용건 때문에, 싫어도 매일, 얼굴을 마주하지 않으면 안 되었습니다. 회의가 끝난 뒤에도, 그 여자는, 언제까지고 저를 따라다녔고, 그리고, 닥치는 대로 제게, 물건을 사주었습니다.

"나를 진짜 누나라고 생각해도 돼."

그 아니꼬움에 몸서리치며, 저는,

"그렇게 생각하고 있습니다."

라고, 우수가 담긴 미소의 표정을 만들어 대답했습니다. 어쨌든, 화가 나게 해서는, 무섭다, 어떻게 해서든, 속이지 않으면 안 된다, 는 생각 하나 때문에, 저는 더욱 그 추한, 보기 싫은 여자에게 봉사하여, 그리고, 물건을 사주면, (그 물건은, 참으로 멋대가리 없는 것들뿐으로, 저는 대부분, 바로 그것을, 닭 꼬치집의 아저씨 등에게 줘버렸습니다.) 기쁜 듯한 얼굴을 하고, 농담을 해서 웃기고, 어느 여름날 밤, 아무래도 떨어지지 않기에, 거리의 어두운 곳에서, 그 사람을 돌려보내기 위해서, 키스를 해주었더니, 꼴사납게 광란하듯 흥분하여, 자동차를 불러, 그 사람들의 운동을 위해서 은밀하게 빌려둔 듯한 빌딩의 사무실 같은 좁은 서양식 방으로 데리고 가서, 아침까지 한바탕 소란을 피워, 어처구니없는 누나다, 라고 저는 남몰래 쓴웃음을 지었습니다.

하숙집 딸도 그렇고, 또 이 '동지'도 그렇고, 아무래도 매일, 얼굴을 마주할 수밖에 없는 형편이 되었기 때문에, 지금까지의, 여러 여자들처럼, 제대로 피할 수가 없어, 결국, 질질, 예의 불안한 마음 때문에, 이 두 사람의 기분을 오로지 열심히 맞춰, 이미 저는, 사슬에 묶인 것과 다를 바 없는 형태가 되어버렸습니다.

그 무렵 또 저는, 긴자의 어떤 커다란 카페의 여급으로부터, 생각지도 못했던 은혜를 입어, 딱 한 번 봤을 뿐인데도, 그런데도, 그 은혜에 연연하여, 역시 꼼짝달싹할 수 없을 정도의, 걱정과, 근심에서 오는 불안함을 느꼈습니다. 그 무렵이 되자, 저도, 굳이 호리키의 안내에 의지하지 않고도, 혼자서 전차에도 탈 수 있었고, 또, 가부키 극장에도 갈 수 있었으며, 또한, 가스리¹⁴⁾로 만든 기모노를 입고, 카페에도 들어갈 수 있을 정도로, 다소간의 뻔뻔함을 가장할 수 있게 되었습니다. 마음속으로는, 변함없이, 인간의 자신감과 폭력을 이상히 여기고, 두려워하고, 번뇌하면서도, 겉모습만은, 조금씩, 타인과 진지한 얼굴의 인사, 아니, 아니다, 저는 역시 패배에 기인한 익살의 괴로운 웃음을 수반하지 않고는, 인사할 수 없는 성격이지만, 어쨌든, 제정신을 차리지 못하고 쩔쩔매며 하는 인사라도, 그럭저럭 할 수 있을 정도의 '기량'을, 예의 운동으로 돌아다닌 덕분? 혹은, 여자의? 혹은, 술? 하지만, 주로 금전 부족 덕분에 습득 직전에 있었던 것입니다. 어디에 있어도, 두렵고, 오히려 커다란 카페에 수많은 취객 또는 여급, 보이들에게 이리저리 밀리며, 섞여들 수 있다면, 저의 이 끊임없이 쫓기는 듯한 마음도 차분해지지 않을까, 라며 10엔을 들고, 긴자의 그 커다란 카페에, 혼자서 들어가, 웃으며 상대 여급에게,

"10엔밖에 없으니까, 그렇게 알아."

라고 말했습니다.

"걱정할 거 없어요."

어딘지 서쪽 지방의 사투리가 있었습니다. 그런데, 그 한마디가, 기묘하게 저의, 두려움에 떨고 있던 마음을 진정시켜주었습니다. 아니, 돈에 대한 걱정이 없어졌기 때문이 아닙니다. 그 사람 곁에 있어도 걱정할 필요가 없을 것 같다는 생각이 든 것입니다.

저는, 술을 마셨습니다. 그 사람에게 안심하고 있기 때문에, 오히

---

14) 絣. 스친 듯한 무늬를 군데군데 넣은 직물.

려 익살을 부릴 마음도 일지 않았으며, 저의 본성인 말이 없고 음울한 부분을 숨김없이 드러내, 묵묵히 술을 마셨습니다.

"이런 거, 좋아해?"

여자는, 여러 가지 음식을 제 앞에 늘어놓았습니다. 저는 고개를 저었습니다.

"술만 좋아해? 나도 마셔야지."

가을의, 추운 밤이었습니다. 저는, 쓰네코(라고 했던 것 같은데, 기억이 희미해, 분명하지 않습니다. 정사 상대의 이름조차 잊어버릴 정도의 저입니다.)가 시킨 대로, 긴자 뒷골목의, 생선초밥을 파는 한 포장마차에서, 조금도 맛있지 않은 생선초밥을 먹으면서, (그 사람의 이름은 잊었지만, 그때 생선초밥의 맛없음만은, 어찌된 일인지, 분명히 기억에 남아 있습니다. 그리고, 구렁이의 얼굴과 닮은 생김새의, 까까머리 아저씨가, 머리를 흔들흔들, 참으로 능숙한 듯 보이면서 생선초밥을 만드는 모습도, 눈앞에서 보는 것처럼 선명하게 떠올라, 뒷날 전차 등에서, 어라 어디서 본 얼굴이다, 라며 여러 가지로 생각하다, 그래, 그때 생선초밥집의 아저씨와 닮았구나, 라고 깨닫고 쓴웃음을 지은 적도 몇 번 있었을 정도였습니다. 그 사람의 이름도, 또, 얼굴 모습조차 기억에서 멀어진 지금 여전히, 그 생선초밥집 아저씨의 얼굴만은 그림으로 그릴 수 있을 정도로 정확하게 기억하고 있다니, 그때의 생선초밥이 굉장히 맛이 없고, 제게 추위와 고통을 주었던 것이라 여겨집니다. 원래, 저는, 맛있는 생선초밥이 있는 가게라는 곳에, 다른 사람에게 이끌려 가서 먹어도, 맛있다고 생각한 적은,

한 번도 없었습니다. 너무 큽니다. 엄지손가락 정도의 크기로 깔끔하게 만들 수 없을까, 라고 언제나 생각했습니다.) 그 사람을, 기다렸습니다.

혼조의 목수네 집 이층을, 그 사람이 빌리고 있었습니다. 저는, 그 이층에서, 평소 저의 음울한 마음을 조금도 숨기지 않고, 격렬한 치통에 사로잡힌 것처럼, 한손으로 뺨을 누르며, 녹차를 마셨습니다. 그런데, 그런 자태가, 오히려, 그 사람에게는, 마음에 들었던 모양입니다. 그 사람도, 몸 주위에 차가운 초겨울 바람이 불어, 낙엽만이 미친 듯이 흩날리고, 완전히 고립되어 있는 듯한 느낌의 여자였습니다.

함께 쉬면서 그 사람은, 저보다 두 살 위라는 사실, 고향은 히로시마(広島), 내게는 남편이 있어, 히로시마에서 이발소를 했었어, 작년 말, 함께 도쿄로 가출하여 도망쳐 왔는데, 남편은, 도쿄에서, 제대로 된 일을 하지 않았고 그러다 사기죄로 걸려, 형무소에 있어, 나는 매일, 이런저런 것들을 차입하러, 형무소에 다녔는데, 내일부터, 그만둘게, 라는 등의 이야기를 했지만, 저는, 어찌된 일인지, 여자의 신상에 관한 이야기에는, 조금도 흥미를 느끼지 못하는 성격으로, 그것은 여자의 이야기하는 방법이 서툰 탓인지, 다시 말해서, 이야기에 중점을 놓는 방법이 잘못된 탓인지, 어쨌든, 제게는, 언제나, 마이동풍이었습니다.

외롭다.

저는, 여자의 천만 마디 신상에 관한 이야기보다도, 이 한마디의 속삭임이, 공감을 불러일으킬 것임에 틀림없다고 기대하고 있어도, 이 세상 여자로부터, 끝내 한 번도 저는, 그 말을 들어본 적이 없었던 것을, 기이하다고도 이상하다고도 느끼고 있습니다. 그러나, 그 사람은, 말로 '외롭다'고는 이야기하지 않았지만, 무언의 지독한 외로움을, 몸의 외곽에, 한 치 정도의 폭의 기류처럼 가지고 있어, 그 사람에게 다가가면, 저의 몸도 그 기류에 휩싸여, 제가 가지고 있는 약간의 독기어린 음울한 기류와 적당하게 녹아들어, '물속의 바위에 떨어져 붙은 낙엽'처럼, 저의 몸은, 공포로부터도 불안으로부터도, 멀어질 수 있었던 것입니다.

그 백치의 매음부들의 품속에서, 안심하고 깊이 잠들었던 추억과는, 또, 전혀 달라서, (무엇보다도, 그 창부들은, 밝았습니다.) 그 사기죄 범인의 아내와 보낸 하룻밤은, 제게 있어서, 행복한(이런 터무니없는 말을, 아무런 망설임도 없이, 긍정하고 사용하는 것은, 저의 이 수기 전체에서, 다시없을 것입니다.) 해방된 듯한 밤이었습니다.

그러나, 딱 하룻밤이었습니다. 아침, 눈이 떠져, 벌떡 일어나, 저는 원래의 경박한, 거짓된 익살꾼이 되어 있었습니다. 겁쟁이는, 행복조차도 두려워하는 법입니다. 솜에 부상을 당합니다. 행복에 상처를 입는 일도 있습니다. 상처를 입기 전에, 얼른, 이대로, 헤어지고 싶다며 초조해져, 그 익살의 연막을 쳤습니다.

"돈이 떨어지면 인연도 끊어진다, 는 말은, 그건 말이지, 해석이 반대야. 돈이 떨어지면 여자에게 차인다는 의미, 가 아니야. 남자가 돈이 떨어지면, 남자는, 그저 스스로 의기소침해서, 못쓰게 되어, 웃는 소리에도 힘이 없고, 그리고, 묘하게 비뚤어져서 말이지, 결국에는 자포자기하는 마음이 되고, 남자 쪽에서 여자를 차는, 반 광란 상태가 되어, 차고 차고 끝까지 찬다는 의미란 말이야, 가나자와 다이지린[15] 이라는 책에 의하면 말이지, 가엾게도. 나도, 그 마음을 알아.”

분명히, 그런 식으로 한심한 말을 해서, 쓰네코(ツネ子)를 웃게 만들었던 기억이 있습니다. 오래 있을 필요 없다, 실례했다며, 세수도 하지 않고 재빠르게 물러났는데, 그때 제가 말했던 ‘돈이 떨어지면 인연도 끊긴다.’는 엉터리 방언이, 훗날에 이르러, 뜻밖의 관계를 만들었던 것입니다.

그로부터, 한 달, 저는, 그 밤의 은인과는 만나지 않았습니다. 헤어져, 날이 지남에 따라서, 기쁨은 희미해졌고, 사소한 은혜를 입었다는 사실이 오히려 불안해서, 저 스스로 격렬한 속박이 느껴졌으며, 그 카페의 계산을, 그때, 전부 쓰네코에게 부담하게 했다는 속된 일조차, 점차로 마음에 걸리기 시작하여, 쓰네코도 역시, 하숙집 딸이나, 그 여자고등사범과 마찬가지로, 저를 협박할 뿐인 여자처럼 여겨졌기에, 멀리 떨어져 있으면서도, 끊임없이 쓰네코를 두려워했고, 게다가 저는, 함께 잔 적이 있는 여자와, 다시 만나면, 그 순간 갑자기 왠지 모르게 열화와 같이 화를 낼 것 같다는 생각에 견딜 수가 없어, 만나는 것을 굉장히 무서워하는 성격이었기 때문에, 결국, 긴자는 멀리하는 형태가 되었지만, 그러나, 그 무서워하는 성격은, 결코 저의 교활

---

15) 金沢大辞林. 언어학자·국어학자인 가나자와 쇼자부로가 감수한 국어사 전을 말한다.

함이 아니라, 여성이라는 것은, 잘 때와, 아침, 일어났을 때 사이에, 하나의, 티끌만큼의, 관계도 부여하지 않고, 완전한 망각처럼, 보기 좋게 두 개의 세계를 절단하여 살아가고 있다는 신비한 현상을, 아직 잘 이해하지 못했기 때문이었습니다.

11월 말, 저는, 호리키와 간다의 포장마차에서 싸구려 술을 마셨고, 그 악우(惡友)는, 그 포장마차에서 나와서도, 어디 가서 더 마시자고 주장하며, 이제 우리에게는 돈이 없음에도 불구하고, 그래도, 마시자, 마시자니까, 라고 고집을 부렸습니다. 그때, 저는 취해서 대담해져 있기 때문이기도 했지만,

"알았어, 그렇다면 꿈의 나라로 데려가주지. 놀라지 마, 주지육림(酒池肉林)이라는, ……."

"카페냐?"

"맞아."

"가자!"

이렇게 되어 두 사람, 전차를 타고, 호리키는, 들떠서,

"나는, 오늘밤은, 여자에 굶주려 있어. 여급에게 키스해도 될까?"

저는, 호리키가 그런 추태를 부리는 것을, 그다지 좋아하지 않았습니다. 호리키도, 그것을 알고 있었기에, 저에게 그렇게 다짐을 해둔 것이었습니다.

"괜찮지? 키스할 거야. 내 옆에 앉은 여급에게, 꼭 키스해 보이겠어. 괜찮지?"

"괜찮겠지."

"고마워! 나는 여자에 굶주렸어."

긴자 4번가에서 내려, 그 이른바 주지육림의 커다란 카페에, 쓰네코를 의지하여 거의 빈털터리로 들어가, 빈 부스에 호리키와 마주보고 앉은 순간, 쓰네코와 또 한 명의 여급이 달려와서, 그 또 한 명의 여급이 제 옆에, 그리고 쓰네코가, 호리키의 옆에, 털썩 앉았기에, 저는, 덜컥 했습니다. 쓰네코는, 곧 키스 당한다.

분하다는 마음이 아니었습니다. 제게는, 원래부터 소유욕이라는 것이 약했으며, 또, 가끔 어렴풋이 분하다는 기분이 들어도, 그 소유권을 엄연히 주장하여, 남과 싸울 정도의 기력이 없었던 것입니다. 후에, 저는, 저의 내연의 처가 욕을 당하는 것을, 말없이 보고 있었던 적조차 있었을 정도입니다.

저는, 인간의 다툼을 가능한 한 피하고 싶었던 것입니다. 그 소용돌이에 휘말리는 것이, 두려웠던 것입니다. 쓰네코와 저는, 하룻밤을 지냈을 뿐인 사이입니다. 쓰네코는, 저의 것이 아닙니다. 분하다, 는 우쭐한 욕망을, 제가 가질 수 있을 리 없습니다. 그래도, 저는, 깜짝 놀랐습니다.

저의 눈앞에서, 호리키의 맹렬한 키스를 받는, 그 쓰네코의 신세를, 불쌍하다고 생각했기 때문이었습니다. 호리키에게 더럽혀진 쓰네코는, 나와 헤어질 수밖에 없이 될 것이다, 게다가 내게도, 쓰네코를 붙잡아둘 만큼의 적극적인 열정은 없다, 아아, 이제, 이것으로 끝이다, 라고 쓰네코의 불행에 일순 깜짝 놀랐지만, 저는 바로 물처럼 순순히 포기하고, 호리키와 쓰네코의 얼굴을 번갈아 보며, 히죽히죽

웃었습니다.

그러나, 사태는, 실로 뜻밖에도, 더욱 나쁘게 전개되었습니다.

"그만두겠어!"

라고 호리키는, 입을 일그러뜨리며 말하고,

"아무리 나라도, 이렇게 빈상인 여자에게는, ……."

할 말을 잃은 듯, 팔짱을 끼고 쓰네코를 빤히 바라보며, 쓴웃음을 짓는 것이었습니다.

"술을. 돈은 없어."

저는, 조그만 목소리로 쓰네코에게 말했습니다. 그야말로, 들이붓 듯 마시고 싶은 기분이었습니다. 이른바 속물의 눈으로 보자면, 쓰네코는 취한이 키스하기에도 모자란, 그저, 궁상맞은, 빈상의 여자였던 것입니다. 뜻밖에도, 생각 외로, 저는 벽력을 맞은 듯한 느낌이었습니다. 저는, 지금까지 예를 찾아볼 수 없을 정도, 얼마든지, 얼마든지, 술을 마셔, 엉망진창으로 취해서, 쓰네코와 얼굴을 마주하고, 서글프게 서로 미소 짓고, 참으로 그런 말을 듣고 보니, 이 여자는 아주 피곤하고 빈상일 뿐인 여자로군, 이라는 생각이 듦과 동시에, 돈이 없는 사람들끼리의 친화(빈부의 불화는, 진부한 것처럼 보여도, 역시 드라마의 영원한 주제 중 하나라고 저는 지금도 생각하고 있습니다 만) 그것이, 그 친화감이, 가슴에 치밀어 올라, 쓰네코가 사랑스럽고, 태어나서 이때 처음으로, 제 속에서 적극적으로, 미약하지만 연심(戀心)이 일어나는 것을 자각했습니다. 토했습니다. 인사불성이 되었습니다. 술을 마시고, 이처럼 제 자신을 잃을 정도로 취한 것도,

214

이때가 처음이었습니다.

눈을 떴더니, 머리맡에 쓰네코가 앉아 있었습니다. 혼조의 목수네 집 이층 방에 누워 있었습니다.

"돈이 떨어지면 인연도 끊어진다, 고 말한 것, 농담인 줄 알았더니, 정말이었구나. 찾아와 주지도 않고. 복잡한 인연이네. 내가, 벌어다 줘도, 안 되겠니?"

"안 돼."

그리고, 여자도 누워, 새벽녘에, 여자의 입에서 '죽음'이라는 말이 처음으로 나와, 여자도 인간으로서의 삶에 완전히 지친 듯했고, 또, 저도, 세상에 대한 공포, 번거로움, 돈, 예의 운동, 여자, 학업, 생각해 보면, 도무지 이 이상 참고 살아갈 수 있을 것 같지 않아, 그 사람의 제안에 가벼운 마음으로 동의했습니다.

그러나 그때에는 아직, 실감으로서의 '죽자'라는 각오는, 생겨나지 않았던 것입니다. 어딘가에 '놀이'가 숨어 있었습니다.

그날 오전, 두 사람은 아사쿠사의 6구[16]를 방황했습니다. 찻집에 들어가, 우유를 마셨습니다.

"당신, 돈을 내."

저는 자리에서 일어나, 소맷자락에서 지갑을 꺼내, 열어보니, 은전이 3개, 수치심보다도 처참한 기분에 사로잡혀, 곧 뇌리에 떠오른 것은, 선유관의 제 방, 제복과 담요만이 남아 있을 뿐, 이제 더 이상,

---

16) 아사쿠사 남서부의 번화가.

전당포에 맡길 만한 것은 하나도 없이 황량한 방, 그 외에는 내가 지금 입고 돌아다니는 가스리의 기모노와, 망토, 이것이 나의 현실이다, 살아갈 수 없다, 라고 분명히 알게 되었습니다.

제가 망설이고 있자, 여자도 일어서서, 저의 지갑을 들여다보고,

"어머, 달랑 그거?"

무심한 목소리였지만, 그것이 또한, 묵직하게 뼈에 스밀 정도로 아팠습니다. 처음으로 제가, 사랑했던 사람의 목소리였던 만큼, 아팠던 것입니다. 그랬던 만큼도, 이랬던 만큼도 없습니다, 동전 3개는, 애초부터 돈이 아닙니다. 그것은, 제가 이전까지 한 번도 맛본 적이 없었던 기묘한 굴욕이었습니다. 도저히 살아 있을 수 없는 굴욕이었습니다. 어차피 그 무렵의 저는, 아직 부잣집 도련님이라는 종족에서 완전히 벗어나지 못했던 것일 겁니다. 그때, 저는, 저 스스로도 죽어야겠다고, 실감으로써 결의한 것입니다.

그날 밤, 우리는, 가마쿠라의 바다에 뛰어들었습니다. 여자는, 이 허리띠는 가게의 친구에게서 빌린 허리띠이니, 라고 말하며, 허리띠를 풀어, 접어서 바위 위에 놓고, 저도 망토를 벗어, 같은 장소에 놓고, 함께 물에 들어갔습니다.

여자는, 죽었습니다. 그리고, 저만 살아남았습니다.

제가 고등학교의 학생이고, 또 아버지의 이름에도 얼마간, 이른바 뉴스밸류가 있었던 것인지, 신문에도 상당히 커다란 문제로 다루어졌던 듯합니다.

저는 해변의 병원에 수용되었고, 고향에서 친척이 한 명 달려와,

여러 가지 뒤처리를 해주고, 그런 다음, 고향의 아버지를 비롯해서 일가 모두 매우 화가 났으니, 이번 일을 계기로 생가와는 의절해야 될지도 모른다, 고 제게 말하고 돌아갔습니다. 그렇지만 저는, 그런 일보다, 죽은 쓰네코가 그리워서, 훌쩍훌쩍 울고만 있었습니다. 정말로, 지금까지의 사람들 중에서, 그 빈상인 쓰네코만을, 좋아했었으니.

하숙집 딸로부터, 단가를 50수나 줄줄이 적은 기다란 편지가 왔습니다. '살아주세요'라는 이상한 말로 시작되는 단가들만, 50수였습니다. 또, 저의 병실로, 간호부들이 밝게 웃으며 놀러 왔고, 저의 손을 꼭 잡고 돌아가는 간호부도 있었습니다.

제 왼쪽 폐에 고장이 있다는 사실을, 그 병원에서 발견하여, 그것이 제게 아주 유리한 일이 되어, 머지않아 저는 자살 방조죄라는 죄명으로 병원에서 경찰로 끌려갔지만, 경찰에서는, 저를 환자 취급해주어, 특별히 보호실에 수용했습니다.

심야, 보호실 옆의 숙직실에서, 불침번을 서고 있던 나이 든 순사가, 사이에 있는 문을 살짝 열고,

"이봐!"

라며 저에게 말을 걸더니,

"춥지. 이리로 와서, 몸을 녹여."

라고 말했습니다.

저는, 일부러 힘없이 숙직실로 들어가, 의자에 앉아 화롯불을 쬐었습니다.

"역시, 죽은 여자가 그립지?"

"네."

일부러, 기어들어가는 듯한 가느다란 목소리로 대답했습니다.

"그게, 역시 인정이라는 것이지."

그는 점점, 대담하게 나왔습니다.

"처음, 여자와 관계를 맺은 곳은, 어디지?"

거의 재판관처럼, 거드름을 피우며 묻는 것이었습니다. 그는, 저를 어린애라 우습게보고, 가을밤의 무료함에, 마치 그 자신이 취조의 주임이라도 된 양, 제게서 음란한 술회를 끌어내려는 속셈인 듯했습니다. 저는 재빨리 그것을 감지, 웃음이 터지려는 것을 참느라 고생을 했습니다. 그런 순사의 '비공식적인 신문'에는, 일체 대답을 거부해도 상관없다는 사실은, 저도 알고 있었지만, 그러나, 긴 가을밤에 흥을 더하기 위해, 저는, 어디까지나 얌전하게, 그 순사야말로 취조의 주임이며, 형벌의 경중을 결정하는 것도 그 순사의 생각 하나에 달렸다, 는 점을 굳게 믿어 의심치 않는다는 듯한 이른바 성의를 겉으로 드러내, 그의 음흉한 호기심을, 약간 만족시켜주는 정도의 적당한 '술회'를 했습니다.

"음, 그것으로 대충 알았어. 무슨 일이든 솔직하게 대답하면, 우리도, 그 일에는 정상을 참작하지."

"감사합니다. 잘 부탁드리겠습니다."

거의 신들린 연기였습니다. 그리고, 저를 위해서는, 무엇도, 하나도, 득이 되지 않는 명연기였습니다.

날이 밝아, 저는 서장에게 불려갔습니다. 이번에는, 정식 취조였습니다.

문을 열고, 서장실로 들어선 순간,

"오오, 잘생겼군. 이건, 자네 잘못이 아니야. 이렇게 잘생긴 남자로 낳아주신 자네 어머니 잘못이야."

피부가 거뭇한, 대학을 나온 듯한 느낌의 아직 젊은 서장이었습니다. 갑자기 그런 말을 듣고 저는, 제 얼굴의 절반에 찰싹 빨간 멍이라도 있는 것처럼, 보기 흉한 불구자처럼, 비참한 기분이 들었습니다.

이 유도나 검도 선수 같은 서장의 취조는, 실로 담박해서, 그 심야에 있었던 노순사의 은밀한, 집요하기 짝이 없는 호색적인 '취조'와는, 하늘과 땅만큼의 차이가 있었습니다. 신문이 끝나고, 서장은, 검사국에 보낼 서류를 적으면서,

"몸을 튼튼히 하지 않으면, 안 되겠는데. 혈담이 나오는 것 같던데."

라고 말했습니다.

그날 아침, 이상하게 기침이 나서, 저는 기침이 날 때마다, 손수건으로 입을 가렸는데, 그 손수건에 빨간 싸라기눈이 내린 것처럼 피가 묻어 있었던 것입니다. 그러나, 그것은 목을 통해서 나온 피가 아니라, 어젯밤, 귀 밑에 난 조그만 종기를 만지작거려서, 그 종기에서 나온 피였습니다. 그러나, 저는 그것을 말하지 않는 편이, 편의상 좋을지도 모르겠다는 생각이 문득 들었기에, 그저,

"네."

라고, 시선을 떨구고, 얌전하게 대답해두었습니다.

서장은 서류 작성을 마치고,

"기소가 될지 안 될지, 그건 검사님이 결정할 문제지만, 네 신원 인수자에게, 전보나 전화를 해서, 오늘 요코하마(橫浜)에 있는 검사국으로 와달라고, 부탁하는 편이 좋을 거야. 누군가, 있겠지, 너의 보호자나 보증인이."

아버지의 도쿄 별장에 드나들던 서화 골동상인 시부타(渋田)라는, 저희와 동향사람으로, 아버지의 심부름꾼 같은 역할을 맡고 있던 땅딸막하고 독신인 마흔 줄의 남자가, 제 학교의 보증인이 되어 있다는 사실을, 저는 떠올렸습니다. 그 남자의 얼굴이, 특히 눈매가, 넙치를 닮았다고 해서, 아버지는 언제나 그 남자를 넙치라고 불렀으며, 저도, 그렇게 부르는 데 익숙해져 있었습니다.

저는 경찰의 전화번호부를 빌려, 넙치네 집 전화번호를 찾아, 발견해냈기에, 넙치에게 전화를 해서, 요코하마의 검사국으로 와달라고 부탁했는데, 넙치는 사람이 변한 것처럼 거들먹거리는 말투로, 그래도, 어쨌든 받아들여주었습니다.

"이봐, 그 전화기, 바로 소독하는 게 좋을 거야. 워낙, 혈담이 나오니까."

제가, 다시 보호실로 물러난 뒤, 순사들에게 그렇게 명령하는 서장의 커다란 목소리가, 보호실에 앉아 있는 제 귀에까지, 도달했습니다.

정오가 지나서, 저는, 가느다란 삼노끈에 몸을 묶인 채, 그건 망토로 가려도 된다는 허락을 받았지만, 그 삼노끈의 끝을 젊은 순사가, 단단히 쥐고 있어, 둘이서 함께 전차를 타고 요코하마로 갔습니다.

그러나, 저에게는 조금의 불안도 없었고, 그 경찰의 보호실도, 노순사도 그리워져, 아아, 저는 어째서 이 모양일까요. 죄인이 되어 묶이면, 오히려 안심이 되고, 그리고 차분하게 마음이 가라앉아, 그때의 추억을, 지금 쓰는 데 있어서도, 참으로 편안하고 즐거운 기분이 듭니다.

　그러나, 그 시기의 그리운 추억 가운데에도, 딱 하나, 식은땀이 줄줄 흐르는, 평생 잊을 수 없는 비참한 실수가 있었습니다. 저는, 검사국의 어두컴컴한 한 방에서, 검사의 간단한 취조를 받았습니다. 검사는 마흔 살 전후의 차분한, (만약 제가 미모였다고 할지라도, 그것은 이른바 사음〈邪淫〉의 미모였을 것임에 틀림없지만, 그 검사의 얼굴은, 올바른 미모, 라고 말하고 싶은 총명하고 정밀〈靜謐〉한 분위기를 가지고 있었습니다.) 좀스럽지 않은 인품이었던 것 같았기에, 저도 전혀 경계하지 않고, 멍하니 진술을 했는데, 갑자기, 그 기침이 나와, 저는 소매에서 손수건을 꺼내, 살짝 그 피를 보이고, 그 기침도 또 어떤 도움이 될지도 모른다는 비열한 술수의 마음이 일어, 쿨럭, 쿨럭 하고 두 번 정도, 하지 않아도 될 거짓 기침을 과장스럽게 더해, 손수건으로 입을 감싼 채 검사의 얼굴을 슬쩍 본, 그 순간,

　"정말이냐?"

　조용한 미소였습니다. 식은땀이 줄줄, 아니, 지금 생각해도, 빙글빙글 깽깽이걸음으로 맴돌고 싶어집니다. 중학교 시절에, 그 멍청한 다케이치로부터, 일. 부. 러. 라는 말로 뒤에서부터 한방 먹어, 지옥에

221

떨어졌던, 그때의 기분 이상이라고 말해도, 결코 과언이 아니라는 생각이 듭니다. 그것과, 이것, 두 개, 제 생애에서 연기상의 커다란 실패에 대한 기록입니다. 검사에게 그런 차분한 모멸을 당하느니, 차라리 저는 10년 형을 언도받는 편이, 나았었다는 생각마저, 때때로 할 정도입니다.

저는 기소유예가 되었습니다. 그러나 조금도 기쁘지 않았으며, 더할 나위 없이 비참한 기분으로, 검사국 대기실의 벤치에 앉아, 인도인인 넙치가 오기를 기다렸습니다.

등 뒤의 높다란 창으로 저녁노을이 보이고, 갈매기가 '여(女)'라는 글자 같은 모습으로 날고 있었습니다.

세 번째 수기

1

다케이치의 예언 중, 하나는 적중, 하나는, 빗나갔습니다. 여자가 반할 것이라는, 명예롭지 못한 예언은, 적중했지만, 틀림없이 훌륭한 화가가 될 것이라는, 축복의 예언은, 빗나갔습니다.

저는, 간신히, 조악한 잡지의, 무명의 서툰 만화가가 될 수 있었을 뿐입니다.

가마쿠라의 사건 때문에, 고등학교에서 추방되어, 저는, 넙치네 집 이층의, 다다미 세 장짜리 방에서 생활하며, 고향으로부터는 다달이, 극히 소액의 돈이, 그것도 직접 제게 보내는 것이 아니라, 넙치에게로 은밀하게 보내져오는 모양이었는데, (게다가, 그것은 고향의 형님들이, 아버지 몰래 보내주는 형식이 되어 있었던 듯합니다.) 그것뿐, 나머지는 고향과의 인연이 완전히, 끊겨버려, 그래서, 넙치는 언제나 불만, 제가 비위를 맞추기 위해 웃어도, 웃지 않고, 인간이라는 것은 이렇게도 간단히, 그야말로 손바닥을 뒤집듯 변화할 수 있는 것일까, 치사스럽고, 아니, 오히려 우습다는 생각이 들 만큼, 격렬한

223

변화로,

"나가서는 안 됩니다. 어쨌든, 나가지 말아주세요."

그 말만을 제게 하는 것이었습니다.

넙치는, 제가 자살할 우려가 있다고, 생각하는 듯, 다시 말해서, 여자의 뒤를 따라서 다시 바다에 뛰어들 위험이 있다고 보고 있는 듯, 저의 외출을 강경하게 금지하고 있었습니다. 그러나, 술도 마시지 않고, 담배도 피우지 않고, 그저, 아침부터 밤까지 이층의 다다미 세 장짜리 방에서 고타쓰 안에 들어가, 낡은 잡지 따위를 읽으며 바보와 다를 바 없는 생활을 하고 있는 제게는, 자살할 기력조차 남아 있지 않았습니다.

넙치의 집은, 오쿠보(大久保)의 의전(医専) 근처에 있는데, 서화 골동상, 세류엔(靑竜園), 등과 같은 간판의 글자만은 상당히 그럴 듯하지만, 한 건물에 두 집이 사는, 그중 한 집으로, 가게의 면적도 좁고, 가게 안은 먼지투성이로, 시시한 잡동사니만 늘어놓아, (하지만, 넙치는 그 가게의 잡동사니들로 장사를 하고 있는 것이 아니라, 이른바 이쪽 나리의 비장의 물건을, 이른바 저쪽 나리에게 그 소유권을 양도하는 등의 경우에 활약하여, 돈을 벌고 있는 듯합니다.) 가게에 앉아 있는 경우는 거의 없고, 대부분 아침부터, 까다로운 얼굴을 하고 다급히 외출하여, 가게는 열일고여덟 살의 꼬맹이 혼자, 그 아이가 저의 감시자인 셈인데, 시간만 나면 동네 아이들과 밖에서 캐치볼 따위를 하면서도, 이층의 더부살이를 완전히 바보나 미친놈 정도로 생각하고 있는 듯, 어른들의 잔소리 같은 말까지 제게 했으나, 저는,

남과 언쟁을 하지 못하는 성격이기 때문에, 피곤한 듯, 그리고, 감탄한 듯한 얼굴을 하고 거기에 귀를 기울여, 복종했습니다. 그 아이는 시부타의 숨겨놓은 자식인데, 그런데도 이상한 사정이 있어서, 시부타는 이른바 친자임을 밝히지 않고, 또 시부타가 계속 독신인 것도, 아무튼 거기에 이유가 있는 듯한데, 저도 예전에, 우리 집안사람들로부터 그에 대한 소문을, 잠깐 들은 듯한 기분도 들지만, 저는, 아무래도 타인의 신상에는, 그다지 흥미를 느끼지 못하는 성격이기 때문에, 깊은 사정은 아무것도 모릅니다. 그러나, 그 아이의 눈매에도, 묘하게 물고기의 눈을 연상시키는 부분이 있었으니, 어쩌면, 정말 넙치의 숨겨놓은 자식, ……하지만, 그렇다면, 두 사람은 참으로 쓸쓸한 부자였습니다. 밤늦게, 이층에 있는 저 몰래, 두 사람은 메밀국수 등을 배달해서 말없이 먹는 적이 있었습니다.

넙치의 집에서 식사는 언제나 그 아이가 만들었으며, 이층 애물단지의 식사만은 따로 상에 차려 꼬맹이가 삼시 세 끼 이층으로 날라다 주고, 넙치와 꼬맹이는, 계단 밑의 눅눅한 다다미 네 첩 반짜리 방에서 무엇인가, 덜그럭덜그럭 그릇이 서로 부딪치는 소리를 내며, 서둘러 식사를 했습니다. 3월 말의 어느 저녁, 넙치는 뜻밖의 횡재수라도 생긴 것인지, 혹은 어떤 다른 책략이라도 있는 것인지, (그 두 개의 추측이, 전부 맞았다 할지라도, 틀림없이, 또 다른 몇 가지, 저로서는 도저히 추측할 수 없는 자잘한 원인도 있었을 테지만) 저를 아래층의 보기 드물게 술잔 등이 놓여 있는 식탁으로 불러서, 넙치가 아닌 참치회에, 한턱을 내는 사람 자신이 감탄하여, 칭찬하고, 멍하니 있는

더부살이에게도 술을 권하며,

"어떻게 할 생각입니까, 대체, 앞으로."

저는 거기에 답하지 않고, 식탁 위의 접시에서 다타미이와시[17]를 집어 들어, 그 잡어들의 은빛 눈알을 바라보고 있자니, 술기운이 어슴푸레 일기 시작해, 놀며 돌아다니던 때가 그리워, 호리키마저 그리워, 절실하게 '자유'가 갖고 싶어져, 문득, 가느다랗게 울고 싶어졌습니다.

제가 이 집에 온 뒤부터는, 익살을 연기할 의욕조차 없고, 단지 그저 넙치와 꼬맹이의 멸시 속에 몸을 눕혔으며, 넙치도 역시, 저와 마음을 터놓고 길게 이야기하는 것을 피하고 있는 모양으로, 저도 그런 넙치를 붙들고 무엇인가를 호소할 마음 따위 생기지 않아, 거의 저는, 멍청한 얼굴의 더부살이가 되어 있었습니다.

"기소유예라는 것은, 전과 몇 범이나, 그런 것은, 되지 않는 모양입니다. 그러니, 어쨌든, 당신의 마음가짐 하나로, 갱생이 가능합니다. 당신이, 만약, 개심(改心)하여, 당신 쪽에서 먼저, 진지하게 저와 상의를 하겠다면, 저도 생각해보겠습니다."

넙치의 말에는, 아니, 세상 사람들 모두의 말에는, 이처럼 까다롭고, 어딘가 몽롱하여, 책임회피와도 같은 미묘한 복잡함이 있어서, 그 대부분이 무익하다고 여겨질 정도의 엄중한 경계와, 무수하다고 해도 좋을 정도의 성가신 거래에는, 언제나 저는 당황하고, 자포자기

---

17) 疊鰯. 멸치 새끼를 김처럼 붙여서 말린 포.

하는 심정이 되어, 익살로 얼렁뚱땅 얼버무리거나, 혹은 무언의 수긍에 모든 것을 맡겨버리는, 이른바 패배의 태세를 취해버립니다.

이때도 넙치가, 저에게, 대략 다음과 같이 간단하게 보고했으면, 그것으로 끝났을 일이었다는 사실을 저는 훗날에 이르러서야 알고, 넙치의 불필요한 경계, 아니, 세상 사람들의 이해할 수 없는 겉치레, 체면에, 참으로 우울하다는 생각이 들었습니다.

넙치는, 그때, 그냥 이렇게 말하면 되었던 것입니다.

"공립이 됐든 사립이 됐든, 어쨌든 4월부터, 어딘가의 학교에 들어가세요. 당신의 생활비는, 학교에 들어가면, 고향에서, 좀 더 충분하게 보내오기로 되어 있습니다."

훨씬 후에야 알게 된 일인데, 사실은, 그렇게 하기로 되어 있었던 것입니다. 그리고, 저도 그 명령에 따랐을 것입니다. 그런데, 넙치의 쓸데없이 주의 깊고 에둘러서 하는 말 때문에, 묘하게 꼬여서, 저의 살아가는 방향도 완전히 바뀌어버리게 된 것입니다.

"진지하게 저와 상의할 마음이 없다면, 어쩔 수 없는 일이지만."

"어떤 상의?"

저는, 정말로 아무런 짐작도 할 수 없었습니다.

"그건, 당신의 가슴속에 있는 일이겠지요?"

"예를 들어서?"

"예를 들어서 라니, 당신 자신, 앞으로 어떻게 할 생각입니까?"

"일하는 편이, 좋을까요?"

"아니, 당신의 마음은, 대체 어떻습니까?"

"하지만, 학교에 들어가겠다고 해도, ……."

"그야, 돈이 필요하죠. 하지만, 문제는, 돈이 아닙니다. 당신의 마음입니다."

돈은, 고향에서 오기로 되어 있다, 고 어째서 한마디, 하지 않았던 것일까요. 그 한마디로, 저의 마음도, 결정되었을 텐데, 저에게는, 그저 오리무중이었습니다.

"어떻습니까? 뭔가, 장래의 희망, 이라고 할 만한 것이, 있습니까? 본디, 정말, 한 사람의 뒤를 봐준다는 것은, 얼마나 어려운 일인지, 도움을 받는 사람은, 알지 못합니다."

"죄송합니다."

"그야 참으로, 걱정스러운 일입니다. 저도, 일단 당신을 돌봐주기로 한 이상, 당신을 어중간한 기분으로 있게 할 수는 없습니다. 멋지게 갱생의 길을 걷겠다, 는 각오를 보여줬으면 합니다. 예를 들자면, 당신의 장래의 방침, 그것에 대해서 당신이 먼저 제게, 진지하게 상의를 해온다면, 저도 그 상의에는 응할 생각입니다. 그야, 당연히 이렇게, 가난한 넙치의 원조이니, 예전과 같은 사치를 바란다면, 기대에 어긋날 것입니다. 그러나, 당신의 마음이 분명하고, 장래의 방침을 확실히 세워, 그런 다음 저와 상의를 한다면, 저는, 설령 조금씩이라도, 당신의 갱생을 위해서, 돕겠다고까지 생각하고 있습니다. 알겠습니까? 저의 마음을. 대체, 당신은, 앞으로, 어떻게 할 생각입니까?"

"이곳의 이층에, 있게 해주시지 않으신다면, 일을 해서, ……."

"정말로, 그런 생각을 품고 있는 겁니까? 요즘 같은 세상에, 설령 제국대학교를 나왔다 할지라도, ……."

"아니요, 샐러리맨이 되지는 않을 겁니다."

"그럼, 뭡니까?"

"화가입니다."

과감하게, 그것을 말했습니다.

"네?"

저는 그때의, 목을 움츠리고 웃던 넙치의 얼굴의, 참으로 교활해 보이는 그림자를 잊을 수 없습니다. 경멸의 그림자와도 비슷하지만, 그것과는 다른, 세상을 바다에 비유하자면, 그 바다 속 천 길 깊은 곳에, 그런 기묘한 그림자가 흔들리고 있을 것 같은, 어딘지, 어른의 생활 가장 깊은 곳을 살짝 드러낸 듯한 웃음이었습니다.

그런 마음으로는 아무런 얘기도 할 수 없다, 조금도 마음이 다부지지 못하다, 생각해라, 오늘 하룻밤 진지하게 생각해보기 바란다, 라는 말을 듣고, 저는 쫓기듯 이층으로 올라가, 누워도, 특별히 아무런 생각도 떠오르지 않았습니다. 그리고, 새벽녘이 되어, 넙치의 집에서 도망을 쳤습니다.

저녁에, 틀림없이 돌아오겠습니다. 다음의 친구 집에, 장래의 방침에 대해 상의를 하러 다녀오겠으니, 걱정 마십시오. 정말로. 라고, 편지지에 연필로 크게 쓰고, 그런 다음, 아사쿠사에 있는 호리키 마사오의 주소와 성명을 적고, 살짝, 넙치의 집에서 나왔습니다.

넙치에게 잔소리를 들은 것이, 분해서 도망친 것이 아닙니다. 참으로 저는, 넙치의 말대로, 마음이 다부지지 못한 사내로, 장래의 방침이고 뭐고 제게는 전혀 짐작이 되지 않고, 게다가, 넙치의 집에서 신세를 지고 있는 것은, 넙치에게도 안 된 일이고, 머지않아, 혹시 만에 하나, 제게도 분발하겠다는 마음이 일어, 뜻을 세웠는데, 그 갱생자금을 그 가난한 넙치에게서 다달이 원조 받아야 하는 건가 하는 생각이 들자, 마음이 아주 괴로워서, 견딜 수 없는 기분이 되었기 때문이었습니다.

그러나, 저는, 이른바, '장래의 방침'을, 호리키 따위와, 상의하러 가야겠다고 진심으로 생각하고, 넙치의 집을 나온 것은 아니었습니다. 그것은, 단지, 조금이라도, 한순간이라도, 넙치를 안심하게 하고 싶어서, (그 사이에 제가, 조금이라도 멀리로 도망치고 싶다는, 탐정 소설적인 책략에서, 그런 편지를 적어 놓은 것, 이라기보다는, 아니, 그런 마음이 희미하게 있었던 것도 틀림없는 사실이지만, 그보다도, 역시 저는, 갑자기 넙치에게 충격을 주어, 그를 혼란스럽고 당황스럽게 만드는 것이, 두려웠기 때문에, 라고 말하는 편이, 얼마간 정확할지도 모르겠습니다. 어차피, 들통 날 것이 뻔하지만, 사실대로 말하기가, 무서워서, 반드시 어떤 수식을 더하는 것이, 저의 슬픈 성벽 중 하나로, 그것은 세상 사람들이 '거짓말쟁이'라고 부르며 경멸하는 성격과 비슷하지만, 그러나, 저는 제가 이익을 얻기 위해서 그 수식을 행한 적은 거의 없고, 단지 분위기의 싸늘한 급변이, 질식할 정도로 무서워서, 나중에 제게 불이익이 될 것이라는 사실을 알면서도, 저의 그 '필사의 봉사', 그것은 가령 일그러져 미약하고, 어리석은 것이라 할지라도, 그 봉사의 마음에서, 저도 모르게 한마디 수식을 더해버리는 경우가 많았던 듯한 기분도 드는데, 그러나 그 습성도 역시, 세상의 이른바 '정직한 사람'들로부터, 크게 이용당하는 꼴이 되었습니다.) 그때, 문득, 기억 깊은 곳에서 떠오른 대로 호리키의 주소와 성명을, 편지지의 끝에 적어놓은 것뿐이었습니다.

저는 넙치의 집에서 나와, 신주쿠까지 걸었고, 품속에 있던 책을 팔아, 그리고, 역시 어찌해야 좋을지 모르게 되었습니다. 저는, 모든 사람들에게 상냥한 대신, '우정'이라는 것을, 한 번도 실감한 적이 없고, 호리키 같은 놀이 친구를 제외하면, 모든 교제는, 그저 고통을 느낄 뿐으로, 그 고통을 없애기 위해서 열심히 익살을 연기하여, 오히려, 녹초가 되고, 얼마 되지는 않지만 아는 사람의 얼굴을, 그와 비슷한 얼굴조차, 거리 같은 데서 발견해도, 깜짝 놀라, 일순, 현기증이 날 정도로 불쾌한 전율에 휩싸이는 상태여서, 사람들의 호감을 받는 방법은 알아도, 사람을 사랑하는 능력에는 부족한 부분이 있는 듯합니다. (물론, 저는, 세상의 인간들에게도, 과연, '사랑'의 능력이 있는 것인지, 매우 의심스럽게 생각하고 있습니다.) 그런 저에게, 이른바 '절친한 친구'가 있을 리 없고, 게다가 제게는 '방문'의 능력조차도 없었습니다. 다른 사람 집의 문은, 제게 있어서, 그 신곡(神曲)에 나오는 지옥의 문 이상으로 기분 나쁘고, 그 문 안에서는, 무시무시한 용처럼 비린내 나는 기괴한 짐승이 움직이고 있는 것 같다는 느낌을, 과장이 아니라, 실감하고 있었던 것입니다.

누구와도, 교제가 없다. 어디에도, 찾아갈 수가 없다.

호리키.

이야말로, 농담이 현실이 된 형국이었습니다. 그 편지에 쓴 대로, 저는 아사쿠사의 호리키를 찾아가기로 한 것입니다. 저는 지금까지, 제가 호리키의 집을 찾아간 적은, 한 번도 없고, 대부분 전보로 호리키를 제가 있는 곳으로 불러들였는데, 지금은 그 전보요금을 쓰는 것조차 불안해서, 그리고 타락한 몸의 열등감에서, 전보를 치는 것만으로는, 호리키가, 와주지 않을지도 모른다고 생각하여, 무엇보다도 제가 꺼려하는 '방문'을 결의하고, 한숨을 쉬며 전차에 올라, 내게 있어서, 이 세상에서 유일하게 의지할 곳은, 그 호리키란 말인가, 라는 생각이 들자, 왠지 등줄기가 오싹해지는 것 같은 끔찍한 기분에 휩싸이게 되었습니다.

호리키는, 집에 있었습니다. 더러운 뒷골목의, 이층짜리 집으로, 호리키는 이층의 다다미 6장짜리 방 하나만을 사용, 아래층에서는, 호리키의 나이 든 부모님, 그리고 젊은 직원 이렇게 세 사람, 나막신의 끈을 묶기도 하고 두드리기도 하여 제조하고 있었습니다.

호리키는, 그날, 그의 도회인으로서의 새로운 일면을 제게 보여주었습니다. 그것은, 세상에서 말하는 깍쟁이 성질이었습니다. 촌놈인 제가, 깜짝 놀라 눈을 둥그렇게 떴을 정도로, 차갑고, 교활한 에고이즘이었습니다. 저처럼, 그저, 정처 없이 떠도는 성질의 남자가 아니었던 것입니다.

"네게는, 정말 질렸다. 아버지께서, 용서를 하셨냐? 아직이야?"

도망쳐, 왔다, 고는, 말하지 못했습니다.

저는, 평소와 다름없이, 얼버무렸습니다. 지금, 당장, 호리키에게 들킬 것이 뻔했지만, 얼버무렸습니다.

"그건, 어떻게든 될 거야."

"이봐, 웃기지도 않아. 충고하겠는데, 이쯤에서 멍청한 짓도 그만
두라고. 나는, 오늘은, 볼일이 있어. 요즘, 아주 바쁘거든."

"볼일이라니, 어떤?"

"야, 야, 방석의 실을 끊지 마."

저는 이야기를 하면서, 제가 깔고 앉아 있던 방석을 꿰맨 실이라고
해야 할지, 묶은 노끈이라고 해야 할지, 그 술 같은 네 모서리의
실 하나를 무의식중에 손가락으로 만지작거리다가, 힘껏 잡아당기기
도 하고 있었습니다. 호리키는, 호리키네 집 물건이라면, 방석의 실
하나라도 아까운 듯, 부끄러워하는 기색도 없이, 그야말로, 눈에 쌍심
지를 세우고, 저를 질타하는 것이었습니다. 생각해보면, 호리키는,
지금까지 저와의 교제에서 무엇 하나 잃은 것이 없었습니다.

호리키의 노모가, 단팥죽을 두 그릇 쟁반에 담아 왔습니다.

"아, 이런."

이라고 호리키는, 진정한 효자처럼, 노모에게 황송해하며, 말투도
부자연스러울 정도로 정중하게,

"감사합니다, 단팥죽인가요. 마음도 넓으시지. 이런 걱정은, 필요
없었는데. 볼일 때문에, 곧 외출해야 해서요. 아니, 그래도, 기껏 생각
해서 정성껏 가져오신 단팥죽을, 아깝잖아요. 먹겠습니다. 너도 하나,
어때? 어머니가, 일부러 만들어주신 거야. 아아, 이거 정말 맛있는데.
마음도 넓으시지."

라며, 완전히 연극만도 아닌 듯, 아주 기쁘게, 맛있다는 듯 먹었습니다. 저도 그것을 맛보았는데, 더운 물 냄새가 나서, 그리고, 떡을 먹었더니, 그것은 떡이 아니라, 저로서는 알 수 없는 것이었습니다. 결코, 그 가난함을 경멸한 것이 아닙니다. (저는, 그때 그것을 맛없다고는 생각지 않았으며, 또, 노모의 정성도 마음 깊이 느꼈습니다. 제게, 가난에 대한 공포감은 있어도, 경멸감은, 없습니다.) 그 단팥죽과, 그리고, 그 단팥죽에 기뻐하는 호리키에 의해서, 저는, 도회인의 깍쟁이 같은 본성, 그리고, 안과 밖을 분명하게 구별하여 생활하고 있는 도쿄 사람의 가정의 실체를 보고, 안에서나 밖에서나 변함없이, 그저 쉴 새 없이 인간의 생활에서 도망치고만 있는 바보스러운 저 혼자만이 완전히 남겨져, 호리키에게조차 버림받은 듯한 느낌에, 당황하여, 단팥죽의 칠이 벗겨진 젓가락을 놀리면서, 견딜 수 없이 외롭다는 생각이 들었다는 사실을, 기록해두고 싶었을 뿐입니다.

"미안하지만, 나는, 오늘 볼일이 있어서 말이지."

호리키는 일어나, 상의를 입으며 그렇게 말하고,

"실례하겠네, 미안하지만."

그때, 호리키에게, 여자 방문자가 있어, 저의 처지도 급변하고 말았습니다.

호리키는, 갑자기 활기를 띠며,

"아, 미안합니다. 지금 말이죠, 그곳으로 찾아뵈려 했는데, 이 사람이 갑자기 찾아와서, 아니, 상관없습니다. 자, 앉으세요."

굉장히, 당황한 듯, 제가 깔고 앉아 있던 방석을 빼서 뒤집어 내민

것을 낚아채서는, 다시 뒤집어서, 그 여자에게 권했습니다. 방에는, 호리키의 방석 외에, 손님용 방석이 딱 하나밖에 없었던 것입니다.

여자는 말랐고, 키가 큰 사람이었습니다. 그 방석은 옆으로 치우고, 입구 가까이의 한쪽 구석에 앉았습니다.

저는, 멍하니 두 사람의 대화를 듣고 있었습니다. 여자는 잡지사 사람인 것 같았는데, 호리키에게 커트인지, 뭔지를 예전부터 부탁한 모양으로, 그것을 가지러 온 듯했습니다.

"급합니다."

"다 그렸습니다. 먼 옛날에 벌써 다 그렸습니다. 이겁니다, 보세요."

전보가 왔습니다.

호리키가, 그것을 읽었는데, 기분이 좋았던 그 얼굴이 삽시간에 험악해지더니,

"쳇! 너, 이게, 어떻게 된 거지?"

넙치가 보낸 전보였습니다.

"어쨌든, 당장 돌아가. 내가, 너를 데려다줬으면 좋겠지만, 내게는 지금, 그럴 시간이, 없어. 가출을 했으면서, 그, 느긋한 표정이라니."

"댁은, 어느 쪽이세요?"

"오쿠보입니다."

저도 모르게 대답해버리고 말았습니다.

"그럼, 저희 회사 근처이니."

여자는, 고슈(甲州) 출생으로 스물여덟 살이었습니다. 다섯 살짜

리 딸아이와, 고엔지(高円寺)의 아파트에서 살고 있었습니다. 남편과 사별한 지, 3년이 된다고 했습니다.

"당신은, 꽤나 고생을 하며 자란 것 같은 사람이네요. 눈치가 빨라요. 가엾게도."

처음으로, 기둥서방 같은 생활을 했습니다. 시즈코(라는 것이, 그 여기자의 이름이었습니다.)가 신주쿠의 잡지사로 일하러 간 뒤에는, 저와 그리고 시게코(シゲ子)라는 다섯 살짜리 여자아이와 둘이서, 조용히 집을 보게 되었습니다. 이전까지는, 어머니가 안 계실 때면, 시게코는 아파트 관리인의 방에서 놀고 있었던 듯한데, '눈치가 빠른' 아저씨가 놀이상대로 나타났기 때문에, 기분이 아주 좋은 모양이었습니다.

일주일 정도, 멍하니, 저는 그곳에 있었습니다. 아파트의 창 바로 가까이에 있는 전선에, 연이 하나 걸려 있어, 봄의 먼지 머금은 바람을 맞아, 찢어지고, 그래도 꽤나, 끈질기게 전선에 엉켜 붙어 떨어지지 않고, 무엇인가 고개를 끄덕이기도 하고 있기에, 저는 그것을 볼 때마다 쓴웃음 짓고, 부끄러워지고, 꿈에까지 나타나, 시달렸습니다.

"돈이, 있었으면 좋겠어."

"……얼마 정도?"

"많이. ……돈이 떨어지면, 인연도 끊긴다, 는 말, 정말이었어."

"바보 같이. 그건, 너무 낡았어요, ……."

"그래? 하지만, 너는 몰라. 이대로라면, 나는, 도망치게 될지도 몰라."

"대체, 누가 더 가난하죠? 그리고, 누가 도망치겠다는 거예요? 이상한데."

"내 손으로 벌어서, 그 돈으로, 술, 아니, 담배를 사고 싶어. 그림도 나는, 호리키보다, 훨씬 더 잘 그려."

이럴 때, 제 머릿속에 저절로 떠오르는 것은, 그 중학교 시절에 그렸던 다케이치가 '괴물'이라고 일컬었던, 몇 장의 자화상이었습니다. 잃어버린 걸작. 그것은, 몇 번에 걸친 이사 때, 사라져버리고 말았지만, 그것만은, 틀림없이 뛰어난 그림이었다는 생각이 듭니다. 그 후, 여러 가지로 그려 보았으나, 그 추억 속의 일품(逸品)에는, 전혀 미치지 못하고, 저는 언제나, 가슴이 텅비어버린 듯한, 나른한 상실감에 계속 시달려 왔습니다.

마시다 남긴 한 잔의 압생트18).

저는, 그 영원히 보상받지 못할 상실감을, 남몰래 그렇게 형용하고 있었습니다. 그림 이야기가 나오면, 제 눈앞에, 그 마시다 남겨진 한 잔의 압생트가 어른거려, 아아, 그 그림을 이 사람에게 보여주고 싶다, 그리고, 내 재능을 믿게 하고 싶다, 는 초조함에 몸부림치는 것이었습니다.

"후후, 글쎄요. 당신은, 진지한 얼굴로 농담을 해서 귀엽다니까요."

농담이 아니다, 진심이다, 아아, 그 그림을 보여주고 싶다, 고 전에

---

18) absinthe. 알코올 성분이 강한 녹색 양주.

없이 번민을 하다, 문득 생각을 바꿔, 포기하고,

"만화 말이야. 적어도, 만화라면, 호리키보다는, 잘 그릴 거야."

그, 얼버무리기 위한 익살스러운 말이, 오히려 진담으로 받아들여졌습니다.

"맞아. 나도, 사실은 감탄을 했어요. 시게코에게 언제나 그려주고 있는 만화, 나까지 웃음이 터진다니까. 해보는 건, 어때요? 우리 회사 편집장에게, 부탁해볼 수도 있어요."

그 회사에서는, 어린이를 대상으로 한 그다지 유명하지 않은 월간 잡지를 발행하고 있었습니다.

……당신을 보고 있으면, 대부분의 여자는, 무엇인가 해주고 싶어서, 견딜 수가 없어져요. ……언제나, 흠칫흠칫하며, 그러면서도, 익살꾼이잖아요. ……가끔, 혼자서, 굉장히 우울해하는데, 그 모습이, 한층 더 여자의 마음을, 자극해요.

시즈코(シヅ子)가, 그 외에도 여러 가지 말을 해서, 추켜세워도, 그것이 곧 기둥서방의 불결한 특질이다, 라는 생각이 들어, 그야말로 더욱 '우울'해질 뿐, 조금도 기운이 나지 않고, 여자보다는 돈, 어쨌든 시즈코에게서 벗어나 자활하고 싶다고 은밀하게 생각, 궁리를 해보지만, 오히려 점점 시즈코에게 의지하지 않으면 안 될 처지가 되어, 가출의 뒤처리네 뭐네, 거의 전부, 이 여장부 같은 고슈 여자의 보살핌을 받아, 한층 더 저는, 시즈코에 대해서, 이른바 '흠칫흠칫' 하지 않을 수 없는 결과가 되어 버렸습니다.

시즈코의 조치로, 넙치, 호리키, 그리고 시즈코, 세 사람의 회담이

성립되었는데, 저는, 고향과의 인연이 완전히 끊겼고, 그리고 시즈코와 '공식적'으로 동거하게 되었으며, 이 역시, 시즈코가 분주히 뛰어다닌 덕분에 제 만화도 뜻밖에 돈벌이가 되어, 저는 그 돈으로, 술도, 담배도 샀지만, 저의 두려움, 울적함은, 더욱 깊어갈 뿐이었습니다. 그야말로 '우울'하고 '우울'해서, 시즈코네 잡지에 매달 연재만화 「긴타와 오타의 모험」을 그리고 있자면, 문득 고향의 집이 떠오르고, 너무나도 커다란 외로움에, 펜이 움직이지 않게 되어, 고개를 숙인 채 눈물을 흘린 적도 있었습니다.

그런 때의 저에게 있어서, 조그만 위안은, 시게코였습니다. 시게코는, 그 무렵 저를, 아무런 거리낌도 없이 '아버지'라고 불렀습니다.

"아버지, 기도를 하면, 신께서, 무엇이든 주신다는 거, 정말이야?"

저야말로, 그 기도를 하고 싶었습니다.

아아, 제게 차가운 의지를 주소서. 제게, '인간'의 본질을 가르쳐주소서. 사람이 사람을 밀쳐내도 죄가 되지 않습니까. 제게, 분노의 마스크를 주소서.

"응, 그래. 시게코에게는 무엇이든 주시겠지만, 아버지에게는, 안 주실지도 몰라."

저는 신에게조차, 떨고 있었습니다. 신의 사랑은 믿지 못하고, 신의 벌만을 믿고 있었던 것입니다. 신앙. 그것은, 단지 신의 채찍을 받기 위해, 고개를 숙이고 심판대에 오르는 것이라는 생각이 들었던 것입니다. 지옥은 믿었지만, 천국의 존재는, 아무래도 믿을 수가 없었던 것입니다.

"어째서, 안 주셔?"

"아버지의 말씀을, 안 들어서."

"그래? 아버지는 아주 좋은 사람이라고, 모두들 그러던데."

그건, 속이고 있기 때문이다, 이 아파트 사람들 모두가, 내게 호의를 보이고 있다는 점은, 나도 알고 있다, 그러나, 나는, 모두를 얼마나 무서워하고 있는지, 무서워하면 무서워할수록 호감을 받고, 그렇게 해서, 나는 호감을 받으면 받을수록 무서워, 모두에게서 떠나지 않으면 안 된다, 이 불행한 병을, 시게코에게 설명하기란, 참으로 어려운 일이었습니다.

"시게코는, 대체, 신에게 무엇을 달라고 하고 싶어?"

저는 아무렇지도 않다는 듯 화제를 돌렸습니다.

"시게코는 말이지, 시케코의 진짜 아버지를 갖고 싶어."

깜짝 놀라, 어질어질 현기증이 났습니다. 적. 제가 시게코의 적인지, 시게코가 저의 적인지, 어쨌든, 여기에도 나를 위협하는 무서운 어른이 있었던 것이다, 타인, 이해할 수 없는 타인, 비밀투성이인 타인, 시게코의 얼굴이, 갑자기 그렇게 보이기 시작했습니다.

시게코만은, 이라고 생각했는데, 역시, 이 사람도, 그 '갑자기 등에를 때려죽이는 소의 꼬리'를 가지고 있었던 것입니다. 저는, 그 후부터, 시게코에게조차 벌벌 떨지 않으면 안 되었습니다.

"색마! 있어?"

호리키가, 다시 저를 찾아오게 되었습니다. 그 가출한 날, 그렇게 저를 외롭게 한 남자였는데, 그래도 저는 거부하지 못하고, 희미하게 웃으며 맞아들였습니다.

"네 만화, 꽤 인기를 끌기 시작했다더군. 아마추어에게는 하룻강아지 범 무서운 줄 모르는 똥배짱이 있어서 당해낼 수가 없다니까. 하지만, 방심하지 마. 데생이, 아주 엉망이니까."

스승이라도 된 듯한 태도까지 보이는 것이었습니다. 저의 그 '괴물' 그림을, 이 녀석에게 보일 수만 있다면, 어떤 얼굴을 할까, 라며 그 공전(空轉)의 몸부림을 치면서,

"그런 말은 하지 마. 꺄악 하는 비명이 나올 거야."

호리키는, 더욱 신이 나서,

"처세에 능한 재능만으로는, 언젠가는, 들통이 나는 법이니까."

처세에 능한 재능. ……저는, 정말 쓴웃음을 지을 수밖에 없었습니다. 제게, 처세에 능한 재능! 하지만, 저처럼 인간을 두려워하고, 피하고, 속이는 것은, 예의 속언(俗諺)에서 '긁어 부스럼 만들지 말라.'고 하는 영리하고 교활한 처세훈을 준봉(遵奉)하고 있는 것과, 같은 형태다, 라고 말할 수 있는 걸까요? 아아, 인간은, 서로 상대를 모르며, 전혀 잘못 보고 있으면서, 둘도 없는 친구인 양하고, 평생, 그것을 깨닫지 못한 채, 상대방이 죽으면, 울면서 조사 같을 걸 읽는 것은 아닐지요.

호리키는, 어쨌든, (그것은 시즈코에게 억지로 부탁을 받아 어쩔 수 없이 받아들인 것임에 틀림없지만) 제 가출의 뒤처리에 입회한 사람이었기에, 이건 마치, 제 갱생의 커다란 은인이나, 월하빙인(月下氷人)이라도 된 양 행동하며, 그럴 듯한 얼굴로 제게 잔소리 같은

말을 하기도 하고, 또, 심야, 취한 채 찾아와서 자고 가기도 하고, 또 5엔(언제나 5엔이었습니다.) 빌려 가기도 했습니다.

"그런데, 너의, 여자편력도 이쯤에서 그만두지 그래. 이 이상은, 세상이, 용서하지 않을 테니."

세상이란, 대체, 무엇을 말하는 걸까요. 복수의 인간인 걸까요? 어디에, 그 세상이라는 것의 실체가 있는 걸까요? 하지만, 워낙, 강하고, 엄격하고, 무서운 것, 이라고만 생각하며 지금까지 살아 왔는데, 그러나, 호리키에게 그런 말을 듣고, 문득,

'세상이라는 건, 자네가 아닌가?'

라는 말이, 혀끝까지 나왔다가, 호리키를 화나게 하기 싫어서, 다시 삼켰습니다.

'그건 세상이, 용서하지 않는다.'

'세상이 아니다. 네가, 용서하지 않는 거겠지.'

'그런 짓을 하면, 세상으로부터 험한 꼴을 당하게 된다.'

'세상이 아니다. 너겠지.'

'지금 당장 세상에서 매장 당한다.'

'세상이 아니다. 매장하는 것은, 너겠지.'

너는, 너 개인의 두려움, 괴기, 악랄, 교활함, 요사스러움을 알라! 라는 등, 여러 가지 말들이 가슴속을 오갔지만, 저는, 그저 얼굴의 땀을 손수건으로 닦고,

"식은땀, 식은땀."

이라고 말하며 웃었을 뿐이었습니다.

하지만, 그때 이후, 저는, (세상이란 개인이 아닐까)하는, 사상과도 같은 것을 갖게 되었습니다.

그리고, 세상이란, 개인이 아닐까 하고 생각하기 시작하면서, 저는, 이전보다는 다소, 자신의 의지로 움직일 수 있게 되었습니다. 시즈코의 말을 빌려 말하자면, 저는 약간 이기적이 되었고, 흠칫흠칫하지 않게 되었습니다. 또한, 호리키의 말을 빌려서 말하자면, 이상하게 치사해졌습니다. 또한, 시게코의 말을 빌려서 말하자면, 그다지 시게코를 귀여워하지 않게 되었습니다.

말이 없고, 웃지 않고, 매일매일, 시게코를 봐주면서 「긴타와 오타의 모험」이나, 또한 천하태평 아버지의 분명한 아류인 「천하태평 스님」이나, 또한 「졸싹이 핀짱」이라는 내가 생각해도 뭐가 뭔지 모를 제목을 멋대로 붙인 연재만화 따위를, 각 사의 주문(드문드문, 시즈코의 회사 이외의 곳에서도 주문이 오게 되었지만, 그것은 전부, 시즈코의 회사보다도, 훨씬 더 품위가 떨어지는 이른바 삼류 출판사로부터의 주문뿐이었습니다)에 응해서, 참으로 참으로 음울한 기분으로, 꾸물꾸물, (제 그림의 운필은, 매우 느린 편이었습니다.) 이제는 단지, 술값이 필요하기 때문에 그려서, 그리고, 시즈코가 회사에서 돌아오면 그녀와 교대로 훌쩍 밖으로 나가, 고엔지 역 근처의 포장마차나 스탠드바에서 싸고 독한 술을 마시고, 약간 기분이 좋아져서 아파트로 돌아와,

"보면 볼수록, 이상한 얼굴을 하고 있어, 너는. 천하태평 스님의 얼굴은, 사실은, 너의 자는 얼굴에서 힌트를 얻은 거야."

"당신의 자는 얼굴도, 아주 많이 늙었어요. 마흔 살 먹은 남자 같아요."

"너 때문이야. 빨아 먹혀서 그래. 물의 흐름과, 사람의 몸은 얕구나. 무엇을 고민하나 강가의 버드나무."

"떠들지 말아요, 얼른 주무세요. 아니면, 밥을 드실래요?"

침착해서, 도저히 상대가 되지 않습니다.

"술이라면 마시겠지만. 물의 흐름과, 사람의 몸은 얕구나. 사람의 흐름과, 아니, 물의 흐르음과, 물의 몸은 얕구나."

노래를 부르며, 시즈코가 옷을 벗겨주면, 시즈코의 가슴에 제 이마를 묻고 잠들어 버리는, 그것이 저의 일상이었습니다.

그렇게 그 다음날도 같은 일을 되풀이하고,

어제와 변함없는 관례에 따르면 된다.

즉 거칠고 커다란 환락을 피하기만 하면,

자연히 또한 커다란 슬픔도 찾아오지 않는 법이다.

가는 길을 막는 거추장스러운 돌을

두꺼비는 돌아서 지난다.

우에다 빈(上田敏)이 번역한 기 샤를르 크로인가 하는 사람의, 이런 시를 발견했을 때, 저는 혼자서 불타오를 정도로 얼굴을 붉혔습니다.

두꺼비.

'그것이, 나다. 세상이 용서하는 것도, 용서하지 않는 것도 없다. 묻는 것도, 묻지 않는 것도 없다. 나는, 개보다도 고양이보다도 열등한 동물이다. 두꺼비. 어슬렁어슬렁 움직이고 있을 뿐이다.'

저의 음주는, 점차로 양이 늘기 시작했습니다. 고엔지 역 부근뿐만 아니라, 신주쿠, 긴자에까지 가서 마시고, 외박하는 일조차 있었으며, 이제는 오로지 '관례'에 따르지 않기 위해, 바에서 무뢰한인 척을 하기도 하고, 구석에서 키스를 하기도 하고, 그러니까, 다시, 그 정사 이전의, 아니, 그 무렵보다도 훨씬 더 거칠고 야비한 술꾼이 되어, 돈이 궁하면, 시즈코의 옷을 팔아치우게까지 되었습니다.

여기에 와서, 그 찢어진 연에 쓴웃음을 지은 지 1년 이상이나 지나, 벚꽃이 떨어질 무렵, 저는, 이번에도 시즈코의 허리띠와 주반 등을 몰래 꺼내다 전당포로 가서, 돈을 만들어 긴자에서 마시고, 이틀 밤 연속 외박한 뒤, 사흘째 밤에 아무래도 미안한 마음으로, 무의식중에 발소리를 죽여, 아파트의 시즈코의 방 앞까지 왔는데, 안에서, 시즈코와 시게코의 대화소리가 들려왔습니다.

"왜, 술을 마시는 거야?"

"아버지는 말이지, 술이 좋아서 마시는 게, 아니란다. 너무 좋은 사람이라, 그래서, ……."

"좋은 사람은, 술을 마시는 거야?"

"꼭 그런 건 아니지만, ……."

"아버지는, 분명히, 깜짝 놀라겠지."

"싫어할지도 몰라. 어머, 어머, 상자에서 뛰어나왔네."

"출싹이 핀짱 같아."

"그러게."

시즈코의, 참으로 행복한 듯한 낮은 웃음소리가 들려왔습니다.

제가, 문을 살짝 열어 안을 들여다보니, 하얀 새끼 토끼였습니다. 깡충깡충 방 안을, 뛰어다녔고, 모녀는 그 뒤를 좇고 있었습니다.

'행복하구나, 이 사람들은. 나 같은 멍청이가, 이 두 사람 사이에 껴들어서, 머지않아 두 사람을 엉망진창으로 만들 거야. 조그만 행복, 착한 모녀. 행복을, 아아, 만약 신이, 나 같은 녀석의 기도라도 들어준 다면, 딱 한 번, 평생에 딱 한 번이라도 좋아, 기도하겠어.'

저는, 거기에 쪼그려 앉아 손을 모으고 싶은 기분이었습니다. 가만히, 문을 닫고, 저는, 다시 긴자로 가서, 그것을 마지막으로, 그 아파트에는 가지 않았습니다.

그렇게 해서, 교바시(京橋) 아주 가까이에 있는 스탠드 바의 이층에서 저는, 이번에도 기둥서방 같은 형태로, 드러눕게 되었습니다.

세상. 가까스로 저도, 그것을 희미하게나마 알게 된 듯한 기분이 들었습니다. 개인과 개인의 싸움으로, 그것도, 그 자리에서의 싸움으로, 그것도, 그 자리에서 이기면 되는 것이다, 인간은 결코 인간에게 복종하지 않는다, 노예조차도 노예에 어울리는 비굴한 복수를 하는 법이다, 따라서, 인간에게는 그 자리에서의 단판 승부에 의지하는 것 외에, 살아나갈 방법이 없는 것이다, 대의명분 같은 것을 외치면서, 노력의 목표는 반드시 개인, 개인을 초월해서 다시 개인, 세상의 난해함은, 개인의 난해함, 대양(大洋)은 세상이 아니라, 개인인 것이다, 라고 세상이라는 넓은 바다의 환영에 떨던 것에서, 다소 해방되어, 예전만큼, 이것저것 제한 없이 마음을 쓰는 일 없이, 이른바 당장의 필요에 따라서, 얼마간 뻔뻔스럽게 행동하는 것을 익히기 시작한 것입니다.

고엔지의 아파트를 버리고, 교바시 스탠드 바의 마담에게,

"헤어지고 왔어."

그 말만 하고, 그것으로 충분, 다시 말해서 단판 승부는 결정되어, 그 밤부터, 저는 난폭하게도 그곳의 이층에서 묵게 되었는데, 그러나, 무서워야 할 '세상'은 제게 아무런 위해도 가하지 않았으며, 또 제 자신도 '세상'에 대해서 아무런 변명도 하지 않았습니다. 마담이, 그럴 마음만 있다면, 그것으로 모든 것이 상관없었던 것입니다.

저는, 그 가게의 손님 같기도 하고, 남편 같기도 하고, 심부름꾼 같기도 하고, 친척 같기도 하고, 옆에서 보기에 참으로 정체를 알 수 없는 존재였을 터인데도, '세상'은 조금도 이상히 여기지 않았으며, 그리고 그 가게의 단골들도, 저를 요짱, 요짱이라고 부르며, 아주 다정하게 대하고, 또 술을 사주었습니다.

저는 세상에 대해서, 점점 조심을 하지 않게 되었습니다. 세상이라는 곳은, 그다지, 무서운 곳이 아니다, 라고 생각하게 되었습니다. 다시 말해서, 이전까지의 저의 공포감은, 봄바람에는 백일해의 세균이 몇 십만, 목욕탕에는, 눈을 못 쓰게 하는 세균이 몇 십만, 이발소에는 대머리병 세균이 몇 십만, 국철의 손잡이에는 옴의 벌레가 우글우글, 그리고, 생선회, 소고기와 돼지고기의 설구이에는, 촌충의 유충

이네, 디스토마네, 뭐네 하는 것들의 알 등이 반드시 숨어 있고, 또한 맨발로 걸으면 발바닥으로 유리의 조그만 파편이 들어와, 그 파편이 체내를 맴돌다 눈알을 찔러 실명하는 일도 있다는 등의 이른바 '과학의 미신'에 겁을 먹고 있었던 것과 다를 바 없는 일이었습니다. 그것은, 틀림없이, 몇 십만이나 되는 세균이 떠다니고 움직이고 있는 것은, '과학적'으로도, 정확한 사실일 것입니다. 그와 동시에, 그 존재를 완전히 묵살하기만 하면, 그것은 저와 아무런 관계도 맺지 못하고 순식간에 사라져버리는 '과학의 유령'에 지나지 않는다는 사실도, 저는 알게 되었습니다. 도시락에 먹다 남은 밥풀 세 알, 천만 명이 하루에 세 알씩 먹다 남기기만 해도 그것은, 쌀 몇 가마니를 헛되이 버리는 셈이다, 라거나, 혹은 하루에 휴지 한 장을 천만 명이 절약하면, 얼마나 많은 펄프가 남게 될지, 라는 등의 '과학적 통계'에, 저는, 얼마나 떨었는지, 밥을 한 알갱이라도 남길 때마다, 또 코를 풀 때마다, 산더미만큼의 쌀, 산더미만큼의 펄프를 낭비하고 있는 것 같다는 착각에 괴로워하며, 제가 지금 중대한 범죄를 저지르고 있는 것 같다는 어두운 기분이 들곤 했었는데, 그러나, 그것이야말로 '과학의 허구', '통계의 허구', '수학의 허구'로, 세 알갱이의 밥풀은 모을 수 있는 것이 아니며, 곱셈나눗셈의 응용문제로도, 참으로 원시적이고 저능한 주제로, 전기가 들어오지 않는 어두운 변소의, 그 구멍에 사람은 몇 번에 한 번 한쪽 발을 헛디뎌 빠질까, 혹은, 국철 전차의 입구와, 플랫폼의 가장자리 사이의 그 틈에, 승객 몇 명 중 몇 명이 발을 빠뜨리는가, 그런 프로버빌러티[19]를 계산하는 것과 같은 정도로 한

심하고, 그것은 얼마든지 있을 법한 일 같기도 하지만, 변소에서 발을 헛디뎌 다쳤다는 예는, 조금도 들을 수 없으며, 그런 가설을 '과학적 사실'로 배워, 그것을 완전히 현실로 받아들여, 두려워했던 어제까지의 제가 사랑스럽게 여겨져, 웃고 싶어졌을 정도로, 저는, 세상이라는 것의 실체를 조금씩 알아가기 시작한 것입니다.

그렇게 말하기는 했지만, 역시 인간이라는 것이, 아직, 제게는 무서워서, 가게의 손님과 만나는 데에도, 술을 컵으로 한 잔 벌컥 마신 뒤가 아니면 만날 수가 없었습니다. 무서운 것은 오히려 보고 싶어지는 법. 저는, 매일 밤, 그래도 가게로 나가서, 어린아이가, 사실은 약간 무서워하는 작은 동물 따위를, 오히려 강하게 힘껏 쥐어버리는 것처럼, 가게의 손님에게 취해서 어쭙잖은 예술론을 떠벌이게까지 되었습니다.

만화가. 아아, 그러나, 저는, 커다란 환락도, 또, 커다란 비애도 없는 무명의 만화가. 제아무리 커다란 비애가 뒤에 찾아와도 상관없다, 거칠고 커다란 환락을 맛보고 싶다고 내심 초조해하고 있어도, 저의 지금의 기쁨이란, 손님과 쓸데없는 이야기를 주고받으며, 손님의 술을 마시는 것뿐이었습니다.

교바시에 와서, 이와 같이 한심한 생활을 이미 1년 가까이 계속했고, 저의 만화도, 어린이용 잡지뿐만 아니라, 역에서 파는 조악하고 외설스러운 잡지 등에도 실리게 되어, 저는, 조시 이키타(上司幾太,

---

19) probability. 개연성, 확률.

정사, 살았다〈情死, 生きた〉)20)라는, 장난스럽기 짝이 없는 익명으로, 더러운 벌거숭이 그림 따위를 그렸고, 거기에 대부분 루바이야트의 시를 삽입했습니다.

덧없는 기도 따위 그만두지 그래
눈물을 흘리게 하는 것 따위 미련 없이 팽개쳐버려
자 한잔 어때 좋은 말만 떠올리고
쓸데없는 배려 따위 잊어버리라고

불안과 공포로 사람을 협박하는 녀석들은
자신이 만든 엄청난 죄에 떨며
죽은 자의 복수에 대비하려
자신의 머리로 끊임없이 계획을 세우지

불러라, 술 넘치니 내 가슴도 기쁨으로 가득하다가
오늘 아침 눈뜨니 곧 황량
기이하구나 하룻밤 사이에
변한 이 기분이여

저주 따위 생각하지 말게

---

20) 일본어에서는 두 개의 발음이 같다.

멀리서 울려오는 큰북처럼
이유도 없이 그 녀석은 불안하다
방귀 뀐 것까지 하나하나 죄가 된다면 살아남을 수 없지

정의는 인생의 지침이라고?
그렇다면 피투성이 전쟁터에
암살자의 칼끝에
어떤 정의가 깃들 수 있지?

어디에 지도의 원리가 있는가?
어떤 예지의 빛이 있는가?
아름답고도 끔찍한 것은 이 세상
나약한 사람의 아들은 짊어질 수 없을 정도의 짐을 짊어지고

어떻게 해볼 수도 없는 정욕의 씨앗이 심겨진 탓에
선이네 악이네 죄네 벌이네 저주받을 뿐
어찌지도 못하고 그저 허둥대기만 할 뿐
눌러 꺾을 힘도 의지도 받지 못한 탓에

어디를 어떻게 방황하고 있었지
뭐라고 비판, 검토, 재인식?
헷 허무한 꿈을 있지도 않은 환상을

에헷 술을 잊었으니 전부 허구의 생각이야

어때 이 끝도 없는 하늘을 보라고
그 가운데 살짝 떠 있는 점이잖아
이 지구가 어째서 자전하는지 알게 뭔가
자전 공전 반전도 제멋대로야

곳곳에서 지고의 힘을 느끼고
온갖 나라의 온갖 민족에게서
동일한 인간성을 발견하는
나는 이단자라네

모두 성경을 잘못 읽은 거야
그렇지 않다면 상식도 지혜도 없는 거야
살아 있는 몸의 기쁨을 금하고 술을 끊고
그래 좋아 무스타파, 나 그런 거 정말 싫어

(「루바이야트」에서)

그런데, 그 무렵, 제게 술을 끊으라고, 권하는 처녀가 있었습니다.
"그럼 안 돼요, 매일, 낮부터, 취해 계시잖아요."
바 맞은편, 조그만 담뱃가게의 열일고여덟 살쯤의 아가씨였습니

252

다. 요시짱(ヨシちゃん)이라고 하는, 피부가 하얗고, 덧니가 있는 아이였습니다. 제가, 담배를 사러 갈 때마다, 웃으며 충고를 했습니다.

"왜, 안 된다는 거지. 어째서 나쁜 거야? 세상에 있는 술을 마시고, 사람의 아들이여, 증오를 없애라 없애라, 라고 말이지, 옛날 페르시아의 말이지, 에이 그만두자, 슬픔에 지친 마음에 희망을 가져다주는 것은, 오직 얼근함을 가져다주는 옥배(玉杯)뿐이다, 라고 말이지. 알겠어?"

"모르겠어요."

"이 녀석, 키스해버린다."

"하세요."

조금도 망설이지 않고 입술을 내미는 것이었습니다.

"멍청한 녀석. 정조관념, ……."

그러나 요시짱의 표정에는, 분명하게 누구에게도 더럽혀지지 않은 처녀의 냄새가 감돌고 있었습니다.

해가 바뀌어 추위가 혹독한 날 밤, 저는 취해서 담배를 사러나갔다가, 그 담뱃가게 앞의 맨홀에 빠져, 요시짱, 살려줘, 라고 외쳤고, 요시짱이 끌어올려, 오른팔 상처의 치료를, 요시짱이 해주고, 그때 요시짱은, 간절하게,

"너무 많이 마셔요."

라며 웃지도 않고 말했습니다.

저는 죽는 것은 아무렇지도 않지만, 다쳐서 피가 나와 그래서 불구

자가 되는 것은, 정말 싫었기에, 요시짱에게 팔 상처의 치료를 받으며, 술도, 이제 그만 끊을까, 라고 생각했습니다.

"끊을래. 내일부터, 한 방울도 마시지 않을 거야."

"정말?"

"정말, 끊겠어. 끊으면, 요시짱, 내 색시가 되어줄래?"

그러나, 그 색시의 건은 농담이었습니다.

"모치(モチ)."

모치란, '모치론21)'의 약어였습니다. 모보22)네, 모가23)네, 그 당시에는 여러 가지 약어가 유행했습니다.

"좋았어, 새끼손가락을 걸자. 정말로 끊겠어."

그리고 이튿날, 저는, 역시 낮부터 마셨습니다.

저녁, 비틀비틀 밖으로 나가서, 요시짱의 가게 앞에 서서,

"요시짱, 미안. 마셔버렸어."

"어머, 장난치지 마세요. 취한 척이나 하고."

깜짝 놀랐습니다. 술도 깬 기분이었습니다.

"아니, 정말이야. 정말로 마셨어. 취한 척하는 게 아니야."

"놀리지 마세요. 나쁜 사람."

조금도 의심하려 들지 않는 것입니다.

"보면 알 수 있잖아. 오늘도, 낮부터 마셨어. 용서해줘."

---

21) 勿論. 물론.
22) モボ. 모던 보이.
23) モガ. 모던 걸.

"연극을, 잘하시네요."

"연극이 아니야, 멍청한 녀석. 키스해 버린다."

"하세요."

"아니, 내게는 자격이 없어. 아내로 맞아들이는 것도 포기하지 않으면 안 돼. 얼굴을 봐, 빨갛지? 마신 거야."

"그건, 저녁노을이 비쳐서 그래요. 속이려 해도, 소용없어요. 어제 약속했잖아요. 마실 리가 없잖아요. 새끼손가락을 걸었잖아요. 마셨다는 건, 거짓말, 거짓말, 거짓말."

어둑어둑한 가게 안에 앉아 미소 짓고 있는 요시짱의 하얀 얼굴, 아아, 더러움을 모르는 버지너티[24]는 존귀한 것이다, 나는 지금까지, 나보다 젊은 처녀와 잔 적이 없다, 결혼하자, 어떤 커다란 비애가 그것 때문에 훗날 찾아와도 상관없다, 거칠 정도로 커다란 환락을, 평생 한 번만이라도 좋다, 처녀성의 아름다움이란, 그건 어리석은 시인의 달콤한 감상의 환각에 지나지 않는다고 생각하고 있었지만, 역시 이 세상에 살아 있는 것이다, 결혼해서 봄이 되면 둘이 자전거를 타고 아오바(青葉)의 폭포를 보러 가자, 라고, 그 자리에서 결의하고, 이른바 '단판 승부'로, 그 꽃을 훔치기에 망설이지 않았습니다.

그렇게 해서 저희는, 얼마지 않아 결혼했고, 그것으로 인해 얻은 환락은, 반드시 크지만은 않았지만, 그 후에 찾아온 비애는, 처참하다고 말해도 부족할 만큼, 실로 상상을 초월하여, 커다랗게 찾아왔습니

---

24) virginity. 처녀성.

다. 제게 있어서, '세상'은, 역시 속을 알 수 없는, 무시무시한 곳이었습니다. 결코, 그런 단판 승부 따위로, 하나에서부터 열까지 결정되어 버리는, 만만한 곳이 아니었던 것입니다.

2

호리키와 저.

서로 경멸하면서 사귀는, 그렇게 해서 서로 자기 자신을 하찮게 만들어가는, 그것이 이 세상의 이른바 '교우'라는 것의 모습이라면, 저와 호리키의 관계도, 그야말로 '교우'임에 틀림없었습니다.

저는 그 교바시에 있는 스탠드바 마담의 의협심에 의지하여, (여자의 의협심이라는 건, 말의 기묘한 사용법이지만, 그러나, 저의 경험에 의하면, 적어도 도회의 남녀의 경우, 남자보다도 여자 쪽이, 그, 의협심이라고 불러 마땅한 것을 더 많이 가지고 있었습니다. 남자는 대체로, 무서워 떨면서, 체면만 생각하고, 그리고, 옹졸했습니다.) 그 담뱃가게의 요시코(ヨシ子)를 내연의 처로 삼을 수 있었고, 그리고 쓰키지(築地), 스미다가와 근처, 목조 이층 건물인 조그만 아파트의 아래층 방 하나를 빌려, 둘이서 살며, 술은 끊고, 슬슬 저의 본업이 되어 가고 있던 만화 그리기에 힘을 쏟고, 저녁식사 후에는 둘이서 영화를 보러 가고, 돌아오는 길에는, 찻집 등에 들어가고, 또, 화분을 사기도 해서, 아니, 그보다도 저를 진심으로 믿어주는 이 조그만 신부의 말을 듣고, 몸짓을 보는 것이 즐거워, 이거 어쩌면 나도, 머지않아

인간다운 것이 되어, 비참한 죽음 따위는 맞지 않을지도 모른다는 안일한 생각을 어렴풋이 가슴에 품기 시작한 순간, 호리키가 다시 제 눈앞에 나타났습니다.

"이봐! 색마. 어라? 그래도, 얼마간은 분별력이 있는 얼굴이 되었는데. 오늘은, 고엔지 여사의 심부름으로 온 거야."

라고 말하고, 갑자기 목소리를 낮춰, 부엌에서 차를 준비하고 있는 요시코를 턱으로 가리키며, 괜찮아? 라고 묻기에,

"괜찮아. 무슨 말을 해도 상관없어."

라고 저는 침착하게 대답했습니다.

실제로, 요시코는, 신뢰의 천재라고 말하고 싶을 만큼, 교바시 바의 마담과의 사이는 물론, 제가 가마쿠라에서 일으켰던 사건을 말해주어도, 쓰네코와의 사이를 의심하지 않고, 그것은 제가 거짓말을 잘하기 때문이 아니라, 때로는, 노골적인 표현을 쓴 적조차 있었음에도, 요시코에게는, 그것이 전부 농담으로밖에는 들리지 않는 모양이었습니다.

"여전히, 잘난 척이군. 뭐, 별 얘기는 아니지만, 가끔은, 고엔지에도 놀러 오라는 말씀이셔."

잊을 만하면, 괴조(怪鳥)가 날갯짓하며 찾아와서, 기억의 상처를 그 부리로 쪼아 터뜨립니다. 순식간에 과거의 수치와 죄에 대한 기억이, 생생하게 눈앞에 전개되어, 와앗 하고 소리 지르고 싶을 정도의 공포 때문에, 앉아 있을 수 없게 되는 것입니다.

"마실까?"

라고 저.

"좋지."

라고 호리키.

저와 호리키. 모습은, 둘이 닮았습니다. 똑같은 인간이라는 생각이
든 적도 있었습니다. 물론 그것은, 싸구려 술을 여기저기 돌아다니며
마실 때만의 일이었지만, 어쨌든, 둘이 얼굴을 마주하면, 삽시간에
같은 모습의 같은 종류의 개로 변하여 눈 내리는 거리를 싸돌아다니
는 꼴이 되는 것입니다.

그날 이후, 저희는 다시 옛정을 되살린 형태가 되어, 교바시의
그 조그만 바에도 함께 가고, 그리고, 마침내는 고엔지에 있는 시즈코
의 아파트에도 그 고주망태가 된 두 마리의 개가 방문하여, 숙박하고
돌아가는 등의 일로까지 되어버렸습니다.

잊을 수도, 없습니다, 무더운 여름의 밤이었습니다. 호리키는 해질
무렵, 꼬깃꼬깃한 유카타를 입고 쓰키지에 있는 제 아파트로 찾아와,
오늘 어떤 일이 있어서 여름옷을 전당포에 잡혔는데, 그 전당포에
잡힌 것을 노모가 알게 되면 참으로 곤란하다, 바로 되찾고 싶으니,
어쨌든 돈을 빌려 달라, 는 것이었습니다. 마침 우리 집에도, 돈이
없었기에, 평소와 다름없이, 요시코에게 명령하여, 요시코의 옷가지
를 전당포로 가져가게 하여, 돈을 만들어, 호리키에게 꿔줬는데도,
아직 약간 남았기에 그 남은 돈으로 요시코에게 소주를 사오게 하여,
아파트 옥상으로 가서, 스미다가와에서 때때로 희미하게 불어오는
시궁창 냄새 나는 바람을 맞으며, 참으로 구질구질한 납량(納凉)의

잔치를 베풀었습니다.

저희는 그때, 희극명사, 비극명사를 맞히는 놀이를 시작했습니다. 이것은, 제가 발명한 유희로, 명사에는, 전부 남성명사, 여성명사, 중성명사 등의 구별이 있는데, 그것과 마찬가지로, 희극명사, 비극명사의 구별도 마땅히 있어야 한다, 예를 들어서, 기선과 기차는 전부 비극명사이고, 전차와 버스는, 전부 희극명사, 왜 그런지, 그것을 이해하지 못하는 자는 예술을 논할 자격이 없다, 희극에 한 가지라도 비극명사를 삽입한 극작가는, 이미 그것만으로 낙제, 비극의 경우도 역시 마찬가지, 라는 식이었습니다.

"시작할까? 담배는?"

이라고 제가 묻습니다.

"트래. (트래지디, 비극의 약어)"

라고 호리키가 바로 대답합니다.

"약은?"

"가루약인가? 알약인가?"

"주사."

"트래."

"그럴까? 호르몬 주사도 있는데."

"아니, 절대로 트래야. 바늘이 무엇보다, 자네, 훌륭한 트래 아닌가?"

"그래, 내가 져주기로 하지. 하지만, 자네, 약이나 의사는 말이지, 그건 의외로, 코미(코미디, 희극의 약어)야. 죽음은?"

"코미. 목사도 스님도 마찬가지야."

"아주 좋아. 그리고, 삶은 트래야."

"아니야. 그것도 코미."

"아니, 그러면, 이것도 저것도 전부 코미가 되어버려. 그렇다면 말이지, 하나 더 물어보겠는데, 만화가는? 설마, 코미라고는 말하지 않겠지?"

"트래, 트래. 대(大)비극명사!"

"뭐야, 대(大)트래는 자네라고."

이런, 어쭙잖은 말장난 같은 것이 되어버려서는, 재미가 없지만, 그러나 저희들은 그 유희를, 세계의 살롱에도 일찍이 존재하지 않았던 매우 세련된 것이라고 자만하고 있었습니다.

그리고 또 하나, 이것과 비슷한 유희를 당시, 저는 발명했습니다. 그것은, 반의어를 맞히는 놀이였습니다. 검정의 앤터(앤터님, 반의어의 약어)는, 하양. 그러나, 하양의 앤터는 빨강. 빨강의 앤터는, 검정.

"꽃의 앤터는?"

이라고 제가 묻자, 호리키는 입을 일그러뜨리고 생각하다,

"가만있자, 화월(花月)이라는 요리가 있었으니까, 달이야."

"아니, 그건 앤터가 아니야. 오히려, 동의어(시너님)야. 별과 제비꽃도 역시, 시너님이잖아? 앤터가 아니야."

"알았다, 그건 말이지, 벌이야."

"벌?"

"모란에, ……개미였나?"

"뭐야, 그건 그림의 모티브잖아. 얼렁뚱땅해서는 안 돼."

"알았다! 꽃에 떼구름, ……."

"달에 떼구름25)이지."

"맞아, 맞아. 꽃에 바람. 바람이다. 꽃의 앤터는, 바람."

"치졸하기는, 그건 나니와부시의 가사잖아. 과거가 의심스럽군."

"그럼, 비파야."

"더 좋지 않아. 꽃의 앤터는 말이지, ……무릇 이 세상에서 가장 꽃답지 못한 것, 바로 그것을 들어야 해."

"그러니까, 그, ……잠깐만, 뭐야, 여자야?"

"내친 김에, 여자의 시너님은?"

"내장."

"자네는, 도무지, 시를 모르는군. 그럼, 내장의 앤터는?"

"우유."

"이건, 약간 그럴 듯한데. 그 여세를 몰아서 하나 더. 부끄러움. 언트26)의 앤터."

"몰염치지. 통속 만화가 조시 이키타."

"호리키 마사오는?"

이쯤에서부터 두 사람 점점 웃지 않게 되고, 소주 특유의 취기인, 그 유리 파편이 머리에 가득한 듯한, 음울한 기분이 들기 시작했습니다.

---

25) 달에 떼구름, 꽃에 바람이라는 말이 있다. 호사다마라는 뜻.

26) honte. 부끄러움 · 수치심을 나타내는 프랑스어.

"건방진 소리 하지 마. 나는 아직 너처럼, 오랏줄의 치욕 따윈 당한 적이 없어."

오싹했습니다. 호리키는 내심, 나를, 성실한 인간 취급하지 않았던 것이다. 나를 죽지도 못하고 살아난, 수치를 모르는, 멍청이 괴물, 이른바 '산송장'으로밖에 이해해주지 않고, 그리고, 그의 쾌락을 위해서, 나를 이용할 수 있을 때까지 이용하는, 그것이 전부인 '교우'였던 것이다, 라는 생각이 들자, 과연 좋은 기분은 들지 않았지만, 그러나 또한, 호리키가 저를 그렇게 보고 있는 것도, 수긍이 가는 일로, 나는 옛날부터, 인간의 자격이 없는 아이였다, 역시 호리키에게조차도 경멸받아 마땅한 것일지 모른다, 고 생각을 고쳐먹고,

"죄. 죄의 앤터님은, 뭘까. 이건, 어려워."

라고 아무렇지도 않다는 듯한 표정을 가장하여, 말했습니다.

"법률이지."

호리키가 태연히 이렇게 대답했기에, 저는 호리키의 얼굴을 다시 바라보았습니다. 가까운 빌딩에서 깜빡이는 네온의 붉은 빛을 받아, 호리키의 얼굴은, 민완형사처럼 위엄 있게 보였습니다. 저는, 너무나도 어이가 없어서,

"죄라는 건, 자네, 그런 게 아니지 않나?"

죄의 반의어가, 법률이라니! 그러나, 세상 사람들은, 모두 그 정도로 간단하게 생각하고, 조용히 살아가는 것일지도 모릅니다. 형사가 없는 곳에 죄가 득실거린다, 고.

"그럼, 뭔가, 신인가? 네게는, 어딘가 예수쟁이 같은 구석이 있으

니까. 혐오스러워."

"에이 그렇게, 가볍게 결론짓지 마. 좀 더, 둘이서 생각해보자. 하지만 이건, 재미있는 테마 아닌가? 이 테마에 대한 답 하나로, 그 사람의 전부를 알 수 있을 것 같다는 기분이 들어."

"설마. ……죄의 앤터는, 선이야. 선량한 시민, 즉, 나 같은 사람이지."

"농담, 하지 마. 하지만 선은 악의 앤터야. 죄의 앤터가 아니야."

"악과 죄는 다른 건가?"

"다르다, 고 생각해. 선악의 개념은 인간이 만든 거야. 인간이 멋대로 만든 도덕적인 말이야."

"시끄러. 그럼, 역시, 신이겠지. 신, 신. 뭐든, 신이라고 해두면 틀림없어. 배가 고픈데."

"지금, 밑에서 요시코가 콩을 삶고 있어."

"고맙군. 좋아하는 거야."

두 손을 머리 뒤로 돌려 깍지를 끼우고, 위를 향해 벌렁 누웠습니다.

"자네는, 죄라는 것에, 전혀 흥미가 없는 것 같군."

"그야 그렇지. 자네처럼, 죄인이 아니니까. 나는 즐기기는 해도, 여자를 죽게 하거나, 여자에게서 돈을 뜯어내지는 않아."

죽게 한 것이 아니다, 뜯어낸 것이 아니다, 라고 마음속 어딘가에서 희미하게, 그렇지만 필사적으로 항의하는 목소리가 일었지만, 그러나, 다시, 아니 내가 나쁜 것이라고 바로 생각을 고쳐먹는 이 습벽.

저는, 아무래도, 당당하게 논의를 할 수가 없습니다. 소주의 취기 때문에 시시각각, 기분이 거칠어지는 것을 힘껏 참으며, 거의 혼잣말처럼 말했습니다.

"하지만, 감옥에 들어가야 할 만한 일만이 죄인 것은 아니야. 죄의 앤터를 알 수만 있다면, 죄의 실체도 파악할 수 있을 것 같은 기분이 드는데, ……신, ……구원, ……사랑, ……빛, ……하지만, 신에게는 사탄이라는 앤터가 있고, 구원의 앤터는 고뇌일 테고, 사랑에는 미움, 빛에는 어둠이라는 앤터가 있고, 선에는 악, 죄와 기도, 죄와 후회, 죄와 고백, 죄와, ……아아, 전부 시너님이야, 죄의 반의어는 뭘까?"

"쓰미27)의 반의어는, 미쓰28)야. 꿀처럼 달콤하지. 배가 고픈데. 뭐 먹을 것 좀 가져와."

"자네가 가져오면 될 거 아닌가!"

거의 태어나서 처음이라고 말해도 좋을 정도로, 격렬한 분노의 목소리가 나왔습니다.

"그래, 그럼, 아래로 내려가서, 요시짱과 둘이서 죄를 짓고 와야지. 논의보다 실태 검사. 죄의 앤터는, 꿀콩, 아니 그냥 콩이지."

거의, 혀가 꼬일 정도로 취해 있었습니다.

"마음대로 해. 아무 데로나 가버려!"

"죄와 공복, 공복과 콩, 아니, 이건 시너님인가?"

말도 되지 않는 소리를 하며 일어납니다.

---

27) 罪. 죄를 말함.
28) 密. 꿀을 말함.

죄와 벌, 도스토예프스키. 얼핏 그것이, 머리의 한쪽 구석을 스치고 지나가, 퍼뜩 생각이 났습니다. 만약 그 도스토 씨가, 죄와 벌을 시너님이라 생각하지 않고, 앤터님으로 늘어놓은 것이라면? 죄와 벌, 절대 서로 통할 수 없는 것, 얼음과 숯처럼 서로 받아들일 수 없는 것. 죄와 벌을 앤터라고 생각한 도스토의 수태(水苔), 썩은 연못, 난마의 깊은 것의, ……아아, 알 것 같다, 아니, 아직, ……이라는 등 머릿속에서 주마등이 빙글빙글 맴을 돌고 있을 때,

"이봐, 어처구니없는, 콩이야. 와봐!"

호리키의 목소리도 얼굴빛도 변해 있었습니다. 호리키는, 조금 전에 비틀비틀 일어나 밑으로 내려갔다, 싶었는데 다시 되돌아온 것이었습니다.

"뭐야."

이상하게 독기를 띠며, 두 사람, 옥상에서 이층으로 내려갔고, 이층에서 다시 일층에 있는 제 방으로 내려가는 계단 중간에서 호리키는 멈춰서더니,

"봐!"

라고 조그만 목소리로 말하며 손가락으로 가리켰습니다.

제 방 위쪽의 조그만 창문이 열려 있었는데, 그곳으로 방 안이 보였습니다. 전깃불을 켜놓은 채, 두 마리의 동물이 있었습니다.

저는, 어질어질 현기증을 느끼며, 이것도 역시 인간의 모습이다, 이것도 역시 인간의 모습이다, 놀랄 것 없다, 라며 격렬한 호흡과 함께 가슴속에서 중얼거리고, 요시코를 구해야 한다는 사실도 잊은

채, 계단에 서 있었습니다.

　호리키는, 커다란 헛기침을 했습니다. 저는, 혼자 도망치듯 다시 옥상으로 뛰어 올라가, 누워, 비를 머금은 여름의 밤하늘을 올려다보았는데, 그때 저를 엄습한 감정은, 분노도 아니고, 혐오도 아니고, 또, 슬픔도 아니고, 끔찍한 공포였습니다. 그것도, 무덤의 유령 등에 대한 공포가 아니라, 신사의 삼나무 숲에서 하얀 옷을 입은 신령을 만났을 때 느낄지도 모를 것 같은, 찍소리도 못하게 만드는 고대의 거친 공포감이었습니다. 젊은 저의 흰머리는, 그날 밤부터 시작되었고, 결국, 모든 것에 자신감을 잃어, 결국, 사람을 끝도 없이 의심하고, 이 세상의 삶에 대한 모든 기대, 기쁨, 공명 등에서부터 영원히 멀어지게 되었습니다. 참으로, 그것은 저의 생애에 있어서, 결정적인 사건이었습니다. 저는, 정면에서부터 미간을 얻어맞아, 그렇게 해서 그 이후부터 그 상처는, 어떤 사람에게든 접근을 할 때마다 아파오는 것이었습니다.

　"동정은 하지만, 그러나, 자네도 이것으로, 조금은 알았겠지? 이제, 나는, 두 번 다시 여기에는 오지 않을 거야. 마치, 지옥이야. ……하지만, 요시짱은, 용서해줘. 너도, 어차피, 변변치 못한 녀석이니까. 실례하겠네."

　어색한 장소에, 오래 머물 만큼 멍청한 호리키가 아니었습니다.

　저는 일어나서, 혼자 소주를 마시고, 그런 다음, 엉엉 소리를 내서 울었습니다. 얼마든지, 얼마든지 울 수 있었습니다.

　어느 틈엔가, 등 뒤에, 요시코가, 콩을 가득 담은 접시를 들고 멍하니 서 있었습니다.

"아무 짓도, 하지 않을 테니 말해봐, ……."

"됐어. 아무 말도 하지 마. 너는, 사람을 의심할 줄 몰랐어. 앉아. 콩을 먹자."

나란히 앉아 콩을 먹었습니다. 아아, 신뢰는 죄란 말인가? 상대 남자는, 제게 만화를 그리게 해서는, 얼마 되지 않는 돈을 거들먹거리며 놓고 가는 서른 살 전후의 배우지 못한 조그만 체구의 상인이었습니다.

차마 그 상인은, 그 후 찾아오지 않았지만, 제게는, 어찌된 일인지, 그 상인에 대한 증오보다도, 처음 본 바로 그때에 커다란 헛기침도 아무것도 하지 않고, 그대로 제게 알리러 다시 옥상으로 되돌아온 호리키에 대한 증오와 분노가, 잠들지 못하는 밤 따위에 모락모락 피어올라 괴로웠습니다.

용서할 것도, 용서 못할 것도 없습니다. 요시코는 신뢰의 천재입니다. 사람을 의심할 줄 몰랐던 것입니다. 하지만, 바로 그로인한 비참.

신에게 묻는다. 신뢰는 죄인가?

요시코가 더럽혀졌다는 사실보다도, 요시코의 신뢰가 더럽혀졌다는 사실이, 제게는 그 후 오랫동안, 살아갈 수 없을 정도의 고뇌의 씨앗이 되었습니다. 저처럼, 추잡하고, 흠칫흠칫하고, 사람의 안색만 살피는, 사람을 믿는 능력에, 금이 가 있는 사람에게, 요시코의 무구한 신뢰심은, 그야말로 아오바의 폭포처럼 시원하게 여겨졌던 것입니다. 그것이 하룻밤 사이에, 누렇고 더러운 물로 변해버렸습니다.

보라, 요시코는, 그날 밤부터 저의 눈빛 하나 웃음하나에조차 신경을 쓰게 되었습니다.

"이봐."

하고 부르면, 흠칫하며, 시선을 어디에 두어야 할지 모르는 모습입니다. 아무리 제가 웃기려고, 익살을 부려도, 당황하고, 흠칫흠칫하고, 마구잡이로 제게 존댓말을 쓰게 되었습니다.

과연, 무구한 신뢰심은, 죄의 원천일까요?

저는, 유부녀가 겁탈당한 이야기의 책을, 여러 가지로 찾아서 읽어보았습니다. 그러나, 요시코만큼 비참하게 겁탈당한 여자는, 한 사람도 없다고 생각했습니다. 애당초, 이것은, 도무지 이야기도 그 무엇도 되지 않습니다. 그 조그만 체구의 상인과, 요시코 사이에, 조금이나마 연애와 비슷한 감정이라도 있었다면, 저의 기분도 오히려 나았을지도 모르겠지만, 단지, 여름의 하룻밤, 요시코가 신뢰하여, 그래서, 그것뿐, 게다가 그 때문에 저의 미간을, 정면에서부터 얻어맞아 목소리가 갈라지고 젊은 나이에 백발이 시작되었고, 요시코는 평생 흠칫흠칫하지 않으면 안 되게 되었던 것입니다. 대부분의 이야기는, 그 아내의 '행위'를 남편이 용서하느냐 마느냐, 거기에 중점을 두고 있는 듯했지만, 그것은 제게 있어서는, 그다지 괴로운 커다란 문제가 아닌 듯 여겨졌습니다. 용서한다, 용서하지 않는다, 그런 권리를 유보하고 있는 남편이야말로 행복하다, 도저히 용서할 수 없다고 생각되면, 뭐 그렇게 커다란 소란 피울 필요도 없이, 얼른 아내와 이혼하고, 새로운 아내를 맞아들이면 되지 않겠는가? 그렇게 할 수 없다면,

이른바 '용서하여' 참으면 되는 거지, 어차피 남편의 마음 하나로 모든 일이 원만하게 수습될 텐데, 라는 생각조차 들었습니다. 다시 말해서, 그와 같은 사건은, 틀림없이 남편에게 커다란 쇼크라 할지라도, 그것은 '쇼크'이지, 언제까지나 그칠 줄 모르고 밀려갔다 밀려오는 파도와는 달리, 권리가 있는 남편의 분노로 어떻게든 처리할 수 있는 트러블처럼 제게는 여겨졌던 것입니다. 그러나, 저희들의 경우, 남편에게 아무런 권리도 없고, 생각해보면 하나에서부터 열까지 제가 나쁜 듯한 느낌이 들어, 화를 내기는커녕, 싫은 소리 하나 못하고, 또, 그 아내는, 자신이 소유하고 있는 보기 드문 장점에 의해서 겁탈을 당한 것입니다. 게다가, 그 장점은, 남편이 예전부터 동경하던, 무구한 신뢰심이라는 견딜 수 없이 사랑스러운 것이었습니다.

무구한 신뢰심은, 죄일까요?

유일한 믿음이었던 장점에조차, 의혹을 품고, 저는, 이제 모든 것을, 알 수 없게 되어버려, 의지할 곳이라고는, 오로지 알코올뿐이었습니다. 제 얼굴의 표정은 극도로 초라해졌고, 아침부터 소주를 마셔, 이가 흐물흐물 빠지고, 만화도 거의 외설에 가까운 그림을 그리게 되었습니다. 아니요, 분명하게 말하겠습니다. 저는 그 무렵부터, 춘화를 필사해서 밀매했습니다. 소주 살 돈이 필요했던 것입니다. 언제나 제게서 시선을 돌린 채 벌벌 떨고 있는 요시코를 보면, 이 사람은 경계라는 것을 전혀 모르는 여자이니, 그 상인과 한 번만이 아니었던 것 아닐까, 또, 호리키는? 아니, 어쩌면 내가 모르는 사람과도? 라는 의혹이 의혹을 낳아, 그렇다고 해서 과감하게 그것을 캐물을 용기도

269

없고, 예의 불안과 공포에 괴로워하며 뒹구는 마음으로, 그저 소주를 마시고 취해서는, 겨우 비굴한 유도심문 같은 것을 쭈뼛쭈뼛 시도해 보고, 내심 어리석게 일희일비하며, 겉으로는, 마구잡이로 익살을 부려, 그리고, 그런 다음, 요시코에게 혐오스러운 지옥의 애무를 가하고, 죽은 듯이 잠에 빠져들었습니다.

그해 말, 저는 밤늦게 만취하여 집에 와서, 설탕물을 마시고 싶었지만, 요시코는 자고 있는 것 같았기에, 저 스스로 부엌으로 가서 설탕 단지를 찾아내, 뚜껑을 열어보았더니 설탕은 하나도 들어 있지 않고, 검은색 가늘고 긴 조그만 상자가 들어 있었습니다. 별 생각 없이 집어 들어, 그 상자에 붙어 있는 상표를 보고 깜짝 놀랐습니다. 그 상표는, 손톱으로 절반 이상이나 긁어 떼어냈지만, 영어 부분이 남아 있고, 거기에 분명히 적혀 있었습니다. DIAL.

다이얼. 저는 그 무렵 오로지 소주만 마셨을 뿐, 수면제를 사용하지는 않았지만, 그러나, 불면은 저의 지병과도 같은 것이었기 때문에, 대부분의 수면제는 알고 있었습니다. 이 다이얼 한 상자는, 틀림없이 치사량 이상이었습니다. 아직 상자를 개봉하지는 않았지만, 그러나, 언젠가는, 저지를 생각으로 이런 곳에, 그것도 상표를 긁어 떼어내고 숨겨둔 것임에 틀림없었습니다. 가엾게도, 그 아이는 상표의 영어를 읽을 수 없었기에, 손톱으로 절반을 긁어 떼어내고, 이것으로 됐다고 생각한 것일 테지요. (네게 죄는 없다.)

저는, 소리가 나지 않도록 조용히 컵에 물을 채워, 그런 다음 천천히 상자를 개봉하고, 전부, 한꺼번에 입 안에 털어 넣고, 컵의 물을 차분하게 마신 뒤, 전등을 끄고 그대로 잠들었습니다.

3일 밤낮, 저는 죽은 사람 같았다고 합니다. 의사가 과실이라고 보고, 경찰에 통보하는 것을 유예해주었다고 합니다. 각성하기 직전, 하룻밤 앞서 중얼거린 잠꼬대는, 집에 돌아갈래, 하는 말이었다고 합니다. 집이란, 어디를 말한 건지, 당사자인 저도, 잘 알 수 없지만, 어쨌든, 그렇게 말하고, 심하게 울었다고 합니다.

점차로 안개가 걷혀, 바라보니, 머리맡에 넙치가, 아주 뚱한 얼굴로 앉아 있었습니다.

"요전에도, 연말의 일이었어요, 이렇게 모두가, 눈코 뜰 새 없이 바쁜데, 언제나, 연말만 되면, 이런 일을 당하다니, 저도 제명에 못 죽을 겁니다."

넙치의 이야기를 들어주고 있는 것은, 교바시 바의 마담이었습니다.

"마담."

이라고 제가 불렀습니다.

"응, 왜? 정신이 들어?"

마담이 웃는 얼굴로 제 얼굴 위를 덮듯 하며 말했습니다.

저는, 줄줄 눈물을 흘리며,

"요시코와 헤어지게 해줘."

저로서도 뜻밖의 말이 나왔습니다.

마담은 몸을 일으켜, 희미한 한숨을 쉬었습니다.

그런 다음 저는, 이것도 역시 뜻밖인데 우습다고 해야 할지 어리석다고 해야 할지, 형용하기 어려울 정도의 실언을 했습니다.

"나는, 여자가 없는 곳에 갈 거야."

우왓핫하, 하고 먼저, 넙치가 커다란 소리를 올리며 웃었고, 마담도 큭큭 웃기 시작했고, 저도 눈물을 흘리며 얼굴을 붉히게 되어, 쓴웃음을 지었습니다.

"맞아, 그러는 편이 좋아."

라고 넙치는, 언제까지고 나사 빠진 듯한 웃음을 웃으며,

"여자가 없는 곳에 가는 편이 좋아요. 여자가 있으면, 아무래도 안 되겠어요. 여자가 없는 곳이라니, 좋은 생각이에요."

여자가 없는 곳. 그러나, 저의 이 멍청한 헛소리는, 훗날에 이르러, 매우 음참하게 실현되었습니다.

요시코는, 왠지, 제가 요시코 대신 독을 먹은 것이라고 착각이라도 하고 있는 듯, 이전보다도 한층 더, 제게 대해서, 흠칫흠칫하며, 제가 무슨 말을 해도 웃지 않고, 그리고 말도 제대로 하지 못하는 상태였기 때문에, 저도 아파트 방 속에 있기가, 답답해서, 나도 모르게 밖으로 나가, 여전히 싸구려 술을 들이켜게 되었습니다. 그러나, 그 다이얼 사건 이후, 저의 몸은 현저하게 야위고, 손발이 나른해서, 만화 일도 자주 게을리 하게 되어, 넙치가 그때, 문병을 왔다가 놓고 간 돈(넙치는 그것을, 시부타의 마음입니다, 라고 말해서 마치 자신이 마련한 돈인 것처럼 내놓았지만, 그것도 고향의 형님들이 보낸 돈인 듯했습니다. 저도 그 무렵에는, 넙치의 집에서 도망쳐 나왔던 때와는 달리, 넙치의 그런 거들먹거리는 연극을, 어렴풋이나마 간파할 수 있게

되었기 때문에, 저도 약삭빠르게, 전혀 눈치 채지 못한 척, 얌전히 그 돈에 대한 감사 인사를 넙치에게 했지만, 그러나, 넙치 들이, 어째서, 그런 번거로운 계략을 쓰는 건지, 알 것도 같고, 모를 것도 같은, 아무래도 제게는, 이상한 생각이 들어 견딜 수가 없었습니다.) 그 돈으로, 과감하게 혼자서 미나미이즈(南伊豆)의 온천으로 가보기도 했지만, 도무지 그런 한가로운 온천 여행 따위 가능한 처지가 아니었고, 요시코를 생각하면 한없이 쓸쓸해서, 여관의 방에서 산을 바라보는 등의 차분한 심경과는 전혀 거리가 멀었기 때문에 도테라로도 갈아입지 않고, 목욕도 하지 않고, 밖으로 달려 나가서는 지저분한 찻집 같은 곳으로 뛰어 들어가, 소주를, 그야말로 들이붓듯 마셔, 몸 상태가 한층 더 좋지 않게 돼서 귀경했을 뿐이었습니다.

도쿄에 커다란 눈이 내린 밤이었습니다. 저는 취해서 긴자의 뒷골목을, 여기는 고향을 몇 백 리, 여기는 고향을 몇 백 리, 라고 조그만 목소리로 거듭거듭 중얼거리듯 노래 부르면서, 여전히 내려 쌓이는 눈을 구두 끝으로 차서 흩트리며 걷다가, 갑자기, 토했습니다. 그것은 저의 첫 번째 객혈이었습니다. 눈 위에, 커다란 일장기의 깃발이 생겼습니다. 저는, 한동안 웅크리고 앉아, 그런 다음, 더러워지지 않은 부분의 눈을 두 손으로 퍼서, 얼굴을 씻으며 울었습니다.

여기는, 어디의 샛길이지?

여기는, 어디의 샛길이지?

가엾은 여자아이의 노랫소리가, 환청처럼, 희미하게 멀리서 들려왔습니다. 불행. 이 세상에는, 여러 종류의 불행한 사람들이, 아니,

불행한 사람들만, 이라고 말해도 과언이 아닐 테지만, 그러나 그 사람들의 불행은, 이른바 세상에 대해서 당당하게 항의가 가능하고, 또 '세상'도 그 사람들의 항의를 쉽게 이해하고 동정합니다. 그러나, 저의 불행은, 전부 저의 죄악에서 나온 것이기 때문에, 누구에게도 항의할 수가 없으며, 또 우물우물하며 한마디라도 항의 비슷한 말을 할라치면, 넙치가 아니라 할지라도 세상 사람들 전부, 그런 말을 참 잘도 하는구나 하며 황당해 할 것이 틀림없으니, 저는 과연 속되게 말하는 '이기적인 사람'인지, 혹은 그 반대로, 마음이 너무 약한 것인지, 저 자신도 알 수 없지만, 어쨌든 죄악의 덩어리인 듯하기에, 어디까지고 스스로 점점 불행해져갈 뿐, 막을 구체적인 방법 따위 없는 것입니다.

저는 일어나서, 우선 어떤 적당한 약을 먹어야겠다고 생각하고, 가까이에 있는 약국으로 들어가, 그곳의 부인과 얼굴을 마주했는데, 순간, 부인은, 플래시를 받은 것처럼 고개를 들어 눈을 동그랗게 뜨고, 장승처럼 선 채로 몸이 굳었습니다. 그러나, 그 동그랗게 뜬 눈에는, 경악의 빛도 혐오의 빛도 없고, 거의 구원을 바라는 듯한, 연모하는 듯한 빛이 나타나 있었습니다. 아아, 이 사람도, 틀림없이 불행한 사람이다, 불행한 사람은, 타인의 불행에도 민감한 법이니, 라고 생각한 순간, 문득 그 부인이 목발을 짚고 위태하게 서 있다는 사실을 깨달았습니다. 달려들고 싶은 마음을 억누른 채, 여전히 그 부인과 얼굴을 마주하고 있는 동안 눈물이 나기 시작했습니다. 그러자, 부인의 커다란 눈에서도, 눈물이 줄줄 흘러나왔습니다.

그것뿐, 한마디도 말을 하지 못하고, 저는 그 약국에서 나와, 비틀거리며 아파트로 돌아와서는, 요시코에게 소금물을 만들게 해서 마신 뒤, 말없이 자고, 이튿날도, 감기 기운이 있다고 거짓말을 해서 하루 종일 누워 있다가, 밤, 제 비밀의 객혈이 아무래도 불안해서 견딜 수 없었기에, 일어나, 그 약국으로 가서, 이번에는 웃으며, 부인에게, 실로 고분고분 지금까지의 몸 상태를 고백하고, 상의했습니다.

"술을 끊지 않으시면."

저희들은, 육친과도 같았습니다.

"알코올 중독에 걸린 걸지도 몰라요. 지금도 마시고 싶어요."

"안 돼요. 저희 남편도, 결핵에 걸렸으면서, 균을 술로 죽인다며, 술에 절어서, 스스로 목숨을 단축시켰어요."

"불안해서 견딜 수가 없어요. 무서워서, 도저히, 참을 수가 없어요."

"약을 드릴게요. 술만은, 끊도록 하세요."

부인(미망인으로, 아들이 하나, 그는 지바였던가 어딘가의 의대에 들어간 뒤, 바로 아버지와 같은 병에 걸려, 휴학하고 입원 중, 집에는 중풍에 걸린 시아버지가 누워 있고, 부인 자신은 다섯 살 때, 소아마비에 걸려 한쪽 발을 전혀 못 쓰게 되었습니다.)은, 목발을 콕콕 찍으면서, 저를 위해서 이쪽 선반, 저쪽 서랍, 여러 가지 약품을 갖추어주었습니다.

이건, 조혈제.

이건, 비타민 주사액. 주사기는, 이거.

이건, 칼슘 정제. 위장이 상하지 않도록, 디아스타아제.

이건 무엇. 이건, 무엇, 이라며 대여섯 종의 약품 설명을 애정을 담아서 해주었는데, 그러나, 이 불행한 부인의 애정도 역시, 제게는 지나치게 깊었습니다. 마지막으로 부인이, 이건, 아무리 해도, 어떻게 해도 술을 마시고 싶어서, 견딜 수 없을 때의 약, 이라고 말하며 빠른 손놀림으로 종이에 싼 조그만 상자.

모르핀의 주사액이었습니다.

술보다는, 해가 덜하다고 부인도 말했고, 저도 그것을 믿었고, 또 하나는, 술의 취기도 과연 불결하다고 느껴지기 시작한 때이기도 했기에, 오랜만에 알코올이라는 사탄에서 벗어날 수 있다는 기쁨도 있어서, 아무런 망설임도 없이, 저는 제 팔에, 그 모르핀을 주사했습니다. 불안도, 초조함도, 부끄러움도, 깨끗하게 제거되어, 저는 매우 밝은 달변가가 되는 것이었습니다. 그렇게 해서, 그 주사를 맞으면 저는, 몸의 쇠약도 잊고, 만화 일에 몰두하여, 제 자신이 그림을 그리는 사람이면서 웃음을 터뜨려버릴 정도로 기묘한 취향이 태어나게 되었습니다.

하루에 한 번이라고 생각했던 것이, 두 번이 되고, 네 번이 되었을 무렵에는, 저는 이제 그것이 없으면, 일을 할 수 없게 되어버렸습니다.

"안 돼요, 중독에 걸리면, 그건 정말, 큰일이에요."

약국의 부인에게 그런 말을 들으면, 저는 이미 상당한 중독자가 되어버린 듯한 기분이 들기 시작해서, (저는, 타인의 암시에 참으로 덧없이 걸려드는 성격입니다. 이 돈은 쓰면 안 돼, 라고 말해도, 네가 그럴 수 있을까, 라는 등의 말을 들으면, 왠지 쓰지 않으면 안 될 것 같은, 기대를 저버리는 듯한, 이상한 착각이 들어, 반드시 바로 그 돈을 써버리는 것이었습니다.) 그 중독에 대한 불안 때문에, 오히려 약품을 많이 원하게 되는 것이었습니다.

"부탁이에요! 한 상자만 더. 돈은 월말에 틀림없이 드릴 테니."

"돈은, 언제라도 상관없어요. 경찰 쪽이, 시끄러워서."

아아, 언제나 제 주위에는, 왠지, 탁하고 어둡고, 미심쩍은 냄새가 나는 도망자의 냄새가 감돌고 있습니다.

"그래도 어떻게 좀, 눈을 속여서, 부탁이에요, 부인. 키스해드릴게요."

부인은, 얼굴을 붉혔습니다.

저는, 더욱 집요하게,

"약이 없으면 일을 조금도, 할 수가 없어요. 제게, 그것은 강정제 같은 거예요."

"그렇다면, 더더욱, 호르몬 주사가 좋을 거예요."

"저를 바보로 아세요? 술이나, 그렇지 않으면, 그 약이나, 둘 중 하나가 아니면 일을 할 수가 없어요."

"술은, 안 돼요."

"그렇죠? 저는 말이죠, 그 약을 쓰기 시작하면서, 술은 한 방울도 마시지 않았어요. 덕분에, 몸의 상태가, 아주 좋아요. 저도, 언제까지고, 어설프기 짝이 없는 만화 따위 그리고 있을 생각은 아니에요,

지금부터, 술을 끊고, 몸을 고치고, 공부해서, 틀림없이 훌륭한 화가
가 되어 보일게요. 지금이 중요한 때에요. 그러니까, 네, 부탁이에요.
키스해드릴까요?"

부인은 웃기 시작하며,

"이거 어쩌지. 중독에 걸려도 몰라요."

콕콕 목발 소리를 내며, 그 약품을 선반에서 꺼내,

"한 상자는, 드릴 수 없어요. 금방 써버리니까요. 반만 드릴게요."

"치사하게, 그래도, 어쩔 수 없지."

집으로 돌아와서, 바로 하나, 주사했습니다.

"아프지 않아요?"

요시코는, 흠칫흠칫 묻습니다.

"그야 아프지. 하지만, 일의 능률을 올리기 위해서는, 싫어도 이걸
하지 않으면 안 돼. 나 요즘, 아주 건강하지? 자, 일해야지. 일, 일."
이라며 신이 납니다.

깊은 밤, 약국의 문을 두드린 적도 있었습니다. 잠옷 차림으로,
콕콕 목발을 짚고 나온 부인을, 갑자기 끌어안고 키스하며, 우는 시늉
을 했습니다.

부인은, 말없이 제게 한 상자, 건네주었습니다.

약품도 역시, 소주와 마찬가지로, 아니, 그 이상으로, 혐오스럽고
불결한 것이라고, 뼈저리게 깨달은 순간에는, 이미 저는 완전한 중독
자가 되어 있었습니다. 참으로, 몰염치의 극치였습니다. 저는 그 약품
을 얻고 싶어서, 다시 춘화의 필사를 시작, 그리고, 그 약국의 불구의

278

부인과 글자 그대로 추한 관계까지 맺게 되었습니다.

죽고 싶다, 차라리, 죽고 싶다, 이제는 돌이킬 수가 없다, 어떤 짓을 해도, 무슨 짓을 해도 망가져갈 뿐이다, 수치에 수치를 더할 뿐이다, 자전거로 아오바의 폭포 같은 것, 내게는 바랄 수도 없는 일이다, 단지 더러운 죄에 꼴사나운 죄가 더해져, 고뇌가 증대되고 강렬해져갈 뿐이다, 죽고 싶다, 죽지 않으면 안 된다, 살아 있는 것이 죄의 씨앗이다, 라고 머릿속 가득 생각하면서도, 역시, 아파트와 약국 사이를 반 광란의 상태로 왕복할 뿐이었습니다.

아무리 일을 해도, 약의 사용량도 그에 따라서 늘었기에, 약값에 의한 빚이 끔찍할 정도의 액수가 되어, 부인은, 제 얼굴을 보면 눈물을 보이고, 저도 눈물을 흘렸습니다.

지옥.

이 지옥에서 벗어나기 위한 마지막 수단, 그것이 실패하면, 이후로는 이제 목을 매달 수밖에 없다, 라는 신의 존재를 걸 정도의 결의로, 저는, 고향의 아버지 앞으로 긴 편지를 써서, 저의 실정 전부를(여자에 대한 일은, 차마 쓸 수 없었습니다.) 고백하기로 했습니다.

그러나, 결과는 한층 더 좋지 않아, 아무리 기다려도 아무런 답장도 없고, 저는 그 초조함과 불안 때문에, 오히려 약의 양을 늘려버리게 되었습니다.

오늘 밤, 열 개, 한 번에 주사하여, 그리고 강물에 뛰어들자고, 남 몰래 각오를 한 그날 오후, 넙치가, 악마의 느낌으로 냄새를 맡은 듯, 호리키를 데리고 나타났습니다.

"너, 객혈을 했다며?"

호리키는, 제 앞에 책상다리를 하고 앉아 그렇게 말하고, 지금까지 본 적이 없었을 정도로 다정하게 미소 지었습니다. 그 다정한 미소가, 고마워서, 기뻐서, 저는 끝내 얼굴을 돌리고 눈물을 흘렸습니다. 그리고 그의 그 다정한 미소 하나에, 저는 완전히 무너져, 매장 당해버린 것입니다.

저는 자동차에 태워졌습니다. 어쨌든 입원해야 합니다, 나머지는 저희들에게 맡기세요, 라며 넙치도, 차분한 어조로, (그것은 깊은 자비심이라고 형용하고 싶을 정도로, 조용한 말투였습니다.) 제게 권해, 저는 의지도 판단도 아무 것도 없는 사람처럼, 그저 훌쩍훌쩍 울며 유유낙낙(唯唯諾諾) 두 사람의 명령에 따랐습니다. 요시코까지 네 사람, 저희는, 꽤나 오래도록 자동차에 흔들렸고, 주위가 어둑해졌을 무렵, 숲 속 커다란 병원의, 현관에 도착했습니다.

새너토리엄29)이라고만 생각했습니다.

저는 의사의 이상하게 부드럽고, 정중한 진찰을 받았고, 그런 다음 의사가,

"어쨌든, 한동안 여기서 정양하세요."

라고, 마치, 수줍다는 듯한 미소를 지으며 말했기에, 넙치와 호리키와 요시코는, 저 혼자만을 남겨두고 돌아가게 되었는데, 요시코는 갈아입을 옷가지가 들어 있는 보자기 꾸러미를 제게 건네주고, 그런 다음

---

29) sanatorium. 요양소. 특히 결핵요양소를 일컬음.

말없이 허리띠 사이에서 주사기와 쓰다 남은 그 약품을 내밀었습니다. 역시, 강정제라고만 생각하고 있었던 것일까요?

"아니, 이젠 필요 없어."

참으로, 신기한 일이었습니다. 누가 권했는데, 그것을 거부한 것은, 저의 그때까지의 생애 가운데서, 그때 딱 한 번, 이라고 해도 과언은 아닐 정도입니다. 저의 불행은, 거부할 능력이 없는 자의 불행이었습니다. 권하는데 거부를 하면, 상대방의 마음에도 저의 마음에도, 영원히 수선할 수 없는 서먹한 금이 생길 것 같다는 공포감에 떨게 되는 것이었습니다. 하지만, 저는 그때, 그렇게도 반 광란 상태가 되어 원하던 모르핀을, 실로 자연스럽게 거부했습니다. 요시코의 이른바 '신과 같은 무지'에 감동한 것일까요? 저는, 그 순간, 이미 중독에서 벗어나 있었던 것은 아닐까요?

그러나, 저는 그 뒤 바로, 그 수줍은 듯한 미소를 짓는 젊은 의사에게 안내되어, 어떤 병동에 넣어졌고, 철컥 하고 자물쇠가 채워졌습니다. 뇌병원이었습니다.

여자가 없는 곳에 가겠다던, 그 다이얼을 먹었을 때의 저의 어리석은 잠꼬대가, 참으로 기묘하게 실현되었던 것입니다. 그 병동에는, 남자 광인들뿐, 간호인도 남자였고, 여자는 한 사람도 없었습니다.

이제 저는 더 이상, 죄인이 문제가 아니라, 광인이었습니다. 아니, 결단코 저는 미치지 않았던 것입니다. 한순간도, 미쳤던 적은 없었습니다. 그러나, 아아, 광인들은, 대부분 자신에 대해서 그렇게 말한다고 합니다. 다시 말해서, 이 병원에 수용된 사람은 미친 사람, 수용되지 않은 사람은, 노말(normal)인 셈인 듯합니다.

신에게 묻겠다. 무저항은 죄인가?

호리키의 그 이상하게 아름다운 미소에 저는 울고, 판단도 저항도 잊은 채 자동차에 올라, 그렇게 해서 이곳으로 끌려와서, 광인이 되었습니다. 지금 당장, 여기서 나가도, 저는 역시 광인, 아니, 폐인이라는 각인이 이마에 찍히게 될 것입니다.

인간, 실격.

더 이상, 저는, 완전히, 인간이 아니었습니다.

여기에 온 것은 초여름 무렵으로, 쇠창살이 달린 창문을 통해서 병원 정원의 조그만 연못에 붉은 수련꽃이 피어 있는 것이 보였지만, 그로부터 세 달 지나, 정원에 코스모스가 피기 시작, 뜻밖에도 고향의 큰형님이, 넙치를 이끌고 저를 데리러 와서, 아버지가 지난 달 말에 위궤양으로 돌아가신 일, 우리는 더 이상 너의 과거를 묻지 않겠다, 생활의 걱정도 하지 않도록 할 생각, 아무것도 하지 않아도 된다, 그 대신, 여러 가지 미련도 있을 테지만 도쿄를 떠나, 시골에서 요양 생활을 시작해라, 네가 도쿄에서 한 일의 뒤처리는, 대부분 시부타가 해주었을 테니, 그건 신경 쓰지 않아도 된다, 며 예의 고지식하고 긴장한 듯한 어조로 말했습니다.

고향의 산하가 눈앞에 보이는 듯한 기분이 들어, 저는 희미하게 끄덕였습니다.

그야말로 폐인.

아버지가 돌아가셨다는 사실을 안 뒤부터, 저는 더욱 넋이 나간

듯이 되어버렸습니다. 아버지가, 더는 계시지 않는다, 내 가슴속에서 한시도 떨어지지 않았던 그 그립고 무서운 존재가, 더는 계시지 않는다, 제 고뇌의 단지가 텅 비어버린 듯한 느낌이었습니다. 제 고뇌의 단지가 더없이 무거웠던 것도, 그 아버지 때문 아니었을까 하는 생각조차 들었습니다. 완전히, 긴장이 풀어졌습니다. 고뇌하는 능력조차 잃었습니다.

큰형님은 제게 한 약속을 정확하게 실행해주었습니다. 제가 태어나고 자란 마을에서 기차로 네댓 시간, 남하한 곳에, 도호쿠에서는 보기 드물 정도로 따뜻한 바닷가 온천지가 있는데, 그 마을 외곽의, 칸 수는 다섯 개나 되지만, 상당히 오래된 집인 듯 벽은 벗겨져 떨어지고, 기둥은 벌레 먹어, 거의 수리할 수 없을 정도의 오두막을 사서 제게 주고, 60에 가까운 털이 아주 붉고 못생긴 하녀를 한 명 붙여주었습니다. 그로부터 3년 하고 약간 더 지나, 저는 그 사이에 그 데쓰(テツ)라고 하는 늙은 하녀에게 수차례 이상한 방법으로 희롱을 당하고, 때로는 부부싸움과도 같은 것을 시작, 가슴의 병은 일진일퇴, 야위기도 하고 살이 찌기도 하고, 혈담이 나오기도 하고, 어제, 데쓰에게 칼모틴을 사와, 라고 말해, 마을의 약국으로 심부름을 보냈더니, 평소의 상자와는 다른 형태의 상자에 든 칼모틴을 사와, 특별히 저도 신경 쓰지 않고, 잠들기 전에 열 알 먹었지만 전혀 졸려오지 않았기에, 이상하다고 생각하고 있는데, 뱃속이 이상해져서 갑자기 변소에 갔더니 맹렬한 설사로, 게다가, 그 이후부터 3번이나 연달아서 변소에 갔습니다. 이상한 마음을 견딜 수 없어, 약 상자를 가만히 살펴보

니, 그것은 헤노모틴이라는 설사가 나게 하는 약이었습니다.

저는 천장을 보고 누워, 배에 탕파를 올려놓으며, 데쓰를 야단쳐야 겠다고 생각했습니다.

"이건 말이야, 너, 칼모틴이 아니야. 헤노모틴, 이라는 거야." 라고 말하다, 우후후후 웃어버리고 말았습니다. '폐인'은, 아무래도 이것은, 희극명사인 듯합니다. 잠을 자려고 설사 나게 하는 약을 먹고, 게다가, 그 설사 나게 하는 약의 이름은, 헤노모틴.

지금 제게는, 행복도 불행도 없습니다.

그저, 모든 것은 스쳐 지납니다.

제가 지금까지 아비규환으로 살아온 이른바 '인간'의 세상에서, 오직 하나, 진리처럼 여겨진 것은, 그것뿐이었습니다.

그저, 모든 것은 스쳐 지납니다.

저는 올해, 스물일곱이 됩니다. 백발이 눈에 띄게 늘었기에, 대부분의 사람들은, 마흔 이상으로 봅니다.

후　기

이 수기를 쓴 광인을, 나는, 직접 알지는 못한다. 그러나 이 수기에 나오는 교바시 스탠드 바의 마담이라 여겨지는 인물을, 나는 조금 알고 있다. 조그만 체구에, 얼굴색이 좋지 않고, 눈이 가늘게 치켜 올라갔고, 코가 높은, 미인이라기보다는, 미청년이라고 하는 편이 좋을 정도의 완고한 느낌을 주는 사람이었다. 이 수기에는, 아무래도, 1930, 31, 32년, 그 무렵의 도쿄 풍경이 주로 묘사되어 있는 듯 여겨지는데, 내가, 그 교바시의 스탠드 바에, 친구를 따라서 두어 번, 들러, 하이볼[30] 등을 마신 것은, 예의 일본 '군부'가 슬슬 노골적으로 날뛰기 시작한 1935년 전후의 일이었으니, 이 수기를 쓴 남자는, 볼 수가 없었다.

그런데, 올해 2월, 나는 지바 현 후나바시 시로 피난을 가 있던 한 친구를 찾아갔다. 그 친구는, 내 대학 시절의 이른바 학우로, 지금은 모 여자대의 강사를 하고 있는데, 사실 나는 이 친구에게 내 가족

---

30) 위스키에 탄산수를 탄 음료.

과의 혼담을 의뢰 중이었기에, 그 일도 있고, 겸사겸사 뭐 신선한 해산물이라도 사다가 우리 집 식구들에게 먹여야겠다는 생각이 들어, 배낭을 짊어지고 후나바시 시로 갔던 것이다.

후나바시 시는, 갯벌에 면한 꽤 커다란 마을이었다. 새로운 주민인 그 친구의 집은, 그 지역 사람들에게 주소를 알려주고 물어보아도, 좀처럼 알지를 못했다. 춥기도 하고, 배낭을 짊어진 어깨가 아프기도 했기에, 나는 레코드의 바이올린 소리에 이끌려, 한 찻집의 문을 밀었다.

그곳 마담의 낯이 익어서, 물어보았더니, 바로, 10년 전 그 교바시의 조그만 바의 마담이었다. 마담도, 나를 바로 떠올린 모양으로, 서로 과장스럽게 놀라고, 웃고, 그런 다음 이럴 때면 늘 그렇듯, 예의, 공습으로 불타버린 서로의 경험을 묻지도 않았는데, 마치 자랑이라도 되는 양 주고받았으며,

"그런데, 당신은, 변함이 없네."

"아니에요, 벌써 할머니. 몸이, 삐걱거려요. 당신이야말로, 젊으시네요."

"말도 안 되는 소리. 애들이 벌써 셋이나 있다고. 오늘은 그 녀석들을 위해 먹을 것을 사러 온 거야."

라는 등, 이것도 역시 오랜만에 만난 사람들끼리의 뻔한 인사를 교환하고, 그런 다음, 두 사람이 동시에 알고 있는 사람들의 그 뒤의 소식을 묻기도 하고, 그러는 사이에, 문득 마담이 말투를 바꿔, 당신 요조를 알고 있었던가요, 라고 말했다. 그 사람은 모른다, 고 대답하

자, 마담은 안채로 들어가서, 노트북 세 권과, 사진 세 장을 가지고
와서 내게 건네주며,

"혹시, 소설의 재료가 될지도 몰라요."
라고 말했다.

나는, 남이 억지로 떠넘긴 재료로는 글을 쓰지 못하는 성격이었기
에, 그 자리에서 바로 돌려주려 했지만, (세 장의 사진, 그 기괴함에
대해서는, 서문에서도 이야기했다.) 그 사진에 마음을 빼앗겨, 일단
은 노트를 맡기로 하고, 돌아가는 길에 다시 여기에 들르겠지만, 무슨
마을 몇 번지에 살고 있는 모 씨, 여자대의 선생을 하고 있는 사람의
집을 모르냐, 고 물었더니, 역시 서로가 새로운 주민, 알고 있었다.
가끔, 이 찻집에도 들른다고 했다. 바로 근처였다.

그날 밤, 친구와 약간의 술을 마시고, 묵어가기로 한 뒤, 나는 아침
까지 한잠도 자지 않고, 그 노트를 정신없이 읽었다.

그 수기에 적혀 있는 것은, 예전의 이야기이기는 했지만, 그러나
현대 사람들이 읽어도, 상당한 흥미를 가질 것임에 틀림없었다. 어설
프게 내가 붓을 가하기보다는, 이건 그대로, 어딘가의 잡지사에 부탁
해서 발표하는 편이, 오히려, 의의가 있을 것 같다는 생각이 들었다.

아이들을 위해서 산 해산물은, 건어물뿐. 나는, 배낭을 메고 친구
의 집에서 나와, 예의 찻집에 들러,

"어제는, 고마웠어. 그런데, ……."
라고 바로 말을 꺼낸 뒤,

"이 노트를, 당분간 빌려줄 수 없을까?"

287

"네, 그렇게 하세요."

"이 사람 아직 살아 있을까?"

"글쎄요, 그걸, 전혀 알 수가 없어요. 10년쯤 전에, 교바시의 가게로, 그 노트와 사진이 소포로 도착했는데, 보낸 사람은 틀림없이 요조일 테지만, 그 소포에는, 요조의 주소도, 이름조차도 적혀 있지 않았어요. 공습 때, 다른 물건들에 섞여서, 이것도 신기하게 그대로 남아서, 저는 얼마 전에 처음으로, 전부를 읽어보고, ……."

"울었나?"

"아니요, 울었다기보다, ……끝장이지, 인간도 그렇게 되어서는, 정말 끝장이에요."

"그로부터 10년, 이니 그렇다면, 이미 세상을 떠났을지도 모르겠군. 이건, 당신에 대한 감사의 표시로 보낸 거겠지. 다소, 과장해서 쓴 부분도 있는 듯하지만, 그러나, 당신도, 상당히 커다란 피해를 입은 듯하더군. 만약, 이것이 전부 사실이라면, 그리고 내가 이 사람의 친구였다면, 역시 뇌병원에 데려가고 싶어졌을지도 몰라."

"그 사람의 아버지가 잘못한 거예요."

무심한 듯, 그렇게 말했다.

"우리가 알고 있는 요조는, 아주 착하고, 눈치가 빠르고, 거기에 술만 마시지 않았다면, 아니, 술을 마셔도, ……신처럼 착한아이였어요."

나의 반생을 말하다
(わが半生を語る)

성장과 환경

저는 시골의 이른바 부자라고 불리는 집에서 태어났습니다. 많은 형님과 누님이 있고 그 막내로서 아무런 불편함도 없이 자랐습니다. 그 때문에 세상 물정에 어둡고 굉장히 수줍음 많은 성격이 되어버렸습니다. 저의 이 수줍음이 남들이 보기에는 제가 그것을 자랑하고 있는 것처럼 보이지나 않을까 신경을 쓰고 있습니다.

저는 대부분 다른 사람에게는 만족스럽게 말도 하지 못할 만큼 나약한 성격이고, 따라서 생활력도 제로에 가깝다고 스스로 느끼며 어렸을 때부터 지금까지 지내왔습니다. 그렇기 때문에 저는 오히려 염세주의라고 해도 좋을 정도로 삶에 그다지 의욕을 느끼지 못합니다. 그저 한시라도 빨리 이 생활의 공포에서 도망치고 싶다, 이 세상에 작별을 고하고 싶다는 등의 일만 어렸을 때부터 생각해온 성격이었습니다.

이와 같은 저의 성격이 저로 하여금 문학에 뜻을 두게 한 동기라고 말할 수 있을 것입니다. 자란 가정이나 육친이나 혹은 고향이라는 개념, 그러한 것들이 뽑아내기 아주 어려울 정도로 뿌리내린 것 같다는 생각이 듭니다.

저는 저의 작품 속에서 제가 태어난 집을 자랑하고 있는 것처럼 보일지도 모르겠지만, 오히려 저희 집의 실제 크기보다도 더욱 물러나서, 그것은 거의 절반, 아니 훨씬 더 수줍게 이야기하고 있을 정도입니다.

하나를 보면 열을 알 수 있다, 어쩐지 늘 제가 그 때문에 사람들로부터 비난받고 원수처럼 여겨지고 있는 것 같다는, 그런 공포감이 언제나 저를 따라다닙니다. 그 때문에 일부러 가장 하등한 생활을 해보이기도 하고 혹은 제아무리 더러운 일에도 평정심을 유지하자고 마음먹었지만, 그래도 설마 허리띠 대신 새끼줄을 맬 수는 없다.

역시 바로 그 점이 저를 어딘가 잘난 척하는 부분이 있다고 사람들이 생각하는 첫 번째 원인인 듯합니다. 그러나 제 속내를 털어놓자면, 그것이 제 나약함의 가장 커다란 원인으로 그 때문에 제 몸에 지니고 있는 것 전부를 내던져 바치고 싶다는 생각을 한 적이 몇 번이나 있었는지 모릅니다.

예를 들어보자면 제게도 물론 여자가 호의를 보이는 적이 가끔은 있었지만 제가 그런 부잣집 아들로 태어났다는 점 때문에 여자가 호의를 보이는 것에 지나지 않는다는 식으로 남들이 생각할까 두려워서 연애조차 몇 번이고 스스로 단념한 적도 있었습니다.

실제로 저희 형이 지금 아오모리 현의 민선(民選) 지사를 하고 있는데 그런 사실을 여자에게 한 마디라도 하면 그것을 미끼로 여자를 꼬이려는 것처럼 여겨지지나 않을까, 오히려 언제나 연극을 하듯 저를 하찮은 사람으로 보이려는, 거의 어리석음이라고 해도 좋을 정도의 노력을 하며 살아왔습니다. 이것은 저로서도 어찌해볼 수 없는 일로, 그 어떤 해결방법도 여전히 찾지 못했습니다.

문단생활? ……

제가 아직 도쿄 대학 불문과에서 우물쭈물하고 있던 25세 때, 개조사(改造社)의 『문예』라는 잡지에서 단편을 하나 써달라는 말이 있어, 당시 가지고 있던 「역행(逆行)」이라는 단편을 보냈습니다. 그런데 2, 3개월쯤 뒤, 신문의 광고에 커다랗게 이름이, 다른 선배들과 나란히 실렸고 또 후일 제1회 아쿠타가와상의 후보에 올랐습니다.

그 「역행」과 거의 비슷한 시기에 동인잡지 『일본낭만파(日本浪曼派)』에 「광대의 꽃」이 발표되었습니다. 그것이 사토 하루오 선생님의 추장(推奬)을 얻었고 그 후부터 문학잡지에 차례차례 작품을 발표하게 되었습니다.

그렇게 해서 저도 문단생활이라고 해야 할지, 소설을 써서 어쩌면 생활을 할 수 있지 않을까 하는 희미한 희망을 갖게 되었습니다. 대략적인 연대로 따지자면 그것은 1935년 무렵이었습니다.

되돌아보면 저는 확실하게 이러이러한 동기로 문학에 뜻을 두게 되었다고는 말할 수 없고, 거의 무의식적이라고 해도 좋을 정도로 저는 어느 사이엔가 문학의 들판을 걷고 있었던 듯합니다. 정신을 차리고 보니 나아가려 해도 천 리, 돌아가려 해도 천 리와 같은, 피할 수도 물러설 수도 없는 문학의 들판 한가운데 서 있다는 사실을 깨닫고 깜짝 놀랐다고 하는 것이 진실에 가까울 듯합니다.

선배 · 좋아하는 사람들

제가 교제를 부탁한 선배는 이부세 마스지 씨 한 사람이라고 해도 좋을 정도입니다. 그리고 평론가 중에는 가와카미 데쓰타로[1]), 가메이 가쓰이치로[2]), 이 사람들도 '문학계'의 관계에서 술친구가 되었습니다. 좀 더 나이 드신 선배 중에는, 이건 교우라고 하면 실례가 될지도 모르겠지만, 댁에 불러주신 적이 있는 분으로 사토 선생님과 도요시마 요시오[3]) 선생님이 계십니다. 그리고 이부세 선생님은 심

---

1) 河上徹太郎(1902~1980). 문예평론가, 음악평론가. 근대비평의 선구자로 알려져 있다.
2) 亀井勝一郎(1907~1966). 문예평론가, 일본예술원 회원.
3) 豊島与志雄(1890~1955). 소설가, 번역가, 프랑스문학자. 상징적인 수법으로 근대인의 심리를 날카롭게 도려내 독특한 시정을 담은 작품을 썼다. 저서로는 『인간번영』, 『소생』 등이 있다. 다자이는 만년에 도요시마 요시오를 가장 존경해서 훗날 자신과 함께 자살하는 여성인 야마자키 도미에를 데리고 종종 도요시마의 집을 찾아가 술을 마셨다. 도요시마도 다자이의 마음을 받아들여 그 친교는 다자이가 세상을 떠나기까지 이어졌다. 도요시마는 다자이의 장례위원장을 맡기도 했다. 다자이 오사무 사후 도요시마는 「다자이 오사무와의 하루」라는 글을 쓰기도 했다.

지어 지금의 아내를 중매해주셨을 정도로 살갑게 대해주십니다. 이 부세 선생님은, 초기의 『심야와 매화꽃』이라는 책의 각 작품에서는 거의 보석을 늘어놓은 것 같은 인상을 받았습니다. 또한 가무라 이소타[4] 등도 옛날부터 아주 훌륭한 사람이라고 생각하고 있었습니다.

이것은 나약한 성격을 가진 사람의 특징일지도 모르겠는데 사람들이 너무나도 떠들어대는, 혹은 존경하고 있는 작품에는 일단 의심을 품는 버릇이 있습니다.

메이지 시절의 문단 중에서는 구니키다 돗포[5]의 단편이 아주 좋다고 생각하고 있습니다.

프랑스 문학 중에서는 19세기를 이야기하자면 대부분은 모두 발자크, 플로베르 등과 같은 이른바 대문호에 감탄하지 않으면 문인으로서의 자격에 미달되는 양, 이상한 상식을 가지고 있는 듯하지만 저는 그런 대문호의 작품은 사실 읽어도 그다지 좋다는 생각이 들지 않습니다. 오히려 뮈세, 도데와 같은 작가들을 남몰래 애독하고 있습니다. 러시아에서는 톨스토이, 도스토예프스키 등과 같은 사람에 감탄하지 않으면, 역시 모두가 문인으로서의 자격에 미달되는 양 생각하는 것이 상식인데, 그야 물론 그럴 테지만 저는 역시 체호프나, 누구보다도 러시아에는 푸시킨 한 사람뿐이라고 말해도 좋을 정도로

(『그럼, 안녕히······ 야마자키 도미에였습니다.』(현인) 참조)

4) 嘉村礒多(1897~1933). 소설가. 열등감과 자학성으로 가득한 사소설로 알려졌다.
5) 国木田独歩(1871~1908). 소설가, 시인. 신체시에서 소설로 전향, 자연주의문학의 선구가 되었다.

경도되어 있습니다.

저는 괴짜가 아닙니다

  지난달 『소설 신초(新潮)』의 '이야기의 샘(話の泉)' 모임에서 저는 괴짜라는 소리를 들었으며, 어쩐 일인지 허리띠 대신 새끼줄을 허리에 감고 있는 것처럼 여겨지고 있습니다. 또한 저의 소설도 그저 특이하고 보기 드문 작품이라는 정도의 말을 들어왔기에 저는 남몰래 우울한 생각이 들었습니다. 세상 사람들로부터 괴짜라거나 기인이라는 등의 말을 듣는 사람은 의외로 마음이 약하고 배짱이 없는, 그런 사람들이 자신을 지키기 위해서 위장을 하고 있는 경우가 많지 않을까 여겨집니다. 역시 생활에 대한 자신감이 없다는 점에서 나오는 것 아닐까요?

  저는 자신을 괴짜라고도 기이한 사람이라고도 생각한 적이 없으며, 지극히 당연한 그리고 낡은 도덕 등에도 매우 집착하는 성격입니다. 그럼에도 불구하고 저를 도덕 따위 완전히 무시하고 있다고 생각하는 사람들이 많은 듯한데 사실 그와는 정반대입니다.

  그러나 저는, 앞서도 말한 것처럼 나약한 성격을 가지고 있기 때문에 그 나약함만은 인정하지 않을 수 없다고 생각합니다. 또한 다른 사람과 논의하는 것도 제게는 불가능한 일인데, 이것도 저의 나약함이라고 해도 좋지만 어딘가 저의 기독교적 사상 같은 것도 조금 포함되어 있는 듯한 기분이 듭니다.

기독교적 사상이라는 말이 나왔으니 말인데, 저는 지금 글자 그대로 쓰러져가는 집에서 살고 있습니다. 저 역시도 물론 남들이 사는 평범한 집에서 살고 싶습니다. 아이가 불쌍하다는 생각이 들 때도 있습니다. 하지만 저는 아무래도 좋은 집에서 살 수가 없습니다. 그것은 프롤레타리아 의식이나 프롤레타리아 이데올로기나, 그런 것에서 배운 것이 아니라 그리스도의 '너희는 자기를 사랑하는 것처럼 이웃을 사랑하라' 는 말을 이상할 정도로 완고하게 깊이 믿고 있기 때문인 듯합니다. 그러나 자신을 사랑하는 것처럼 이웃을 사랑한다는 것은 좀처럼 해낼 수 있는 일이 아니라는 생각이 최근 절실하게 들기 시작했습니다. 인간은 모두 똑같다. 그런 사상은 단지 인간을 자살로 내몰기만 하는 것 아닐까요?

그리스도의 자기를 사랑하는 것처럼 이웃을 사랑하라는 말을 저는 필시 잘못 해석하고 있는 것이 아닐지. 거기에는 좀 더 다른 의미가 있는 것은 아닐지. 이런 생각이 들자 자기를 사랑하는 것처럼이라는 말이 떠올랐습니다. 역시 자신도 사랑하지 않으면 안 된다. 자신을 싫어하면서, 혹은 자신을 학대하면서 남을 사랑해서는 자살을 할 수밖에 없는 것이 당연하다는 사실을 희미하게 깨닫기 시작했지만, 그러나 그것은 단지 이론에 불과합니다. 저의 세상 사람들에 대한 감정은 역시 언제나 수줍음으로, 등허리를 2치 정도 낮게 하여 걷지 않으면 안 될 것 같다는 생각을 가지고 살아왔습니다. 이런 점에도 제 문학의 근거가 있는 듯한 느낌이 듭니다.

그리고 저는 사회주의라는 것은 역시 올바른 것이라는 실감도 가지고 있습니다. 그런데 지금 사회주의 세상이 드디어 된 듯한데, 가타야마(片山) 총리 등이 일본의 대장이 되었다는 사실은 역시 기쁜 일이 아닐까 생각하면서도 저는 예전과 마찬가지로, 아니 어쩌면 예전 이상으로 황폐한 생활을 하지 않으면 안 됩니다. 이런 저의 불행을 생각하면 이제 내게는 행복이라는 것이 평생 없는 것일까, 이것은 감상적인 기분이 아니라 어딘가 매우 명료하게 깨닫게 된 것처럼, 요즘 느껴집니다.

이것저것 생각을 떠올리다보면 저는 술을 마시지 않을 수 없게 됩니다. 제 문학관이나 작품이 술에 좌우될 것이라 여겨지지는 않지만, 단지 술은 제 생활을 상당히 흔들고 있습니다. 앞에서도 말한 것처럼 사람을 만나도 만족스럽게 이야기를 하지 못하고, 나중에서야 이렇게 말했으면 좋았을 걸, 저렇게도 말했으면 좋았을 걸 하며 분해합니다. 언제나 사람과 만날 때면 대부분은 어질어질 현기증이 나서 이야기를 하고 있지 않으면 안 되는 성격이기에 끝내 술을 마시게 됩니다. 그 때문에 건강을 해치고, 혹은 경제적 파탄 등도 종종 있었기에 가정은 언제나 빈한(貧寒)한 분위기를 띠고 있습니다. 잠자리에 들어서 여러 가지로 그 개선책을 기도(企圖)하는 경우도 있지만 그것은 아무래도 죽지 않으면 고치지 못할 정도로까지 되어 버린 듯합니다.

저도 벌써 서른아홉이 되었는데 세상에서 앞으로 살아갈 일을 생각하면 그저 망연자실해질 뿐, 아직 그 어떤 자신감도 없습니다. 따라서 그런 이른바 겁쟁이가 처자를 부양해나간다는 것은, 오히려 비참함이라고 말해도 좋을지 모르겠다는 생각이 들 때도 있습니다.

1947년 11월 1일.

유 서

—쓰루마키 부부1) 앞으로
다자이 오사무와 야마자키 도미에2)가 함께 남긴 유서—

오랜 세월 여러 가지로 친근하고 친절하게 대해주셨습니다. 잊지
않겠습니다. 아저씨께도 신세를 겼습니다. 당신들 부부는 장사와 상
관없이 저희들에게 잘해주셨습니다. 돈에 관해서는 이시이3)에게.

다자이 오사무

울기도 하고 웃기도 하고, 전부 알고 계시는 일, 끝까지 두 분
모두 건강하시길, 뒷일을 부탁드리겠습니다. 부탁을 드릴 사람이 아
무도 없습니다. 여기저기서 많은 분들이 오시리라 생각합니다만, 평

---

1) 다자이 오사무가 말년에 자주 들렀던 술집 지구사(千草)의 주인 부부.
   남편 쓰루마키 고노스케, 아내 마스다 시즈에. 다자이는 신문, 잡지사
   사람들과 만날 때 지구사를 자주 이용했을 뿐만 아니라 야마자키 도미
   에와의 일로도 지구사의 주인 부부에게 여러 가지고 신세를 겼다. 또한
   지구사의 2층을 빌려 자신의 작업실로 쓰고 있었다. 자세한 내용은 『그
   럼, 안녕히…… 야마자키 도미에였습니다.』(현인) 참조.

2) 1919~1948. 아버지가 경영하던 미용학교에서 배워 미용사가 되었다.
   1944년에 결혼하나 남편은 곧 전쟁에 나가게 된다. 이후 1947년에 다
   자이 오사무를 알게 되어 말년의 다자이를 극진히 보살피다 이듬해인
   1948년에 다자이와 함께 자살했다. 자세한 내용은 『그럼, 안녕히……
   야마자키 도미에였습니다.』(현인) 참조.

3) 이시이 다쓰(石井立). 지쿠마 서방의 편집자. 다자이 오사무가 가장 신
   뢰하던 사람.

소처럼 대접해주시기 바랍니다.

얼마 전에 빌렸던 기모노, 아직 빨지도 못했습니다. 용서해주십시오. 기모노와 같이 있는 약은 가슴의 병에 좋은 것으로 이시이 씨를 통해서 다자이 씨가 구하신 것, 써주시기 바랍니다. 시골에서 부모님이 상경하시면 모쪼록 잘 좀 말씀해주시기 바랍니다. 무례한 부탁, 용서해주십시오.

1948년 6월 13일

추 신

방에 중요한 물건4), 놓아두었습니다. 아저씨, 아주머니, 열어보시고 노가와5) 씨와 상의해서 잠시 맡아주시기 바랍니다. 그리고 아버지와 언니와 그리고 친구에게 (지급전보) 알려주시기 바랍니다.

아버지   시가 현 간자키 군 요카이치초 244

야마자키 하루히로6)

언니   가나가와 현 가마쿠라 시 하세도오리 256 마 소아르 미용실

---

4) 유서, 두 사람의 사진, 다자이 오사무의 원고, 오타 시즈코의 일기(「사양(斜陽)」의 재료가 된 일기), 야마자키 도미에의 일기, 미용관계 연구문헌 등.
5) 野川アヤノ. 야마자키 도미에가 하숙하던 집의 주인. 다자이는 도미에의 방을 작업실로 쓰기도 했다.
6) 山崎晴弘. 오차노미즈 미용학교 교장. 미용학교가 폭격을 당한 후 시가 현 요카이치초에 피난하던 중 1946년에 공직에서 추방당했다.

야마자키 쓰타7)

친구   혼고 구 모리카와초 90

가토 이쿠코8)

요도바시 구 도쓰카초 1-404

미야자키 하루코

---

7) 山崎つた. 야마자키 도미에의 셋째 오빠의 아내로 한때 가마쿠라에서 미용실을 공동경영하기도 했다.
8) 加藤郁子. 야마자키 도미에의 남편이었던 오쿠나 슈이치가 다니던 미쓰이 물산의 사원.

저만 행복한 죽음을 맞이해서 죄송합니다. 오쿠나[9])와 조금 오래 생활해서 애정이라도 쌓였다면 이런 결과도 맞지 않았을지 모르겠습니다. 야마자키 성(姓)으로 돌아온 뒤부터[10]) 죽고 싶다고 바라고 있었습니다만……, 뼈는 사실은 다자이 씨 옆에라도 넣어주신다면 바랄 게 없겠지만, 그건 너무나도 이기적인 일이라는 사실을 알고 있습니다.

다자이 씨를 처음 뵀을 때 다른 두어 명의 친구들과 함께 계셨는데 이야기를 듣는 동안 제 마음에 절실하게 와 닿는 부분이 있었습니다. 오쿠나 이상의 애정을 느끼고 말았습니다. 가정을 가지고 계신 분으

---

9) 오쿠나 슈이치(奧名修一). 미쓰이 물산의 사원으로 1944년 12월 9일에 야마자키 도미에와 결혼한 뒤 같은 달 21일(결혼 12일째)에 마닐라 지점으로 전근하게 되어 단신 부임했다. 마닐라 도착 이후 미군의 상륙 때문에 이듬해 1월에 현지소집되었다가 그대로 행방불명. 패전 후인 1945년 12월에 생환한 슈이치의 전우에게서 '슈이치는 1월 17일에 루손 섬에서 전사했다.'는 말을 들었다. 공식적으로는 1947년 7월의 전사 공보(戰死公報)까지 확정되지 않았다.

10) 1944년 12월 9일에 결혼한 도미에는 1945년 1월 21일에 혼인신고를 했다(남편은 1월 17일에 전사). 이후 1947년 7월에 남편의 전사 공보가 있었고, 남편의 매형인 쓰치야 유키오(土家由岐雄, 아동문학 작가) 부부의 호의로 11월 25일에 다시 야마자키 가로 복적(復籍)하게 되었다.

로 저도 생각했습니다만, 여자로서 살고 여자로서 죽고 싶습니다. 저세상에 가면 다자이 씨의 부모님께도 인사를 드려 반드시 믿어주시게 할 생각입니다. 사랑하고 사랑해서 슈지 씨를 행복하게 해드리겠습니다.

하다못해 앞으로 1, 2년 더 살아가고 싶었지만 아내는 남편과 함께 어디까지고 걸어가고 싶은 법입니다. 단지 부모님의 슬픔과 앞날이 걱정입니다.

(이 유서는 1947년 8월 29일자로 되어 있다.)

(이는 총 9장인데 유족들의 뜻에 따라 일부만 공개되었다.)

〈2장째 아이들은 모두 그다지

　3장째 뛰어나지 않은 듯하지만 밝게 키워주십시오

　　　　부탁합니다

　　　　꽤나 고생을 시켰습니다 소설을 쓰는 것이 싫어져서

　　　　죽는 것입니다

　6장째 입니다 언제나 당신들을 생각, 그리고 훌쩍훌쩍 웁니다

　9장째 쓰시마 슈지 미치 귀하 당신을 누구보다 사랑했습니다〉

　　　　　　　—아내 미치코에게 남긴 유서의 초고라 여겨지는 유서
　　　(이는 찢어서 버려져 있었다고 한다. 그 내용은 다음과 같다.)

〈—간단히 해결 가(可)— 믿고 있습니다 / 오래 있을수록 / 모두를
괴롭히고 / 나도 괴롭고 / 용서해주시길 바람 / 아이들은 범인이지만
/ 야단치지 마시길 / 지쿠마(筑摩) 신초 야쿠모(八雲) 이상, 3사에
지급전보〉

〈모두, 아이들은 그다지 뛰어나지 않은 듯하지만 밝게 키워주십시
오. 당신이 싫어져서 죽는 게 아닙니다. 소설을 쓰기가 싫어졌기 때문
입니다. 모두 천박한 욕심쟁이들뿐. 이부세 씨는 악인입니다.〉

다자이 오사무 연보

─다나카 히데미쓰[1] 작성

1909년

6월 19일, 아오모리 현 기타쓰가루 군 가나기마치 오오아자 가나기 아자 아사히야마 414에서 태어남. 호적상의 이름, 쓰시마 슈지(津島 修治). 쓰시마 가는 통칭 야마겐(∧源)이라 불렸다. 아오모리 현 굴지 의 대지주다. 아버지는 쓰시마 겐에몬(津島源右衛門, 기즈쿠리마치 <木造町>의 마쓰기<松木> 가에서 출생), 어머니는 다네(たね, 쓰시 마 소고로<津島惣五郎>의 장녀), 슈지는 그 6남이다.

오사무의 유년 무렵이 야마겐의 가장 화려했던 시대로 아버지는 대 의사 외에도 공무로 집을 비우는 경우가 많았다. 그 무렵은 큰형님인 분지(文治)를 비롯한 형 3명, 누나 4명 외, 증조할머니, 할머니, 숙모 (어머니의 동생)와 그녀의 딸, 즉 오사무의 사촌누나들, 고용인 남녀

---

1) 田中英光(1913~1949). 소설가. 1932년 와세다 대학 정경학부 재학 중 조정 일본대표로 올림픽에 출전했다. 1935년부터 동인잡지에 소설을 발 표하기 시작했으며 다자이 오사무에게 사사했다. 1948년 다자이의 자살 에 커다란 충격을 받아 수면제, 여자, 술에 빠져 퇴폐적 생활을 했으며 무뢰파적 작품을 발표했다. 1949년 11월, 다자이 오사무의 무덤 앞에서 자살했다. 대표작으로는 「올림포스의 과실」, 「지하실에서」, 「취한 배」 등이 있다. 다자이 오사무 사후 다자이의 작품을 편집해 『다자이 오사 무 자서전』(현인)을 간행했으며, 그와의 일화를 소재로 한 단편소설 「생명의 과실」(『그럼, 안녕히…… 야마자키 도미에였습니다.』(현인) 수 록)도 발표했다.

10여 명, 총 30여 명의 대가족이었다. (형제 중 셋째 형과 누나 3명은 훗날 사망, 그리고 세 살 밑이었던 동생이 태어났으나 15세에 사망)

생모의 몸이 약했기에 유모의 젖을 빨았으며, 숙모의 품에서 자랐다. 선천적으로 병약해서 몇 번이고 죽음에 다가갈 정도의 커다란 병을 앓았다. 2세 무렵부터 7세까지 다케라는 아가씨가 늘 옆에 붙어서 돌봐주었으며 일찍부터 읽기와 쓰기를 배웠다. 또한 할머니로부터 엄격하게 예절교육을 받았다. 7세 무렵, 숙모 일가는 고쇼가와라마치로 분가했다.

1916년(8세)

가나기마치 심상소학교에 들어감. 소학교 시절에도 병으로 결석하는 날이 많았으나 성적은 언제나 최우수였다. 매일 수많은 잡지를 구해다 심취했다. 소학교 3, 4학년 무렵부터 불면증에 시달렸다.

1922년(14세)

심상과를 졸업했으나 몸이 약해 고등과에서 1년 수학했다.

1923년(15세)

3월, 아버지 겐에몬이 귀족원 다액의원 재임 중 도쿄에서 사망했다. (53세)

4월, 아오모리 현립 아오모리 중학교에 입학, 아오모리 시 데라마치(寺町)의 도요타 씨 댁에서 통학했다.

중학 시절의 성적은 언제나 우수했으며, 매일 매우 규칙적이고 끈기 있게 공부했기에 학급의 인망을 한 몸에 얻었다. 3학년 때 직접 편집하여 『신기루(蜃気楼)』라는 잡지를 제작, 급우들에게 돌렸는데 1년 정도 계속되었다. 아오모리 중학교 교우회의 잡지에 「최후의 다이코(最期の太閤)」, 「지도(地図)」 등을 기고했는데 문재는 학교에서도 최고라 일컬어졌다.

4학년 무렵, 미술학교 조소과에 재학 중이던 셋째 형이 편집하여 형제들끼리 『아온보(青んぼ)』라는 동인잡지를 냈다.

1927년(19세)

중학 4년 수료. 히로사키 고등학교 문과에 입학하여 히로사키 시 도요타신초의 후지타 씨 댁에서 지숙(止宿)했다.

고등학교 2년 무렵 『세포문예(細胞文芸)』를 직접 편집했는데 이부세 마스지, 이노우에 고지로(井上幸次郎) 등 중앙 문단의 작가에게도 기고를 부탁했으며, 창간호에는 쓰지시마 슈지(辻島衆二)라는 이름으로 「그들과 그 자애로운 어머니(彼等と其のいとしき母)」를 발표했다. 그리고 그 무렵 문학을 좋아하던 아오모리 지방 사람들이 창간한 잡지 『좌표(座標)』에 오후지 류타(大藤龍太)라는 펜네임으로 「지주일대(地主一代)」 등을 발표했다.

1930년(22세)

도쿄 대학 문학부 불문과에 입학하여 도쓰카에서 하숙했다. 이부세 마스지를 처음으로 만났으며, 이후 오래도록 사사했다. 이 무렵부터 다자이 오사무라는 펜네임을 사용했다.

1931년(23세)

2월부터 H·K녀와 함께 고탄다, 간다 도보초, 이즈미초 등으로 옮겨가며 생활했다. 등교를 게을리 했으며 좌익운동을 도왔다.

1932년(24세)

요도바시 가시와기, 니혼바시 핫초보리, 시로가네산코초로 전전했다. 산코초에서는 매형의 동생인 오다테 다모쓰(小館保)와 동거했으며 슈린도라 호하고 하이쿠에 빠져 있었다. 이 집에서 「추억」 100매를 썼다.

1933년(25세)

봄, 스기나미 아마누마의 도비시마 데이조 씨 댁으로 옮겼는데, 집이 가까워졌기에 이부세 가를 방문하는 일이 잦아졌다. 「추억」 이후, 차례차례로 작품을 집필하여 20여 편에 이르렀다. 그 가운데 가장 먼저 발표한 것은 「어복기」로 동인잡지 『바다표범』의 창간호에 실렸는데 뜻밖의 반응을 일으켜 이것이 작가생활의 출발점이 되었다. 뒤이어 『바다표범』 5월호부터 3회에 걸쳐서 「추억」을 발표했으며, 이부세 마스지로부터 인정을 받았다.

1934년(26세)

봄, 도비시마 씨와 함께 아마누마 1번가로 옮겼다.

동인잡지 『쇠물닭(鷭)』과 『세기(世紀)』에 24, 25세에 걸쳐서 써

둔 20여 편 중 선별하여 「잎(葉)」, 「원면관자(猿面冠者)」, 「그는 예전의 그가 아니다(彼は昔の彼ならず)」 등을 발표했다. (이 작품들은 이후 『만년』이라는 제목으로 출판되었다.)

여름, 이즈의 미시마로 가서 「로마네스크(ロマネスク)」를 썼다.

12월, 야마기시 가이시, 나카무라 지헤이(中村地平) 등과 동인잡지 『파란 꽃』을 창간하고 「로마네스크」를 발표했다. 『파란 꽃』은 1회로 폐간되었고, 가메이 가쓰이치로, 야스다 요주로(保田與重郎) 등의 『일본낭만파』에 합류했다.

개조사의 『문예』로부터 원고 의뢰를 받았으며 「역행」으로 문단에서도 주목받는 신인이 되었다.

1935년(27세)

도쿄 대학은 끝내 졸업하지 않고 중퇴했다. 봄, 맹장염을 일으켜 아사가야 시노하라(篠原) 병원에 입원, 수술을 받았다. 수술 후 복막염을 일으켜 중태에 빠졌다. 뒤이어 세타가야 교도의 병원으로 옮겨 여름까지 요양했다. 입원 중, 「다스 게마이네」를 썼다.

9월, 이시카와 다쓰조(石川達三), 소토무라 시게루(外村繁), 다카미 준(高見順), 기누마키 세이조(衣卷省三) 등과 함께 제1회 아쿠타가와상 후보로 추천되었다. 사토 하루오는 「광대의 꽃」을, 다키이 고사쿠(滝井孝作), 가와바타 야스나리(川端康成)는 「역행」을 추천했으나 차석이 되었다. 『문예춘추(文藝春秋)』 10월호에 「다스 게마이네」를 다른 후보작가의 작품과 함께 발표했다.

7월, 지바 현 후나바시 이쓰카이치 혼주쿠 1928로 이사했다. 「허

구의 봄」, 「장님 이야기(めくら草紙)」 등을 이 집에서 썼다. 그리고 『일본낭만파』에 수필을 연재했다. 이 무렵, 입원 중 사용했던 파비날 중독에 시달렸다.

1936년(28세)

6월, 스나고야(砂子屋) 서방에서 첫 번째 창작집 『만년』을 간행, 우에노의 세이요켄(精養軒)에서 출판기념회를 개최했다.

7월, 가와카미 데쓰타로의 권유에 따라서 『문학계(文学界)』에 「허구의 봄」을 발표하고, 10월에 사토 하루오의 추천으로 미술잡지 『동양(東陽)』에 「광언의 신(狂言の神)」을 발표하여, 1935년 『일본낭만파』에 발표했던 「광대의 꽃」과 함께 장편 3부곡 '허구의 방황(虛構の彷徨)'을 완성했다.

10월, 중독증을 치료하기 위해 이타바시 에코다(江古田) 병원에 들어가 약 1개월 동안 정양하고 11월 12일에 퇴원, 스기나미 아마누마의 아파트로 옮겼다. 입원 중, 『개조』, 『신초』로부터 원고 의뢰가 있었기에, 퇴원한 날부터 붓을 쥐어 「20세기 기수(二十世紀旗手)」와 「HUMAN LOST」를 집필했다.

1937년(29세)

봄, 미나카미 온천으로 갔다가 귀경 후 H·K녀와 이별하고, 아마누마 1-213 가마타키(鎌瀧) 씨 댁으로 이사했다.

6월, 신초샤에서 신찬순문학총서로 『허구의 방황』, 7월, 한가소(版画莊)에서 문고 시리즈로 『20세기 기수』가 출판되었다.

1938년(30세)

7월, 이부세 마스지의 격려로 문필활동을 재개하기로 결심하고 고후 미사카토우게 위에 있는 덴카 다실로 들어가 집필에 전념했다. 그 무렵 이부세 마스지와, 쓰가루의 생가에 선대부터 은혜를 입고 있던 상인 나카바타케 게이키치(中畑慶吉), 기타 호시로(北芳四良), 고후의 사이토 후미지로(斎藤文次郞)2)의 도움으로 이시하라 미치코(27세, 이학사 이시하라 하쓰타로<石原初太郞>의 딸, 도교 여자고등사범학교 문과 졸업)와 약혼하기로 하고 이부세 일가에 서약서를 보낸 뒤, 12월 6일, 고후 시 미나토초 29번지 이시하라 가에서 이부세 마스지, 사이토 부부 입회 하에 약혼식을 올렸다.

이 무렵, 산을 내려와서 고후 시 니시타쓰초(西堅町) 고토부키칸(寿館)에서 하숙했다. 이 무렵 「I can speak」, 「불새」 등을 집필했다.

1939년(31세)

1월 6일, 스기나미 시미즈마치(淸水町)의 이부세 마스지 가에서 결혼식을 거행하고 고후 시 미사키초(三崎町)3) 56번지에 신혼살림을 꾸렸다. 이 집에서 「후지 백경(富嶽百景)」, 「사랑과 미에 대하여」, 「푸른 나무의 말(新樹の言葉)」, 「축견담(畜犬談)」, 「여학생」, 「봄의 도적(春の盜賊)」 등을 집필했다.

4월, 「황금풍경(黃金風景)」이 국민신문(國民新聞) 단편 콩쿠르에

---

2) 이름 읽는 법이 정확한지 모르겠다. 어쩌면 사이토 분지로일 수도 있다.
3) 원서에는 御崎町로 되어 있다.

당선되어 간바야시 아카쓰키(上林暁)와 함께 상금 50엔을 받았다. 5월, 신작을 모아 다케무라(竹村) 서방에서 『사랑과 미에 대하여』를 출판했다. 단 이중에서 「화촉(花燭)」과 「추풍기(秋風記)」는 예전의 원고를 고쳐 쓴 것이다.

이 무렵 아내와 함께 가미스와(上諏方), 다테시나(蓼科) 고원, 미시마, 미호(三保), 슈젠지(修善寺)를 여행했다. 여름 무렵부터 집을 구하기 위해 수차례 상경하여 미타카무라 시모렌자쿠의 밭 가운데에 신축 중인 집을 계약하고 9월 1일에 옮겼다. 이해 가을 「직소(駈込み訴え)」, 「형님들(兄たち)」, 「속천사(俗天使)」 등을 차례로 집필했다. 이 무렵 오카자키 요시에(岡崎義恵)의 「일본문학의 양식」, 야마기시 가이시의 「인간 그리스도기」와 함께 「여학생」이 제4회 도코쿠(透谷) 상에 뽑혀 도코쿠 기념상패를 받았다.

1940년(32세)

매일 자택에서 일에 전념하여 「젠조를 생각함(善蔵を思う)」외 다수의 단편과 중편 「거지 학생(乞食学生)」, 「여자의 결투」를 썼다.

7월, 도쿄 지도를 가지고 이즈 유가노(湯ヶ野)의 후쿠타야(福田屋)로 가서 「도쿄 팔경」을 집필했다. 마중을 온 아내와 귀경 도중 가와즈(河津) 온천에 들렀는데, 은어 낚시를 위해 체재 중이던 이부세 마스지, 가메이 가쓰이치로와 함께 수해를 만나 위험해 처했었다.

11월, 니가타(新潟) 고등학교의 부탁으로 강연을 갔다가 돌아오는 길에 홀로 사도(佐渡)를 유람했다.

이 해 4월에 『피부와 마음』, 6월에 『추억』, 『여자의 결투』가 출판되었다.

1941년(33세)

이 해에 「지요조(千代女)」, 「낭만 등롱(ろまん灯籠)」, 「아유 아가씨(令嬢アユ)」 등 수많은 단편과 「신 햄릿(新ハムレット)」 247매를 썼다.

6월, 장녀 소노코(園子)가 태어났다.

8월, 10년 만에 고향 가나기마치로 귀성했다.

5월, 『도쿄 팔경』, 8월, 『지요조』가 출판되었다.

11월, 문사 징용을 받았으나 고향의 구청에서 신체검사를 받은 결과 흉부질환을 이유로 면제받았다.

1942년(34세)

2월, 「정의와 미소(正義と微笑)」를 쓰기 위해 미타케(御岳) 역 앞, 와카마쓰(和歌松) 여관에 체재했으며, 마중을 온 고야마 기요시(小山清), 처자와 함께 집으로 돌아갔다.

「정의와 미소」 3백 매를 3월에 완성한 뒤 「수선(水仙)」, 「작은 앨범(小さいアルバム)」, 「불꽃놀이(후에 일출 전으로 개제)」 등의 단편을 썼으나 『문예』에 발표한 「불꽃놀이」는 전문 삭제를 명령받았다.

10월, 기타 씨와 나카바타케 씨의 알선으로 어머니의 병문안을 위해 아내와 소노코를 데리고 귀향했다.

11월, 어머니의 장례에 참석하기 위해 다시 귀향했다.

5월, 『사랑과 미에 대하여』와 『피부와 마음』의 재판의 의미로 다케무라 서방에서 『노 하이델베르크(老ハイデルベルヒ)』를 출판했고, 11월에 쇼난(昭南) 서방에서 『문조집 신천옹(文藻集信天翁)』을 출판했다.

1943년(35세)

1월, 어머니의 삼오재를 위해 아내와 소노코를 데리고 귀향했다.

3월, 「우다이진 사네토모」를 쓰기 위해 고후로 가서 이시하라 씨댁 및 시외의 메이지(明治) 온천에서 체재했으며, 3월 말에 300매를 발표했다. 이것은 9월, 긴조(錦城) 출판사에서 신일본문예총서 중 하나로 출판되었다.

1월, 신초샤에서 쇼와 명작선집 『후지 백경』이 발행되었다.

가을, 새로운 장편 「종다리의 목소리」 200매를 쓰기 시작하여 10월 말에 완성했으나 출판사의 사정으로 출판이 좌절되었다. (후에 같은 제재로 「판도라의 상자」를 썼다.)

1944년(36세)

『신초』 1월호에 사이카쿠의 『무가 의리 이야기(武家義理物語)』 중 1편을 취해 「하다카가와(裸川)」를 써서 발표, 그 이후 1월 중순까지 제국 이야기, 작은 벼루(懷硯), 무가 의리 이야기 등에서 소재를 취해 12편의 단편 250매를 써서 『신석 제국 이야기(新釈諸国噺)』라 제목하고 이듬해 1월에 생활사(生活社)에서 발행했다.

5월, 오야마 서점 가노(加納) 씨의 권유로 '신편 풍토기' 중 「쓰가루」를 쓰기 위해서 쓰가루 지방의 여행에 나서, 가나기의 생가, 고쇼가와라의 분가, 기즈쿠리에 있는 아버지의 생가, 가니타(蟹田)의 중학시절 친구 나카무라 데이지로(中村貞次郎) 씨 등을 역방하고 나카무라 씨의 안내로 혼슈의 북쪽 끝인 닷피자키(龍飛崎)까지 발걸음을 옮겼다. 7월 말에 신작 장편 「쓰가루」 300매를 완성했다.

이해 여름, 고후 이시하라 씨 댁에서 머물렀으며 8월에 장남 마사키(正樹)가 태어났다.

12월, 「석별」을 쓰기 위해서 루쉰(魯迅)의 센다이 재류 당시의 행적을 조사차 센다이로 갔다.

이해에 『쓰가루』, 『가일(佳日)』, 『바람의 소식(風の便り)4)』이 발행되었다.

1945년(37세)

2월에 「석별」 237매를 완성했다. 뒤이어 「오토기조시」를 공습경보 아래서 써나갔으나, 공습이 더욱 빈번해졌고 3월 말, 시모렌자쿠 113 일대가 폭격을 당해 마침 집에 와 있던 다나카 히데미쓰, 오야마 기요시와 방공호로 피난했다가 반 매장 상태를 겪었다5). 집 뒤쪽과 서쪽에 폭탄이 떨어져 집의 서쪽도 파괴되었다. 그 후에도 시한폭탄으로 위험했기에 오야마 기요시에게 집을 맡기고 고후의 이시카와 씨 댁으로 피난했다. 고후에서도 경보와 짐을 옮기는 일로 바빴으나 「오토기조시」를 계속해서 집필, 6월 말에 완성했다.

---

4) 다나카의 착각인 듯. 『바람의 소식』이 간행된 것은 1942년이다.
5) 다나카 히데미쓰는 당시의 당황을 소설 「생명의 과실」 속에서 묘사했다. (『그럼, 안녕히…… 야마자키 도미에였습니다.』(현인) 수록)

7월 7일 새벽, 고후 시가 소이탄 공격을 받아 이시하라 가도 전소, 신야나기초의 오우치(大内) 씨 댁으로 피난했다. 7월 28일에 처자를 데리고 고후를 출발하여 31일에 고향의 큰형님 쓰시마 분지 씨 댁에 도착했다. 보름 정도 후, 전쟁이 끝났으며 조용한 별채에서 기거하며 일에 전념했다. 또한 가니타의 옛 친구를 찾아가기도 하고 근처 마을을 여행하기도 했다.

9월, 아사히 신문사에서 『석별』

10월, 지쿠마 서방에서 『오토기조시』가 출판되었다.

10월 20일부터 가호쿠 신보에 「판도라의 상자」를 연재하기 시작하여 12월 말에 종료했다.

1946년(38세)

10년 만에 쓰가루에서 새해를 맞았다.

2월, 모교인 아오모리 중학에서 강연했다. 히로사키, 아지가사와(鰺ヶ沢), 구로이시(黒石) 등의 마을을 여행했다. 현의 각지에서 여러 젊은이들이 그를 찾아왔다.

종전 후 원고, 출판 의뢰가 매우 많아져 점차 전부 응할 수 없게 되어갔다.

봄부터 여름에 걸쳐서 처음으로 희곡에 손을 대기 시작했으며 「겨울의 불꽃놀이(冬の花火)」, 「봄의 고엽(春の枯葉)」을 완성하여 젊은이들에게 즉석에서 들려주었다.

7월에 할머니가 사망, 10월에 장례에 참석했다.

11월 14일, 미타카의 옛 집으로 돌아갔다. 미시마나 교토에서 살기

위해 집을 알아보았으나 적당한 집을 얻지 못했기에 어쩔 수 없이 종전 후의 도쿄에 있는 협소하고 남루한 옛 집에서 다시 살게 되었다. 귀경 후, 「메리크리스마스(メリイクリスマス)」, 「비용의 아내(ヴィヨンの妻)」 등을 집필했다.

이해 6월에 가호쿠 신보사에서 『판도라의 상자』, 8월 신기원사(新紀元社)에서 『박명(薄明)』이 출판되었다.

1947년(39세)

2월, 이즈 미토, 나가오카(長岡)에 체재하며 「사양」을 쓰기 시작, 제1회 분을 완성하고 귀경했다.

3월 말, 차녀 사토코(里子)가 태어났으며 방문객도 많아 자택에서는 도저히 집필을 할 수 없었기에 시모렌자쿠의 다나베 씨 댁과 가미렌자쿠의 후지타 씨 댁 일실을 빌려 매일 출퇴근하며 「사양」을 써내려갔다. 이것은 여름에 완성되어 『신초』 7, 8, 9, 10월, 4회에 걸쳐서 발표했다. 여름 무렵부터 작업실을 시모렌자쿠 213, 쓰루마키 씨 댁으로 옮겼다. 이 무렵부터 불면증이 심해져 주량이 늘었기에 귀가하면 바로 잠자리에 들게 되었다. 이 무렵, 야쿠모 서점에서 전집을 내고 싶다는 의뢰가 있어서 두어 번의 상의 끝에 허락했다.

「사양」 이후, 『개조』에 「오산(おさん)」을 발표했다.

「어복기」 이후, 15년 동안 스스로 정성껏 써오던 창작연표는 「사양」, 「오산」에서 끊기고 말았다.

이해 말에 「비잔(眉山)」, 「가정의 행복(家庭の幸福)」, 「범인(犯人)」, 「앵도(桜桃)」 등의 단편을 썼다.

이해에 『원면관자』, 『겨울의 불꽃놀이』, 『비용의 아내』 등의 단편집을 출판했다. 『사양』은 12월에 초판을 냈다.

1948년(40세)

2월 무렵, 아사히신문사로부터 소설 연재를 의뢰받았다6).

3월 10일부터 월말까지 지쿠마 서방의 후루타(古田) 씨의 도움으로 아타미(熱海) 시 사키미초(咲見町)의 기운각(起雲閣) 별관에 체재하며 「인간실격」을 쓰기 시작했다. 4월 29일부터 오미야(大宮) 다이몬초(大門町)의 후지나와(藤繩) 씨 댁으로 가서 5월 12일에 완성한 뒤 귀가했다. 그 사이에 『신초』의 권유로 1년 연재를 예정하고 수필 「여시아문(如是我聞)」을 구술필기로 4월호부터 발표했다. 「인간실격」을 완성하고 난 뒤, 바로 「굿바이」를 집필하기 시작하여 14회분의 표제어까지 썼다.

6월 3일 밤, 자택에서 전보로 신초의 기자를 불러 거의 밤새도록 「여시아문」 제3회 분을 필기하도록 했다.

6월 13일 심야에 아내에게는 유서, 세 자녀에게는 장난감을 남기고 물에 뛰어들어 자살했다.

21일 자택에서 고별식. 장례위원장 도요시마 요시오, 부위원장 이부세 마스지. 문단의 선배, 친구, 애독자, 출판사 관계자 등 다수가 조문했다.

7월 18일, 미타카마치 시모렌자쿠 296, 오바쿠슈(黃檗宗) 젠린지

---

6) 이때 쓰기로 한 작품은 「굿 바이グッド バイ」(미완) 『이별 그리고 사랑』(현인)에 수록되어 있다.

318

(禪林寺)에 매장, 오칠일 법요를 치렀다.

4월에 전집 제2권 『허구의 방황』, 7월에 제3권 『20세기 기수』, 8월에 제1권 『만년』이 출판되었다.

다자이 오사무와 영원으로의 여행을 떠난
야마자키 도미에의 사랑과 죽음의 일기

죽을 각오로! 죽을 각오로 연애해보지 않을래?

* 수록작 *

1. 아마자키 도미에 일기
2. 유서
3. 다자이 오사무와의 하루
4. 이부세 마스지는 악인이라는 설
5. 다자이의 죽음
6. 다자이 오사무 정사고
7. 불량소년과 그리스도
8. 생명의 과실

그럼, 안녕히……

야마자키 도미에였습니다. (13,000원)

한 남자를 향한 한 여성의
죽음도 두려워하지 않은 지독한 사랑의 기록